一念永恒 II

耳根 著

APTIME
时代出版
时代出版传媒股份有限公司
安徽文艺出版社

图书在版编目（CIP）数据

一念永恒. 11 / 耳根著. -- 合肥：安徽文艺出版
社,2023.3
　　ISBN 978-7-5396-7560-2

　　Ⅰ.①一… Ⅱ.①耳… Ⅲ.①长篇小说－中国－当代
Ⅳ.①I247.5

中国版本图书馆CIP数据核字(2022)第193479号

YI NIAN YONGHENG 11

一念永恒11

耳根 著

出 版 人：姚　巍
责任编辑：秦　雯　卢嘉洋
装帧设计：周艳芳

....

出版发行：安徽文艺出版社 www.awpub.com
地　　址：合肥市翡翠路1118号　邮政编码：230071
营 销 部：(0551)63533889
印　　制：湖南天闻新华印务有限公司 电话：(0731)88387856

....

开本：710mm×1000mm　1/16　印张：18　字数：310千字
版次：2023年3月第1版
印次：2023年3月第1次印刷
定价：32.00元

....

目录
CONTENTS

目录
CONTENTS

第 629 章

横扫丁区

第九队的人振奋精神，一行人重新杀回牢房。

那些协助看守重犯的灰袍犯人才从白小纯拷问周老魔的事情中恢复过来，此刻又看到第九队的人回来了，一个个顿时睁大眼睛，吸了口气。

"天啊，那黑鞭又来了！"

这些灰袍犯人胆战心惊，赶紧前来拜见。可这一次，第九队的人的心思不在他们身上，一群人簇拥着白小纯，直奔那些不开口的犯人而去。

一路上，白小纯趾高气扬，背着手，所过之处，那些灰袍犯人都紧张得不得了。很快，白小纯前方就出现了一个牢房。

"白兄弟，这许老魔在一甲子岁月前就是名震八方的强者，有一身元婴修为不说，更为炼制法器犯下无数罪行。"

队长在一旁狠狠地说道。

白小纯目光扫去，立刻看到牢房内关押着一个老者。这老者平静无比，盘膝打坐，在看向白小纯时十分冷漠，仿佛对一切生命都不在意。

"好久没人尝试撬开老夫的口了，也好，就陪你们玩一玩。"老者声音冰冷，如寒风吹过。

看着许老魔，哪怕第九队的狱卒对白小纯有信心，也迟疑了一下。许老魔的名气实在太大，就连当年丁区的黑鞭，遇到他之后都铩羽而归，用尽手段，也无法问出一点线索。

"这可是许老魔，我倒要看第九队的鞭手如何下手！"几个灰袍犯人低头内心暗道。他们虽然敬畏白小纯，但是对许老魔充满了信心。

就在众人好奇时，白小纯打量许老魔一番，迈步一晃，直接踏入牢房。很快，雾气再起，时间不长，与周老魔一样，被压抑到极致的咆哮声传出。

这声音一出，第九队的狱卒立刻精神一振，四周那些灰袍犯人内心也咯噔一下。

"连许老魔都这样！"

"不能啊，那可是许老魔，就连丁区的黑鞭也无法撬开他的口啊！"

也就是大半个时辰，那咆哮声就变成了惨叫，最终变成求饶声，凄厉无比，让外面众人听得头皮发麻，附近牢房的重犯们都心惊肉跳，为之骇恐。

白小纯走出后，依旧神色傲然，手中拿着一枚玉简。

"他招了，下一个在哪里？"

赵峰十分激动，身体颤抖。队长兴奋无比，其他狱卒看向白小纯时，如看神人一样，开心地带着白小纯去了下一处。

就这样，一处、两处、三处……

三天的时间，白小纯在丁区的牢房内审问了十三个犯人！

这些人中最长的坚持了两个时辰，可无论是谁，最终都无法咬住牙。他们在白小纯的拷问下，纷纷说出了内心的秘密……

白小纯渐渐觉得此事对自己好处极大，他发现，这些人不但拥有积蓄，而且都知道一些别人不知晓的秘密……

而这些秘密，此前他们从来没有说出来过，可如今，在白小纯的手段下，一个个都说了出来。刚开始白小纯还没觉得有什么，可秘密听多了之后，他的双眼便亮了起来。

他对魔牢产生了一些兴趣，因为经过拷问，他发现这里的每一个犯人都犯下了难以原谅的罪行，的确该杀！

"这么看来，那巨鬼王……似乎很英明？"白小纯心中思索。

与此同时，第九队的人都激动得有些麻木了。他们看着白小纯无往不利，看着队长手中的一枚枚玉简，一个个双眼冒光。

每一枚玉简都代表了一笔财富，一想到日后的生活，他们就更加崇敬白小纯了。

四周的那些灰袍犯人不停地哆嗦，看向白小纯时，心中恐惧到了极致。

在这震撼与崇敬中，甚至第九队的队长都狠狠地一咬牙，不惜付出一切代价，外出与其他小队的队长沟通后，不知怎么谈的，最终换来了第九队单独巡逻一个月的机会。

当听到这个消息后，第九队的人立刻欢呼雀跃，而那些灰袍犯人以及牢房内的重犯全都面色大变。

时间流逝，一个月过去了。

白小纯在对审问产生兴趣后，几乎横扫了丁区牢房，那上百个怎么都不开口的犯人，几乎被他挨个审问了一遍。

而每一次审问时，牢房内都会传出凄厉的惨叫，让未被提审的犯人心神颤抖，恐惧之意每天都在增加。

最重要的是白小纯每一次审问完后，牢房内的犯人，不管之前多么凶残、多么桀骜不驯，最终都如变了个人，缩在角落里瑟瑟发抖。以至于几天后，白小纯路过他们的牢房时，他们都如受惊的兔子。

这一切，在使得第九队狂喜的同时，也让白小纯的名气在丁区牢房不断攀升，所有人看向他的目光都带着恐惧。

而白小纯的兴趣也越来越大了，他感兴趣的不是用雄香丹逼问，而是这些重犯内心的秘密。这些秘密大都是关于蛮荒的，还有一些是关于巨鬼城的。

经过一个月的努力，白小纯发现自己知道的秘密……实在是太多了。

一个月后，当第九队离去时，牢房内的所有犯人都长长地松了一口气。这一个月，他们觉得度日如年——白小纯太恐怖了，如同噩梦一般。

第九队这一次真正发达了，一笔笔财富被取出。此事轰动了其他九个小队，这九个小队也能从中分到一小部分，这是第九队单独巡逻一个月的代价。

看着那些分到手的财富，丁区的其他小队十分震撼，也打探到了原因，知道了白小纯的黑鞭身份，内心如有天雷划过。

"什么？一个月，那上百个犯人都被撬开了口！这不可能!!"

"该死，难怪第九队要代替我们巡逻……"

"那白浩居然有黑鞭的手段，若这一切是真的，那么他绝对不是一般的黑鞭，要知道我们丁区的黑鞭也没法做到这一点啊！"

随着其他小队不断打探消息，很快，一切都被证实了。众人立刻激动起来，眼红第九队的人越发多了。

就连丁区的牢头孙鹏得到确切消息后也震惊了。

"一个月的时间，上百个重犯全部被撬开了口！"

孙鹏吸了口气，看着第九队的队长送上来的那些魂药以及一件件法宝，都有些不敢相信自己的眼睛。半晌，孙鹏才长长地呼出一口气。

"这白浩，果然是心狠手辣、六亲不认之辈，他来当丁区的黑鞭，倒也极为合适。"

一想到自己的丁区这一次必定可以在典狱长李旭面前大放异彩，出尽风头，孙鹏就十分兴奋。他索性大袖一甩，直接下了一道命令，允许白浩随时进出丁区牢房，方便白浩审问重犯。

丁区牢房需轮流巡逻，一个小队一个月只能进去三天，可对于白小纯则没有这个限制，他可随意进出。

能享受这种特殊待遇，若是换了其他人，必定有人不同意，可眼下，白小纯干出的事情对大家都有利，一时间居然没有人反对此事。

第 630 章

神秘老者

这一个月，对第九队的人来说，是丰收的一个月，他们几乎什么都没做，只是跟着白小纯，就获得了不菲的财富。

要知道这上百个重犯的财富特别多，就算这些狱卒每一个人拿得不多，累积起来也会让人眼热。

也难怪每次能获得一半财富的孙鹏，会给予白小纯特殊权力。同样，白小纯的收获，从表面上看仅次于孙鹏，但实际上，以他的性格，岂能没有保留？

他早就暗中通知了周一星与李峰二人，让他们在外面搜刮一番。

此事魔牢内的人大都能猜到，可这本身也是规则之一，只要白小纯不太过分，没有人会去找一个黑鞭的麻烦。

而且，白小纯很会做人，无论是言行，还是那种大方的程度，都让人感觉很舒服，也就没人太较真。

而这些还不算白小纯最大的收获，他最大的收获，是那上百个犯人心中的秘密……这些秘密包罗万象。

"曾经的巨鬼城，有五大家族……可有两大家族，一夜之间，似被巨鬼吞噬，灭了满门！巨鬼王的修为，看似半神，可传说中，其功法似乎有致命的缺陷。十大侯中，有人欲背叛巨鬼王？"

白小纯目光闪动，这些只是他知晓的一部分秘密而已，还有太多的隐秘之事，让白小纯的好奇心越来越强了。

"没想到啊，在牢房内居然有这种收获……"

白小纯乐呵呵地低头拿出自己的水晶魂塔，双眼冒光，这里面的冤魂数量极多，是他来到蛮荒后最大的收获。

"十三色火，在我脑海里也都推演得差不多了……"

白小纯精神为之一振，打算尝试炼制十三色火，只是他看了看居所后，觉得此地太小，不适合炼制，若是失控，影响很大。

白小纯沉吟一番，走出居所，直奔中心牢房大门而去。

一路上，其他小队的狱卒在看到白小纯后都很客气，远远地与他打招呼。白小纯含笑，享受着这种被人重视的感觉，一一回应后，到了牢房门前，一步踏入其中。

他没有理会那些受到惊吓的灰袍犯人以及重犯。他记得，之前在这里的一个月，自己走了很多地方，此地也存在一些空旷的区域。此刻，他全力加速，疾驰而去。

不多时，白小纯就一路呼啸到了丁区牢房的尽头。找到一片空旷的区域后，他立刻布置了层层禁制，这才盘膝坐下，深吸一口气平稳呼吸，在脑海里重温了一下炼制十三色火的过程后，掐诀一指水晶魂塔。

魂塔内顿时飞出大量冤魂，铺天盖地，扩散八方。白小纯神情凝重，挥手间，手中出现了一团十二色火。

"我当初离开白家时就在研究十三色火，白浩的笔记给了我触动。经过这段日子的推演，此刻我有八成把握。就算是失败也没关系，积累经验找到原因之后再炼制，一定可以成功！"

白小纯没有迟疑，立刻掐诀一指十二色火，火海散开，吞噬四周的冤魂。

那吞噬看似很快，可任何一个环节，都是白小纯在脑海里计算了无数次的结果。随着时间流逝，当四周的魂都被吞噬后，十二色火渐渐似要出现新的颜色。就在这时，十二色火猛地不稳起来，任凭白小纯如何调整都没用，最后逐渐熄灭了。

白小纯眉头微微皱起，思索片刻后，再次尝试。

一天、两天、三天……很快，半个月就过去了。白小纯已尝试炼制了数十次，每一次失败后，他都仔细思索原因，再次炼制。他对炼出十三色火也越来越有把握了。

这一天，白小纯在思索中猛地抬头。

他双目内满是血丝，可精神极好，此刻呼吸一顿，目中带着期待。

"最后一个问题也被我解决了，这一次一定可以成功！"

白小纯大袖一甩，魂塔内再次飞出大量冤魂，还没等飞远，就被白小纯炼制出的一团十二色火笼罩，燃烧起来。

白小纯全神贯注，身体甚至出现了重叠虚影，使得灵识暴增。经过不断的操控，渐渐地，这团十二色火出现了第十三种颜色。

在这颜色出现的瞬间，一声轰鸣震天而起，火焰比之前更加炙热，扩散八方，使得此地仿佛卷起了火焰风暴。

远处，始终观望这里的那些犯人，一个个都心惊肉跳，丝毫不敢靠近。

一些离白小纯较近的骷髅头内的重犯，骇然地看着他。

可在这一瞬，距离白小纯有些远的一个牢房内，盘膝而坐的一个老者缓缓抬头，他脸上有一块红色的胎记。他目中光芒一闪，若是有狱卒在这里，看到这一幕必定大吃一惊！

要知道，但凡是被关押在牢房内的重犯，他们的修为都被封印了，不可能再有修为。可眼下，那老者居然能察觉白小纯的十三色火，这里面必有古怪！

这老者正是白小纯第一次进魔牢时，第九队队长说的当年得罪了巨鬼王，被关在这里二百多年，脸上有红色胎记的人。

此刻，他重新闭上眼，继续打坐，十三色火对他来说似乎没多大吸引力，只能让他多看一眼而已。

这一切，白小纯都不知晓。他呼吸缓慢，小心翼翼地握住一只手掌。随着他的举动，火海中传来轰轰声，开始收缩，最终出现在他手掌上的是一团完整的……十三色火！

"成功了！"

白小纯哈哈大笑，神采飞扬。通过白浩的笔记，白小纯已经判断出，实际上，十三色火与十四色火之间，差距不是特别大。

唯有十五色火，才会与十四色火有明显的差距。一旦炼制出十五色火，就可以从黄品攀升到玄品。

而玄品炼魂师……已经有资格塑造一个炼魂家族的底蕴与根本了！

毕竟魂修想要从元婴大圆满踏入天人，最低标准就是将物品炼灵十五次，通过这物品去感悟天地，最终踏入天人合一的境界。

"十四色火，我如今也有几分把握……"

白小纯目光坚定，开始尝试炼制十四色火。

又过去了半个月。

白小纯头发散乱，整个人已快疯魔。炼制十四色火已到了关键时刻，这半个月的经验使得他对炼制十四色火有了很大把握。

"最多再炼五次，我就一定可以成功！"

白小纯红着眼，一拍魂塔，立刻就有冤魂飞出。可很快白小纯就皱起了眉头，因为他发现飞出的魂太少，仔细一看，不由得傻眼了。

"没了?!"

白小纯愣了，他记得自己之前有好多冤魂。他呆了半晌，不由得苦笑起来，知道自己这一个月的消耗实在太大了。

"一不留神，没忍住……"

白小纯满脸懊丧，叹了口气，内心有些着急，不由得想到当年在边墙时，自己祭献的那些冤魂。

"可惜了，当年我将那些冤魂交给边墙，换了战功……"

一想到自己当初干的傻事，白小纯就后悔了。

"丁区的那些重犯，差不多都被我撬开口了。周一星那边，按照我给他的信息，应该也收获了一些。也罢，我就外出一趟，除了周一星那边的，看看能不能采购一些冤魂回来。"

白小纯心底思量着，虽然冤魂没了，但他储物袋内的魂药还有不少。

第 631 章

太霸道了

"而且我也没好好逛逛巨鬼城……"

想到这里，白小纯起身一晃，化作一道长虹远去。他拿着狱卒的身份令牌离开了魔牢，从石龟的左眼飞出。随着身份令牌的光芒散开，四周的黑水也被隔离在外。

白小纯一路向上，很快就径直冲出水面。此刻正值晌午，整个巨鬼城颇为热闹，在护城河外也有不少人。水面的轰鸣声引起了不少魂修的注意，看到从水下飞出的白小纯后，众人一愣，但很快就意识到了白小纯的身份，毕竟能从护城河下面出来的人，通常都是魔牢中人。

"是魔牢的人……"

"魔牢……"

魔牢，对于巨鬼城的绝大多数魂修而言，是一个极其恐怖的地方。此刻他们一个个屏气凝神，赶紧挪开目光。

白小纯从护城河飞出时，远处天空中正好有一队侍卫巡逻而来。这些侍卫的目光扫向白小纯，显然看穿了白小纯的身份，他们也不愿招惹魔牢的人，于是装作没看到的样子离开了。

"魔牢的人这么有地位啊！"

白小纯很惊奇，他以前虽听说过很多关于魔牢的传闻，但如今身为魔牢狱卒，亲身体验了，感受更为强烈。

"这么看来，成为狱卒也不错嘛！"

白小纯干咳一声，走在巨鬼城的街头，一边给周一星传音，让他来见自己，一边四下打量，寻找能买冤魂的店铺。

周一星也在巨鬼城，此刻正赶过来，只不过距离白小纯有些远，而且，一般人在巨鬼城又不能飞行，因此所需时间较长。

白小纯在街头闲逛的时候，也看到了几家售卖冤魂的店铺，这些店铺有大有小，大的很奢华，小的也极为精致。可白小纯进去问询后郁闷地发现，这些店铺内的冤魂居然很紧缺，虽开着店，但是只收不卖。

一连走了七八家，竟都是如此，这就让白小纯觉得奇怪了。

"怎么回事？这些专门售卖冤魂的店铺居然不卖冤魂？"

白小纯有些着急了，他外出就是为了买冤魂。于是他去了另一条街道，可连续去了七八家店铺后，依然无冤魂可买。

白小纯震惊之下有些急了，一把抓住一间大店铺中的伙计问了起来："怎么都没有冤魂？这是怎么回事？"

"谁知道怎么回事，没冤魂了，你抓我干什么？难不成还要把我炼成冤魂？"那伙计向着白小纯一瞪眼。

那伙计在巨鬼城多年，自认为练出了一副"火眼金睛"，平日里一扫，就可判断出客人的身份。此刻他看向白小纯，又听到了白小纯的问题，立刻明白这是个外来者。

对于这样的外来者，他自然不在乎，瞪着眼睛，准备继续呵斥。白小纯也被对方的态度弄得有了脾气，瞪起眼，想着就连巡逻的侍卫看到自己从护城河里飞出来，也在空中停留了一会儿，一副不愿招惹的样子，于是将身上的魔牢狱卒令牌取出。

"你有胆再说一句！"白小纯将这令牌放在伙计的额头前，怒声喝道。

那伙计本有些不耐烦，可看到白小纯的魔牢狱卒身份令牌后，顿时就倒吸一口凉气，头皮一炸，整个人哆嗦了一下，脸上立刻就堆出了笑容。

"大人请见谅啊，如今这整个巨鬼城，怕是已经没有几家店铺还有冤魂，都被买走了……"

这伙计常年在巨鬼城，深知哪些人自己不能得罪，魔牢狱卒就在其列。

实在是因为传闻中，魔牢是一个让鬼神颤抖的地方，里面的狱卒一个个都凶神恶煞，尤其是里面的鞭手，手段更是残忍。

"都买走了？"白小纯气稍微顺了一些，随即又皱起眉头。

"是啊，三大家族这几年都在大范围地收冤魂，据说是为冥皇继承人做准备……大人如果急需的话，我家店里还有一些存留，数量不多。"

伙计也不愿得罪魔牢之人，连忙开口。想到自己之前言辞多有得罪，他内心叫苦着，赶紧向白小纯抱拳，退到内堂，准备把店里存留的那些冤魂取来，尽早将白小纯打发走。

"太霸道了，为了什么冥皇继承人，三大家族居然把巨鬼城内的冤魂都买空了。"

白小纯心里郁闷，原本以为冥皇继承人的事情距离自己很遥远，没想到如今却影响到了自己。

自己以后炼火，需要大量的冤魂，可若是在巨鬼城内买不到的话，那么自己日后炼火将很困难。

"这可怎么办？三大家族太过分了，我当初在白家时，应该多搜刮一些。"

白小纯叹了口气，只能将希望寄托在周一星那里，琢磨着周一星的收获应该不少，毕竟那上百个重犯中有一些是炼魂师，财富大都是冤魂。

就在白小纯琢磨时，店铺的伙计从后堂出来了，拿着一座魂塔，快步来到白小纯面前，点头哈腰，脸上带着笑容。

"大人，这里面有十万个冤魂，就这些了，实在不多。"

白小纯灵识一扫，这些冤魂数量虽然没达到他的预期，但是总比没有强，于是勉强点了点头。他正要买下，就在这时，忽然从店铺外传来一个懒洋洋的声音：

"这些冤魂，本公子要了。"

随着声音的回荡，从店铺外走进两个青年。这二人衣着华贵，衣服似乎用某种灵蚕吐出的丝线编织而成，隐隐有宝光闪耀，仔细一看，竟都被炼灵了七次。

要知道在蛮荒，虽然炼灵较常见，但是实际上成功率与通天世界一样，炼灵次数越多，失败的概率越大。

一旦失败，就是器毁，可以说任何一件多次炼灵的法物，都是耗费了无数资源的，一般都经历过多次失败。

这二人修为才筑基大圆满，却有这种宝衣，明显与常人不大一样，且他们身后还跟着七八个中年魂修，似乎是仆从。这七八个人大都是筑基，可里面有两个魂修，目露精芒，修为达到了结丹。这就使得那两个青年立刻被凸显出来，显然非富即贵。

白小纯也被这二人身上的衣服晃了眼睛，这时身旁传来咝咝的吸气声。他侧头看去，只见身边的那个伙计脸色变化，瞬间露出比刚才还要殷勤的笑容，飞速跑了过去。

"小的见过陈公子、蔡公子。"

"这些冤魂，蔡某要了。"其中一个青年淡淡开口，进来后看都不看白小纯一眼。他此刻语气虽平淡，但神色显得高高在上。说着，他身后的一个仆从立刻上前，傲然取出一个储物袋，准备拿走魂塔。

白小纯看到这里，立刻就不干了。

"慢着，这些冤魂是我先买的！"白小纯有些生气。

那两个青年这才冷眼看了看白小纯，尽管看出白小纯修为达到了结丹，可也并不在乎，显然没有认出面前的人就是白浩。

"两倍价值的魂药。"那位蔡公子淡淡开口，说完没理会白小纯，与身边的陈公子笑着走出店铺。对他而言，这似乎只是一件小事。

白小纯顿时有种被羞辱的感觉，尤其是看到一旁的伙计此刻正偷眼看自己，一副看热闹的神情，白小纯觉得更生气了。他们欺人太甚，忍不了了，于是他大步上前，大吼一声：

"我出三倍！"

"十倍！"

店铺外，蔡家的那位公子头也不回，云淡风轻地回答，瞬间有种财大气粗之感。

他们二人是三大家族中陈家与蔡家的嫡系族人，最近负责购买巨鬼城内所有店铺的冤魂。这十万冤魂虽不多，但他们家族的族长给出的要求是，尽可能地将所有冤魂都买来！

白小纯怒意再起，那种被人用财富打了脸的感觉让他很不服气，正要开口，突然，白小纯储物袋内的传音玉简急促振动起来。

白小纯灵识一扫，周一星焦急的声音顿时在白小纯脑海里响起：

"我现在在巨鬼城传送阵的东侧，有人要杀我，要抢属于主子的那些冤魂啊，主子救命！！"

第 632 章

等换天，就好了

白小纯一听到玉简内的传音，眼珠子立刻红了，若周一星仅仅说有人要杀他也就罢了，现在居然说有人要抢冤魂……

要知道，此刻的白小纯对冤魂的渴望非常强烈，尤其是走了这一圈，发现所有铺子都不卖冤魂后，周一星算是白小纯最后的希望了。

"最多再尝试五次，我就有把握炼制出十四色火，这个时候，谁抢我的冤魂，谁就是我的敌人。"

白小纯瞬间就怒了，没时间理会陈、蔡二人，转身一晃直接冲出铺子，猛然飞出，直奔传送阵的方向。

在他飞出的瞬间，他就把魔牢的令牌挂在了身上。如此一来，虽然巨鬼城禁空，但是那些巡逻之人一看到他身上的令牌，知道了他的身份，也就睁一只眼闭一只眼，装作没看到了。

白小纯化作一道长虹，速度极快，且此地距离传送阵并不是很远，数十个呼吸的时间后，他就临近传送阵所在。

白小纯的到来，立刻惊动了不少人。与此同时，远远地，白小纯也看到了传送阵东侧的周一星正绝望地嘶吼，不断挣扎。在周一星附近有数十人，其中一人竟是……当初被白小纯生擒的白家族长！

不单白家族长在，甚至蔡夫人也在，他们身边跟随的都是白家族人，且还有另外两股势力在一旁，从他们的衣着来看，似乎是巨鬼城的另外两大家族之人。

此刻，白家族长已然出手，一片黑风直接罩住周一星，任凭周一星如何挣扎，都无法避开。

"白老贼，你敢！"

眼看周一星有危险，白小纯猛地大吼一声，声音犹如天雷，直接在四方炸开。

在白小纯声音传出的瞬间，白家人也看到了白小纯的身影，蔡夫人更是在看到白小纯后，发出一声凄厉的尖叫：

"白浩！"

与此同时，白浩的父亲——白家族长，猛地抬头。看向白小纯时，他的身体颤抖，双眼瞬间冒出血丝，当初被生擒的一幕浮现心头，恨得他咬牙切齿。

"白浩！"

其他白家族人看到白小纯后，也纷纷心惊，前段日子白浩的事情，对于整个白家来说，太有失颜面。

"是白浩！"

"当初我白家天人老祖出手，都没把他灭杀，结果人被巨鬼王要走……"

众人内心震动。绝望的周一星此刻感动得快要哭了，白小纯就是他活下去的希望，他激动无比，用全力呼喊起来：

"主子救我……"

白家族长眼神狠辣，他们之前就查出了煞魂钉的来历，知晓了周一星的身份，也明白此人与白小纯之间的关系，故而在看到周一星后立刻出手，打算生擒周一星。

此刻看见白小纯，白家族长立刻改了主意，不再生擒，而是要杀人。他冷哼一声，右手抬起，向着周一星狠狠一抓，周一星四周的黑风顿时化作风刃，撕裂开来。

"你有巨鬼王给予的身份，我白家的确无可奈何，但我偏要在你面前，击杀你这随从！"

看到黑风成刃，周一星心中刚刚升起的希望再次破灭。这一切说来迟，实际上却在电光石火间发生。白小纯眼看如此，急得瞪大眼睛，速度再次暴增。

不是撼山撞，而是……不死禁！

眨眼间，他的身体变得很模糊，接着消失了。一瞬间，他就出现在了周一星的身前。

刚出现，他就抬起右手，向着四周猛地一甩，与风刃直接碰到了一起。

轰轰轰！

声响震天，那些风刃层层崩溃，化作无数碎片，向着四周倒卷，使得白家族人纷纷退后。

"白浩，你找死！"

白家族长双目瞳孔收缩，向前走出一步，右手掐诀，立刻就有鬼哭狼嚎之声在他四周响起。这正是白家秘法神识化鬼，无数鬼影向着白小纯猛地扑去。

"手下败将，也敢猖狂！"

白小纯身体向后一退，直接撞在周一星身上。周一星惊魂未定，被白小纯一撞，整个人立刻倒退开去，他借力加速，瞬间逃离战区，远远观望。

送走周一星后，白小纯眼睛一瞪，身体顿时出现重叠虚影，四大分身全部出现，齐齐出手，向着面前的白家族长，一拳轰出！

八方震动，轰鸣之声超越天雷，以至于小半个巨鬼城都可以听到，立刻就有一道道长虹从四周急速而来。

"巨鬼城内，禁止斗法，你们还不住手！"

"住手！"

一声声低喝立刻传遍四方。远处巨鬼王的巨大雕像散发出惊人的神识之力，使得所有人都内心一震。

此刻，白小纯与白家族长同时退开。

白家族长退后数十丈，嘴角溢出鲜血，呼吸急促，抬头死死地盯着白小纯。

白小纯却毫发无伤。他眼珠子转动，知道在巨鬼城内与白家交手，对自己既有利，也有些不利。巨鬼城内禁止斗法，那天空上赶来的巡逻队以及降临的神识，都让白小纯心底松了口气。

"白老头儿，你竟敢袭击魔牢之人。这里是巨鬼城，不是你白家！巡逻队的兄弟们，我是魔牢的白浩。此人违反我巨鬼城的规定，不但当众出手，更无视我巨鬼城的威严！"白小纯赶紧开口，大吼中身体退后，一把抓住周一星，急速远去。

眼看白小纯远去，蔡夫人尖叫一声：

"白家族人，给我杀了他！"

蔡夫人眼神怨毒，对白小纯的恨已经无法形容。她无视天空上的巡逻队，下令追击白小纯，但四周的白家族人有些迟疑。

天空上的巡逻队队员目露锐利之芒，盯着白家众人。

"你们追出去啊，杀了他!"

蔡夫人如疯了一样，大声吼道。眼看自己指挥不动白家族人，她正要向一旁的蔡家人开口，就在这时，白家族长猛地低喝:

"闭嘴!"

这低喝如雷暴，震得蔡夫人身体颤抖。她转头死死地盯着自己的夫君。

"他有巨鬼王给予的身份，天人老祖都只能放弃，我们这些人拦不住他，就算能拦住，在巨鬼城内，也无法将其斩杀……"白家族长阴沉着脸，传音过去。

蔡夫人再不甘心，听到这解释后，也只能忍下，一再压制内心的愤怒，身体颤抖，眼中的怨毒无法隐藏。

天空上的巡逻队眼看白家放弃出手，且白小纯早已远去，便警告一番后离去，笼罩这里的神识也散开了。

很快，四周恢复了平静，白家族人面面相觑，一个个神色复杂，尤其是蔡夫人，恨得几欲咬碎牙齿。

"再忍忍，等换天了就好了。"

白家族长望着白小纯离去的方向，面色更为阴沉，半晌后，向着蔡夫人传音。

听到这句话后，蔡夫人一愣，但很快就内心了然。

第 633 章

一不做，二不休

此刻，白小纯带着周一星，远离传送阵所在之地，看到身后无人追来，这才找了个巷子停下。越想这件事，白小纯就越来气，尤其是想到三大家族不断买魂，使得自己都买不到了，且之前在铺子里，居然还出十倍的价格来压自己。

"太欺负人了，我白小纯能屈能伸，这事……我忍了！"

白小纯想到白家天人老祖的恐怖，自己短时间也无法离开蛮荒，于是在心中安慰自己一番，这才抬头看向周一星。

"多谢主子，主子你若是来得再晚一些，我……我就看不到你了。"周一星劫后余生，此刻激动地向白小纯抱拳。

"你也是受我连累。对了，我告诉你的那些财宝，都取来了吗？"白小纯安慰一番，赶紧问道。

"都取来了，可……可方才被他们给……抢走了……"周一星哭丧着脸，低声说道。

"什么！"白小纯猛地睁大了眼。

"欺人太甚，我白小纯虽然能屈能伸，但是这一次，不忍了！"白小纯只觉得一股热气冲上脑门，整个人暴怒。

"太过分了！欺人太甚！这明显是看我老实，要将我往死里欺负！白家、蔡家，还有陈家，这三家都不是好东西！"

白小纯怒火中烧，心底更是委屈。他觉得自己都没有去抢三大家族的，对方却来抢自己的东西……白家也就算了，那蔡家、陈家也来欺负自己。

眼看白小纯暴怒，周一星吸了口气，实际上这段时间，他心底多少对白小纯有一些怀疑，可他不确定，更不敢深思。当初在山洞内，白小纯用在他身上的那些手段让他心惊胆战，于是赶紧打消自己的念头。

　　"不管白浩的真正身份是什么，不知道总比知道要好……"周一星想到这里，赶紧低头。

　　"忍不了啦！"

　　白小纯咬着后槽牙，琢磨了半晌。之前他在白家时，知道白家有魂场。所谓魂场，就是一处处被改造出来的区域。白家人会通过一些手段，使得那里死气居多，在那里养冤魂，要比魂塔更好。

　　在特定的区域里，这些冤魂不但可以被滋养，而且品质会有所提高。除非是一些特殊的魂塔，否则无法与魂场相比，且魂场容纳的冤魂数量更多。

　　对于一个大家族而言，魂场自然是越多越好。白小纯记得白家的魂场似乎有七八处。这些魂场内都有阵法，还有魂修以及大量被驯化的魂卫守护，可以说固若金汤。

　　任何一个魂场拥有的魂都极多，一旦有陌生人出现，立刻就会被群魂吞噬，而且在三大家族的威慑下，也没有哪个人敢去偷魂。

　　"你们把我的魂抢走了，我就去抢你们的！"

　　想到这里，白小纯狠狠一咬牙，将周一星打发走了，让他在巨鬼城避避风头，然后自己一晃出去，直奔城外。

　　白小纯现在是魔牢狱卒，可以暂时离开巨鬼城。即便他要逃走，巨鬼城也能把他抓回来，所以并没有禁止他出城。

　　出了巨鬼城，已近黄昏。

　　白小纯一路小心翼翼，先是去了陈家的魂场。他远远地看了一圈，发现陈家的魂场环绕在陈家四周，一旦出了问题，很快就会被察觉。白小纯琢磨一番，觉得不安全。

　　"去看看其他两家的……"

　　白小纯想了想，趁着黄昏，又去了白家。在白家的那些魂场外谨慎地查看一番，白小纯郁闷地发现，这些魂场内的魂，数量也不是特别多。

　　"这种事估计很快就会被察觉，所以既然要抢，就要抢个大的！"白小纯眨了眨眼，又去了蔡家。

直至天黑，他终于在蔡家的魂场外停下脚步，双眼冒光地看过去。

蔡家的魂场与陈家的不同，并非环绕在祖宅四周，而是较为零散，近的很近，远的则在数十里外。眼下白小纯看到的魂场，距离蔡家祖宅约莫二十里地，并非一处，旁边紧挨着还有一处。

这两个魂场都有单独的阵法，哪怕是黑夜，也散发着光芒，想要将其轰开，就算是元婴修士也需好久。

且一旦引动阵法，立刻就会引起蔡家的注意。

阵法内飘浮着一座如同蜂巢般的建筑，其表面存在无数小孔，正有数不清的魂不断进出，看得白小纯呼吸都急促了一些。

里面各种程度的魂都有，元婴魂也有很多，还有不少特殊的魂……除此之外，阵法区域中还有上万幻化出黑色铠甲的魂卫。这些魂卫目中散发出红芒，在魂场中走来走去，一旦有外人踏入阵法，他们立刻就会冲杀过去。

在那魂场内还有一些建筑，可以看到里面有一些蔡家的魂修，虽只有十多人，且修为不算太高，但借助阵法之力，他们足以拖延时间，等到家族支援。

不过因这两个魂场距离很近，所以蔡家安排在这里的族人都聚在了一个魂场。

一般人看到这种安全设置，都不敢向蔡家的魂场出手，但白小纯可不是一般人。

此刻，白小纯双眼冒光，仔细地观察一番后，他深吸一口气。

"你们抢我的，我就抢你们的！区区魂场，对别人来说难若登天，可对我而言，简单得很……我白小纯挥手间，就可让这里灰飞烟灭……"

白小纯在心底推演一番后，猛地向前走出一步。这一步刚刚落下，他的身体直接就融入虚无，竟然无视魂场的阵法，甚至没有引起丝毫波动，就出现在了阵法内！

他的出现太突然了，不但那些蔡家的族人没有反应过来，就连四周巡逻的魂卫也愣了一下。

"你……"

守在这里的蔡家族人一个个睁大了眼，呆呆地看着白小纯。还没等他们回过神来，白小纯右手猛地抬起，直接一拳轰出。

轰鸣声在魂场内蓦然爆发，一股冲击波扩散出去，卷向蔡家的那些族人。那些人根本无力抵挡，甚至连惨叫都没有发出，就被震得倒飞出去，接着陷入昏迷。

直至此刻，那些魂卫才反应过来，发出尖锐的嘶吼，从四周向白小纯呼啸而来。与此同时，白小纯踏入魂场，如同在平静的水面扔下一块大石头，顿时，那飘浮在半空中的蜂巢般的建筑内传出嘶鸣。

魂潮从内部爆发，冤魂纷纷冲出，可在冲出后，仿佛看不到白小纯一样，只能在魂场内不断环绕，吼声越来越大。

白小纯心脏怦怦急速跳动，看着数不清的冤魂，他十分激动，没有迟疑，立刻取出聚魂丹，猛地一把扔出。

"要快……速战速决！"

轰轰之声在四周回荡，随着聚魂丹被白小纯扔出，魂场中出现了一个又一个黑洞般的旋涡。四周的那些魂眨眼间就被吸到了一起，形成了一个个魂球。

"好刺激！发达了！"

白小纯振奋精神，目光不由自主地落在了旁边的那个魂场上。索性一不做，二不休，趁着这边的魂还在被聚魂丹吸收，他一步走出，直接出现在旁边的那个魂场内。

相似的一幕再次出现。很快，第二个魂场内，一个个黑洞陆续出现。

第 634 章

认识也没用

就算是那些魂卫也无法逃出。白小纯一路飞奔，不断收取，不到半炷香的时间，这两个魂场就空了……

白小纯很高兴，将所有魂球收走。这一次抢到的魂数量极多，白小纯估摸着自己短时间内应该是够用了。

可就在白小纯收走魂球的瞬间，似乎触发了阵法。刹那，两个魂场的阵法如示警般，同时爆发出耀眼的光芒。这光芒冲天而起，使得数十里外的蔡家祖宅都可以看到。

"该死，魂场空了就触发阵法？"

白小纯面色一变。与此同时，蔡家祖宅内，不少族人都被阵法光芒惊动，一声声惊呼从蔡家传出，接着很多身影快速飞出。

"怎么回事？"

"那里……那里是魂场？！"

"出了什么状况？魂场的阵法居然被触发了，而且还是两个魂场的阵法一起被触发！"随着声音的回荡，蔡家的族老呼啸而出，向着魂场急速赶去。

白小纯心惊肉跳，正要离去，却停顿了一下。

"使用聚魂丹后会留下一些痕迹，若是有心人去研究，说不定能猜到我的身份……不能留下痕迹。他们就算知道是白浩干的，也不会怀疑我的真实身份。"白小纯心中暗道。

白小纯知道时间紧迫，于是取出储物袋内的一团十二色火，身体立刻出现重叠虚影，分身走出。白小纯竟在这里开始炼火，似要把十二色火炼成十三色火。有分身配合，其动作如行云流水，速度极快。

在十三色火即将出现时，这团火猛然爆发！

随着火焰的爆发，天地轰鸣，天空中出现了红云。紧接着，十三色火从天而降，焚烧一切……

远远一看，天地赤红，十三色火降临，这无法想象的高温，直接将这两个魂场焚烧。

不但焚烧了所有聚魂丹的痕迹，而且焚烧了魂场的阵法……

一时间火光冲天，声势惊人。至于魂场中那些昏迷的蔡家族人，他们与白小纯没有过节儿，白小纯也不是滥杀之人，在天火降临前就将他们送出魂场了。

火海蔓延，白小纯刹那冲出，化作一道长虹，向着远处逃遁。此刻他内心激动，这一次抢魂以及毁灭痕迹，对他而言，实在是太刺激了。

"让你们抢我的魂，哼哼。"

白小纯抿着嘴唇，心脏加速跳动，他觉得自己这一次算是干了一件大事……

来不及多想，白小纯身体一晃，全速离去，可就在他要远去的瞬间，一声声怒吼从蔡家祖宅的方向传来。

"敢动我蔡家魂场，你找死！"

随着怒吼传出，七八道身影如同奔雷一般急速临近。为首之人是个青年，这青年看起来不到三十，却有一头银发，全身上下更散发出结丹大圆满的气息，甚至隐隐可以感受到此人身上还存在一丝元婴之气。显然这青年距离元婴只差最后一步，若去闭关，顺利的话，用不了多久，便可踏入元婴。

而且，他的速度也与元婴修士相差无几。此刻，他带着怒意，直奔白小纯而来。跟随在他身后的几人也都是结丹修士，看到魂场降下天火，已成为焦土，他们都异常愤怒。

"找死！"

众人怒吼，看着正往远处逃遁的白小纯，杀意控制不住地爆发出来。

他们只是第一批，后方，蔡家的元婴族老也呼啸而来，直奔此地。

白小纯吓了一跳，蔡家人来得太快了，他有些心虚，知晓一旦自己被纠缠住，后果极为严重，于是头也不回，全速离去。

白小纯速度极快，瞬间就与他们拉开了一段距离，身体刹那模糊，眨眼就消失了。

蔡家的天骄眼看白小纯离去，双眼内杀意无比强烈。没有犹豫，他直接从储物袋内取出一张兽皮，狠狠一抖，兽皮立刻自燃。燃烧间，他的身后天地扭曲，一只黑色的凶禽出现。

这凶禽如同秃鹫，更有双首，翅膀张开足有数丈，仰天发出一声刺耳的鸣叫后，猛地展翅。

蔡家天骄纵身一跃，踏在凶禽上。凶禽完全爆发，嗖的一声，直接消失无影。它居然凭着一些特殊的手段，循着白小纯离去的痕迹追击而去。

距离这里约莫十里的天地间，白小纯的身影出现，他一步走出，刚出现，没有停顿，便再次加速，向着巨鬼城奔跑。

"要快点逃啊，万一惹来了蔡家的天人，我就危险了……"

白小纯后怕起来，之前他是愤而抢魂，眼下冷静了下来，也被自己的行为吓了一跳。

"都是被逼的啊……"

白小纯抹了把冷汗，化作一道长虹，快速逃走，距离巨鬼城越来越近。可数息之间，白小纯就面色一变——他的身后传来呼啸声，这声音还在耳边，狂风已来，仿佛要吹灭一切生机，更有一声凄厉之音，好似要穿透身体一般，直刺白小纯心神。

白小纯一个激灵，回头看去，眼珠子都差点瞪出来。他看到自己身后出现了一只双头秃鹫，这秃鹫一路穿梭虚无，直奔自己而来。

那秃鹫背上还站着一个青年，这青年抬起右手，向空中一抓，立刻就有一杆黑色的长枪出现在他手中。

"大胆贼子，敢动我蔡家魂场，定要叫你形神俱灭！"

青年大吼一声，借助秃鹫的速度，全身修为之力散开，融入手中长枪，直奔白小纯而去。

对方速度太快，白小纯根本就没反应过来，主要是秃鹫太快了。眨眼间，秃鹫就出现在白小纯的面前，而那杆黑色的长枪也猛然刺出，竟似要直接洞穿白小纯！

白小纯面色变化，低喝一声，双手抬起，全力阻挡。

砰砰砰！

巨响轰动八方，白小纯身体一震，直接倒退出去，竟然退了数丈，抬头时，他自己也愣了一下。

"没事？"

白小纯一怔，方才对方那气势惊人的一击落在自己身上，他本以为会受重伤，结果却发现，自己居然毫发无损。

"这凶禽厉害，速度骇人，可上面的人太弱了……只不过借助凶禽的速度让我措手不及而已。"

白小纯反应过来后，立刻精神一振，抖了起来，眼睛一瞪。那秃鹫上的青年也是倒吸一口凉气，骇然看着白小纯。

他知道自己这秃鹫的速度堪比元婴大圆满的修士，借助极致的速度以及自己的长枪，就算是遇到元婴修士，也可以瞬间将其重创。

可眼前这贼子居然没事……这让他内心震动的同时，不由得连连吸气。当看清白小纯的面孔后，他十分震惊。

"你……你是白浩！"

因之前叛出白家，白浩也算是出了名，虽不是所有人都见过白浩，但是三大家族的高层以及天骄大都看过他的画像。之前交手太快没有认出，此刻震惊之余，蔡家天骄立即就认出了对方。

意识到此人是白浩后，蔡家天骄顿时大为紧张，他知道白浩心狠手辣，甚至能生擒元婴中期的白家族长，引出白家天人老祖，这种人物，不是他可以招惹的。

"你认识我？认识也没用！"

白小纯一瞪眼，大吼一声，分身出现，齐齐出手，立刻形成风暴，向着蔡家天骄攻去。

第 635 章

你奈我何

四大分身齐出，与白小纯本尊一起，形成的风暴不说遮天蔽日，也足以撼动八方。此刻，这五股风暴以蔡家天骄为中心，眼看就要融合在一起，气势骇人。

蔡家天骄头皮都要炸开了，气息紊乱，内心十分后悔冲动之下追来，只能操控身下的秃鹫，在风暴来临的刹那快速避开。

这秃鹫速度太快，蔡家天骄已退出数百丈。虽避开了这一击，但他内心的震动依旧极大。

"白浩，我蔡家没有招惹你，你为何要来毁我蔡家魂场？"

蔡家天骄赶紧开口，想要拖延时间，他知道用不了多久，自家的族老们就会赶来。

白小纯皱起眉头，目光扫向秃鹫，看出这是用某种术法召唤而来的，不可能坚持太长的时间。眼下对他而言，时间一样很重要。

"哼，你们蔡家先是有人财大气粗，故意压我，随后又抢我的魂，我当然要来抢你们的！"说完，白小纯没理会这蔡家天骄，转身一晃，再次远去。

蔡家天骄纠结起来，迟疑中一咬牙，操控秃鹫远远跟随。他琢磨着自己只要不靠近，应该就没事，而自己看住对方，也方便自家族老追击。

二人一前一后，在天空中飞行。白小纯眼看对方居然还跟着自己，十分心烦，可那秃鹫速度太快，一旦自己回头去追，对方就会立刻逃遁，浪费时间不说，也很难灭杀对方。

"我最恨这种仗着速度快就横行的家伙。真以为凭着那凶禽就可以跟在我身后了？"

白小纯眼神冰冷，表面神色不变，依旧向着巨鬼城疾驰，可至寒气息已在无形间散出，这气息不知不觉间笼罩了周围。

就在至寒气息碰触到秃鹫时，秃鹫上的蔡家天骄面色急速变化，正要退后，却来不及了。

远处的白小纯猛地转身。

"晚了！"

白小纯大吼一声，身体一步落下，在这被至寒气息笼罩的区域内，他可以如元婴修士一样，凭着寒域瞬移。

声音还在回荡，白小纯的身影却瞬间消失，出现时便到了秃鹫上，到了蔡家天骄的身前。他直接发动撼山撞，这一撞，使得空气震动，更让那蔡家天骄的脑海中响起嗡的一声。

"你……"

他发出一声凄厉的嘶吼，却无力闪躲，只能全力抵抗。虽然他只差一点就可以结成元婴，但在白小纯面前，依旧脆弱无比。

咚的一声，白小纯直接撞在蔡家天骄身上。这蔡家天骄身受重伤，眼看就要身死，可就在这时，他的身体上突然出现了一层土黄色光芒，这光芒从他脖子上挂着的一枚吊坠中散出，蕴含了天人之力，全力阻挡。

蔡家天骄的身体如断了线的风筝，直接倒飞出去，咔咔作响，全身多处骨头碎裂。而那土黄色光芒也被削弱了大半，脖子上的吊坠也出现了裂缝。

这天人吊坠虽让这蔡家天骄免于一死，但若有第二击，他依旧要死。劫后余生，蔡家天骄面色苍白，目露恐惧之色。

"方才如果没有老祖给的保命之物，我……我就死了！这白浩，他……他差点杀了我！"蔡家天骄的身体颤抖不已，此刻已是心胆俱裂。他没有半点迟疑，猛地后退，说什么也不想追击白小纯了。在他看来，这简直是在玩命……

"你们几个大家族，这些保命的东西真不少。"

白小纯皱眉，眼看那蔡家天骄逃遁而去，他冷哼一声，正要追上去灭了此人，可很快面色一变，转身就走，一步踏入虚无，身体瞬间消失。

在白小纯消失后，蔡家天骄依旧战战兢兢，有些后怕。也就是几个呼吸的时间，三道长虹直接破碎虚无而来，出现在白小纯之前消失之处，化作三个老者。

"大族老，贼子是白浩，叛出白家的白浩！"

蔡家天骄看到三个老者后非常激动，赶紧开口。

这三人正是蔡家的族老，尤其是当中一人，乃元婴大圆满的蔡家大族老。三人面色阴沉，看了看自家的那位天骄后，点了点头，再次追击而去。

巨鬼城外，虚无似出现裂缝，白小纯一步走出。因为紧张，他气息稍显急促，向着巨鬼城飞奔而去。

"该死的，蔡家的人追得真快，打了小的又来老的，有本事和我单打独斗！"

白小纯有些不服气，速度却没有减慢，反倒更快，直奔巨鬼城。

就在他将要踏入巨鬼城的瞬间，蔡家三位族老已然追来。三人临近，似掀起苍穹变化，如有滚滚乌云从远处遮天而来。

远远地，他们看到了白小纯的身影。眼看白小纯要踏入巨鬼城，三人立刻急了，蔡家大族老面露杀意，猛地大吼。

"白浩，你抢光我蔡家两大魂场，就算你在巨鬼城有官职，老夫也要杀了你！"

元婴大圆满的修为使得蔡家大族老的吼声超越天雷，直接炸开，扩散四方的同时，也落入白小纯的耳中。

白小纯心头一颤，头也不回，直接踏入巨鬼城。城门内的守卫也傻眼了，下意识地阻挡，只见白小纯取出魔牢令牌，急吼吼地嚷了起来：

"我是魔牢狱卒，蔡家意图叛变，你等速速阻拦！"

这一吼，白小纯用了全力，立刻就让巨鬼城震动了一下，尤其是那些城门内的守卫，更是面色陡变。

他们看到白小纯的令牌，直接放行，转而看向追杀白小纯的蔡家族老。与此同时，这吼声也让蔡家族老三人面色大变。

"你胡说！"

"我蔡家对巨鬼王忠心耿耿，你休要污蔑！"

白小纯眼看这招好用，心中惊喜，索性再次大吼起来，一路吼着，不断疾驰。蔡家三位族老有心追击，却被城门的守卫拦下，更有巡逻队出现。若白小纯没有那样吼出来，他们不顾一切地追杀白小纯，事后也能解释清楚。眼下，一旦硬闯，麻烦就大了，到时恐怕浑身是嘴也说不清。

这一切让蔡家的三位族老满心憋屈，怒火都要压抑不住了，偏偏还要向巡逻队的魂修解释。这么一耽搁，白小纯已飞到护城河旁，直接跳到了河里，凭着令牌，直奔河底。

"我叛出白家那么大的事，进入魔牢后，白家都不敢再追杀。这蔡家……我只不过是抢了两个魂场而已，他们不敢来！"

白小纯十分得意，直奔护城河下的石龟，很快回归魔牢。

事实上，白小纯的判断很准确，蔡家的三位族老好不容易解释清楚后，踏入巨鬼城。在护城河外，他们的愤怒与郁闷已经达到极致，差点憋出内伤来，却偏偏没有办法，毕竟魔牢……他们进不去。

半晌，三人只能面色阴沉地咬牙离去……

这件事情看似结束了，可在巨鬼城内的影响丝毫不弱于白浩叛出白家。很快，城内的魂修大都知晓了此事，彼此交谈时，都在谈论白浩与蔡家……

"听说了吗？那白浩又闹出了大事，他抢了蔡家的魂场，更是一把火将蔡家魂场烧成了焦土啊！"

"他也太能惹事了，叛出白家也就罢了，还去招惹蔡家……"

"我听说，是因蔡家有个纨绔在白浩买魂时故意抬价购买，激怒了白浩，他才如此……"

"为这点小事，他就这样……白浩果然是心狠手辣、睚眦必报啊。我还听说此人有个神通，威力不俗，可降天火……"

消息纷纷扬扬，都在传白浩抢了蔡家的魂场，外人说他心狠手辣，而惊绝酷烈的天火也成为白浩的招牌。

第 636 章

十四色火，成

不管外界如何传，白小纯也不理会。回到魔牢后，白小纯赶紧去了自己的居所。等了好几天，眼看没什么事情发生，他心底总算是松了口气。

"我这狱卒的身份还是很有用的嘛，不过眼下还是避避风头比较好，不到万不得已，我是不出去了。"

白小纯摸了摸储物袋，心中很兴奋，这一次他收获之大，让他觉得自己的选择非常明智。

"三大家族抢我的，我就去抢他们的，不招惹我不就没事了？"

白小纯干咳一声，在之后的日子里，他时常与第九队的其他魂修巡逻。又过了数日，白小纯在脑海里将十四色火仔仔细细地推演一番，这才趁着巡逻之余，单独一人去了牢房。

丁区的牢房内原本一片嘈杂，在没有狱卒的时候，那些犯人有着属于他们的自由。

就算有狱卒来，也有一些犯人不去理会，依旧我行我素。可这一切，在白小纯踏入丁区牢房的时候全都改变了，那些犯人顿时安静下来。

"今天我当班，你们都给我老实点。"

白小纯踏入牢房，背着手，耀武扬威地开口，声音传遍四方。四周那些灰袍犯人一个个胆战心惊，还有不少重犯纷纷侧目。

"黑鞭！"

"是那该死的黑鞭白浩！"

"这人心狠手辣，我至今还记得他审问周老魔时的场景……惨啊！"

那些被白小纯审问过的犯人，更是在看到白小纯的身影后，身体不由自主地颤抖起来，目露恐惧之色。

整个丁区牢房安静无比，白小纯所过之处，无人敢发出声音。白小纯的名气太大了，整个丁区的重犯，没有一个能熬过他的审问，此事早就轰动了丁区。

白小纯审问的时候十分神秘，雾气遮盖牢房，看不清具体情况，但只听那一个个犯人凄厉的惨叫，就让人印象深刻。

此刻，看到白小纯后，丁区内的犯人全都小心翼翼，生怕招惹了他，引来麻烦。还有不少人赶紧露出讨好的笑容，至于那些灰袍犯人更是如此，簇拥着白小纯在丁区内巡逻。

白小纯下巴微仰，看着四周人敬畏自己的目光，不由得心中怡然，觉得自己真是个走到哪里都可以平步青云的绝世天骄。

"太出色了，这不是我的本意，我应该低调才对。"

白小纯在感慨中挥手，将跟随在自己身边的灰袍犯人都打发走，独自在丁区溜达。不多时，他就来到了上次炼火的偏僻区域，盘膝坐下后，看了看四周。

"还是这里好，地方够大，方便炼火。"

白小纯满意地点了点头，又在四周布置了一些禁制，挥手释放大片雾气后，开始闭目打坐。

在脑海里将十四色火的炼制方法重新梳理一番后，他蓦然睁开双眼，一拍储物袋，取出魂塔，将放在里面的魂取出，神情凝重地开始尝试炼制十四色火。

随着魂散出，白小纯双手掐诀，立刻一指，四周的魂顿时直奔他的掌心而来。很快，一团火就出现在白小纯手中，从一色直接炼到了十三色后，他全神贯注，更为严肃，向着炼制十四色火努力。

"对于炼制十四色火我已经有很大把握了，只是有一些细节需要调整……五次之内，一定能成！"

白小纯目光炯炯，按照脑海里的推演，开始炼制。

很快，四周的魂就呼啸而来，一一融入白小纯手中的火团。火团越来越大，到了最后，竟直接扩散开来，笼罩八方，吞噬冤魂。

而其颜色则从原本的十三色慢慢要多出一色，可就在将要凝聚出第十四色的瞬间，白小纯面色一变，猛地挥手，他手心内的十三色火无声无息，自行熄灭了。

白小纯皱起眉头，看着自己的手心，沉吟中再次取出大量冤魂，又一次尝试起来。时间流逝，很快过去了九天。

九天里，白小纯已炼了四次。虽然每一次都失败了，但他没有气馁，他有足够的魂炼制，且每次失败后，他都会思索原因。

在第十天到来时，白小纯盘膝抬起头，双眼有些血丝，他甩了甩凌乱的头发，精神却无比振奋。

"所有问题都解决了，这一次，十四色火一定成！一旦我炼成十四色火，就代表我是黄品巅峰！若能炼成十五色火，我就是……玄品炼魂师！"

白小纯内心充满期待。他来蛮荒的时间也不算短了，对炼魂师也已了解很多，知道玄品炼魂师几乎就是一个大的炼魂家族的顶梁柱了。

至于地品炼魂师，整个蛮荒都少有，任何一个地位都很高，虽不如王爷，但也超越天人了。

白小纯缓缓地深吸一口气，平静了一下心绪后，再次炼火。这一次，他娴熟无比，很快就从一色火炼到十三色火，没有半点停顿。

随着白小纯袖子一甩，魂塔内大量的冤魂飞出，白小纯低吼一声，手中的十三色火立刻爆开，向着四周横扫。

随着火焰的扩散，四周的魂潮瞬间被吞入十三色火内，不到半炷香的时间，火光大盛，其内赫然多了第十四色！

白小纯非常激动，手却很稳，散开灵识，慢慢将手掌握住。随着他的动作，十四色火缓缓收缩起来，这个过程，耗费了白小纯大量心神。

用了半个时辰，白小纯才小心翼翼地将手掌握成拳头。白小纯心脏怦怦跳动，呼吸急促，盯着自己的拳头，慢慢张开手，一团璀璨夺目的十四色火赫然出现在他的掌心！

这十四色火一旦爆发，虽无法威胁天人，但对付大多数元婴修士已绰绰有余！

"成了，我终于成了！"白小纯开心地大笑起来。

"十五色火不知什么时候才能被我炼制出来，应该很难。毕竟一旦炼成，我就是玄品炼魂师了。也罢，这火虽好，但若不能增强我的战力，也没用……"

白小纯压下内心的激动，将十四色火收起，算了算自己剩余的魂，果断做了决定。

"将我身上能炼的东西都炼灵十四次，这样的话……我虽不是元婴修士，但我的战力，必定会提高不少。"

白小纯想到这里，心头一热，对于武装自己，增强自己的战力，他一向有执念。

此刻，他没有迟疑，就要开始炼灵……他刚准备拿出龟纹锅，但马上转念一想："不对，这里人多眼杂……即便有雾气遮掩，也不保险，不怕一万，就怕万一啊！我的锅可是宝贝，财不外露，低调低调啊！还是谨慎一些，在蛮荒一定要稳妥再稳妥，不能大意。"

想到这里，白小纯起身一晃，挥散四周的雾气后，化作一道长虹，直奔牢房大门而去。

当白小纯离开丁区牢房时，距离他有些距离的骷髅头内，盘膝坐着一个老者，脸上有一块红色的胎记。

这老者低着头，看起来与寻常犯人没什么区别，眼下他却缓缓抬头，看向白小纯的方向，目中竟有幽芒一闪。

"炼出十三色火不久，他居然又炼出了十四色火……这小家伙有点意思。"老者喃喃自语，似在轻笑。

白小纯炼火之地十分偏僻，再加上之前白小纯设下的禁制与雾气，所以十四色火的出现并没有引起其他人的注意，唯独这老者看得清清楚楚。

但很快，老者就重新闭目，不再理会。

第 637 章

全身是宝

离开丁区牢房后，白小纯遇到了第九队的其他魂修，相互谈笑一番，他回到了自己的居所。

"距离本队下次巡逻还有一些时间，正好在这些日子，把我身上能炼灵的东西都炼一遍。"

白小纯内心很期待，脑海里不由得浮现出一幅画面。画面中，自己全身上下都是炼灵十四次的装备，宝光闪耀。

白小纯越想越兴奋，得意地笑了起来。他趁着心头火热，立刻在居所内布置了一番，确保无虞后，用魂塔里的冤魂顺利炼出数份十四色火，之后取出龟纹锅，开始炼灵。

首先炼的就是永夜伞。此次，这把伞被他炼灵了十四次，模样又改变了一些，尤其是那个伞身上的鬼脸，似笑非笑，似哭非哭，极为瘆人。这鬼脸的眉心竟出现了一道竖痕，仔细一看，里面并非第三眼，而是隐隐藏着一张模糊的鬼脸，一眼看去，就算是白小纯也心神一震。

"怕是再进一步，炼灵十五次，就可以成为天人的法宝了。"

白小纯目光明亮，舔了一下嘴唇。他知道炼灵十五次后，法宝所散发的气息堪比天人，而这种宝物，就算是在蛮荒，也十分少见。

毕竟蛮荒虽有多色火，但炼灵的成功率一样不高，只不过基数大，所以看起来这种宝物似乎多一些而已。

实际上，若白小纯真的全身上下都是炼灵十四次的法宝，虽说并非蛮荒首位，在他之前或许也有人能做到，但无论如何，都是震人心神的。

永夜伞炼完，白小纯谨慎地左顾右盼一番，再次确定无碍后，快速取下自己的面具，将面具也炼灵十四次，然后又快速戴上，这才松了一口气。随后则是其他法宝，如周一星的弓、那些威力巨大的箭矢，甚至还有飞剑。

最夸张的是，白小纯想到蔡家那位纨绔身上的宝衣，有些不服气，又觉得超级拉风，所以他将储物袋内的几件皮甲也炼灵了十四次……

这种做法极为奢侈，若是传出去，必定让人抓狂。直至实在没有宝物能炼灵后，白小纯才结束此番操作。此刻的他，全身法宝都炼灵了十四次，可以说武装到了牙齿。

"如今，我就算是再遇到白家的那位天人老祖，他想杀我，也没那么容易！"

白小纯哈哈一笑，发现自己手中的魂居然还剩下一些，就更开心了。

"虽然修为无法提高，但我这身装备使得我的战力提高了太多，对……要尽快弄出十五色火，这样的话，我全身的装备都可炼灵十五次……天人看到我，也要傻眼！嗯，最好能羡慕死他们，那就不用打了，哈哈哈……"

白小纯越想越兴奋，他知道怀璧其罪的道理。虽说有面具在，身份不会轻易暴露，但他还是将那些炼灵十四次的宝物的金纹都盖住了。

做完这些，白小纯盘膝坐下，按照白浩的笔记，开始研究十五色火的炼制方法。

很快七天就过去了，这七天里，白小纯很发愁，十五色火的配方，对于任何一个炼魂家族而言，都至关重要。

白浩的笔记内，虽有十五色火的配方，但配方不全。炼制十五色火的难度之大，令白小纯瞠目结舌。

如果炼制十四色火的难度是十，那么炼制十五色火的难度，则是一百！

如此大的差距，使得十四色火和十五色火之间有了天堑，不仅仅阻挡在白小纯的面前，也阻挡在整个蛮荒的黄品炼魂师面前。

一旦成功，黄品炼魂师就会变成玄品炼魂师，可这难度极大。在整个蛮荒，玄品炼魂师也只有数十人罢了。由此可见，炼制十五色火有多难。

白小纯发起愁来，可也没办法，只能继续研究推演，时而还要尝试炼一下。又过去了三天，这一天晌午，白小纯正苦恼地抓了一把自己的头发，都试了好几天了，进展微乎其微。突然，他皱眉抬头。

不多时，房门外就传来了第九队队长喜不自禁的声音：

"白浩，赶紧出来，有大事啊！"

白小纯眉头舒展了些，起身走出屋舍，一眼就看到了兴奋的第九队队长。

"队长，什么事？来新犯人了？"白小纯有些懒散地问道。

"的确有新犯人，可不在我们丁区，而且不是我找你，是典狱长要找你啊！"队长说着，一把抓住白小纯的手臂，拽着他就走。

"典狱长?!"

白小纯一愣，脑海里立刻闪现出当日在护城河外见到的李旭，内心一惊，暗道："莫非是巨鬼王不管我，让蔡家或者白家找来了？"可白小纯看了看队长，发现队长喜不自胜，又觉得事情似乎不是自己所想的样子。

"队长，到底什么事情啊？"白小纯停顿了一下，赶紧问道。

"喜事，大喜事！"

队长哈哈一笑，看出白小纯着急，于是就没继续卖关子，而是拉着白小纯边走边说。

白小纯听着听着，总算知道了事情的缘由……

按照队长的说法，甲区前段日子抓来一个新犯人，这犯人至关重要，似乎是上面指定的要撬开口的人，以至于典狱长都极为重视。

可此人嘴硬，甚至四大区的黑鞭都出手了，也无法从其口中问出丝毫线索。偏偏此人又十分特殊，是元婴修士，一旦强行搜魂，不但有可能毫无效果，而且会导致此人魂飞魄散。如此一来，整个魔牢束手无策。

而典狱长也因此有了极大的压力，甚至暴怒数次，却于事无补。魔牢的四大黑鞭使出浑身解数，依旧以失败告终。

就在众人没有办法时，丁区的牢头孙鹏提起了白小纯，说在他们丁区，有个叫白浩的家伙，对审问很有一套，整个丁区那些嘴硬的重犯，不管之前骨头有多么硬，在白浩面前，全都开口了。

原本这种级别的事情，轮不到白小纯知晓，不过，李旭实在也没办法了。听到孙鹏的话后，李旭想起白小纯的身份，虽然有些顾虑，但因压力太大，还是打算死马当活马医，这才有了召见白小纯之事。

"白老弟，这可是一次机会啊！你一旦撬开那家伙的口，从此之后，你就是我魔牢第一黑鞭啊！"队长兴奋地说。他对白小纯极有信心，在他看来，这世上就没有白小纯撬不开的口。

"若成为第一黑鞭，按照我们魔牢的规矩，你可以任意前往四大区，地位之高，仅次于典狱长，与四大区的牢头并列啊！

"这个机会，你要是把握住了，飞黄腾达、平步青云不说，就是其他三大区的重犯也可以给你带来一大笔财富，到时候可别忘了我们，多多提携才是。"队长越说越兴奋，拉着白小纯直奔甲区。

白小纯心底也松了一口气，只要不是白家或者蔡家找来，他就没什么怕的，尤其是这种审问之事，对他来说，更容易了。

"这点小事，队长放心，还没有我问不出的秘密。"

白小纯抬起下巴，嘚瑟地说道。很快，他就在队长的带领下到了甲区。

甲区的环境大致与丁区相同，仔细一看，甲区要比丁区大不少，且比丁区更阴森。狱卒居住的屋舍更有一阵一阵魂的波动散出，显然，在这里修行，对于魂修而言很有好处。

此刻，在甲区的广场上放着一个巨大的骷髅头，里面关押着一个中年男子。白小纯觉得有些眼熟，这男子衣衫褴褛，目露鄙夷之色。此刻，中年男子正被一个背对着白小纯的人抓着脖子，似在说着什么。

骷髅头外，已有不少人等在那里。白小纯一眼就看到了丁区的孙鹏，在孙鹏四周还有三位老者，一个个都面色阴沉，这几人正是其他三大区的牢头。

而在他们身边，还有四个修士。这四个修士年纪不同，有年老的有青壮的，每个人的身上都散发出阵阵阴冷之感，他们站在那里，就如同四条隐藏在草丛中的毒蛇，极其危险！

这四人，白小纯只认识一个，那就是丁区的黑鞭。通过此人，他不难猜出，其他三人肯定是各区的第一鞭手——黑鞭。

除了这些人外，白小纯还看到了……抓着犯人脖子的……典狱长李旭！

察觉到白小纯到来后，李旭松开了抓着犯人的手，侧头时，一眼看向白小纯。

李旭的目光如狼，带着凶残，十分犀利。

第 638 章

蔡家族老

白小纯不由得小心起来。李旭很强，元婴大圆满的修为，配合他魔牢典狱长的身份，以及常年在此地而形成的阴森冷厉的气质，使得他的目光格外吓人。

"白浩，撬开此人的口，你就是我魔牢第一黑鞭！若撬不开，就给我滚出魔牢，在外面惹的麻烦，你自己去处理！"很显然，李旭的耐心在这些日子已耗尽了，一想到只有两天的时间了，若是问不出答案，上面追究下来，麻烦就大了。

越这么想，他就越心烦，偏偏还不能处死这个犯人。以李旭的身份，他已经打探到了，这是巨鬼王亲自下令送来此地，并在指定日期前要问出答案的人。

此话一出，白小纯身边的队长就面色一变，孙鹏也愣了一下。他们推荐白小纯本是好意，眼下听到李旭的话，却可能变成坏事。

白小纯脚步一顿，皱起眉头，看着李旭。

其他三区的牢头以及黑鞭，闻言虽神色如常，但心中大都冷笑起来。他们有自己的骄傲，认为自己既然问不出来，白浩一个毛头小子，必定也是白费力气。

"能不能撬开口？撬不开现在就给我滚出魔牢！"李旭声音冷酷，传遍四周，他身边众人都低头沉默不语。孙鹏暗叹，队长更是哆嗦着，不敢说话。

白小纯有些不高兴了，他知道李旭看自己不顺眼，可这一次不是自己要来的，而是对方找自己来的。

"这是把气撒到我身上了啊……要趁机将我踢出魔牢？"白小纯皱起眉头，心想，"此事有些棘手，一旦被他踢出魔牢，在外面，蔡家和白家更容易找我的麻烦。"想到这里，白小纯决定先忍了。

于是他缓缓向前走去，走到骷髅牢房外，打量里面的中年男子。之前他就觉得此人有些眼熟，仔细一看，立刻就认出，此人正是之前追杀自己的蔡家三位族老之一。

很显然，这族老也认出了白小纯。他虽披头散发，嘴角带着鲜血，但目中的轻蔑之色自始至终都没有消失，甚至在白小纯看向他时，目中还有杀机一闪。他直接喷出一口带血的唾沫，吐在了白小纯的衣服上。

"典狱长，此人是什么身份？"白小纯一抖衣服，将那口唾沫震开，看向李旭，明知故问。

"什么身份不是你能知道的！你只需回答我，能不能撬开他的口，不能就赶紧滚！"眼看白小纯竟很淡定，李旭冷哼一声。他之前的确是迁怒于白小纯，也的确打算趁这个机会，将白小纯踢出魔牢。

白小纯一听此话，四周又这么多人，脸上有些挂不住，他是能忍，可也有火气。此刻，他猛地抬头，看向李旭。

"典狱长，你想让白某走，直说就是，不必如此。你不告诉我此人的身份，我怎么能有针对性地审问？也罢，不欢迎我，白某走就是！"白小纯袖子猛地一甩。

"不过我把话放在这里，整个魔牢，能撬开此人之口的，除了我白浩，没有第二个！"白小纯冷笑一声，转身就要走。

白小纯说的话很容易得罪其他三区的黑鞭，这一点他也知道，可他没办法。对方无理取闹般刁难自己，甚至想借机将自己赶出魔牢，自己既然想要反抗，就必须摆出这种自信狂傲的姿态。

"李旭若真为此心急，定会留我。若是不留，就只能说明我掉到坑里了，这就是李旭为了踢我出去，刻意设下的套。"白小纯内心琢磨着，刚刚走出几步，他身后就传来了冰冷的声音：

"此人是三大家族中蔡家的族老。你要问他的是蔡家这些年来，为修炼与炼火，哪种属性的魂，消耗得最少！"李旭望着白小纯的背影，缓缓开口，语气虽硬且冷，但是明显比之前好了一些。

白小纯脚步一顿，立刻就判断出，对方这是真的要问出答案，而不是做局针对自己。

"蔡家族老，被抓来魔牢……"白小纯看向骷髅牢房内的中年男子，此事让他有了很多的联想……

"哪种属性的魂，消耗得最少？"白小纯目光一闪，看不出这个问题有什么端倪。而且，此事的答案很难确认真假。

"金木水火土，魂的这五种属性，之前四大黑鞭一一拷问时，他也开口了，可说出的答案都不同。"李旭阴沉地说道，语气中带着一丝懊恼，"所以，你要做的是，让他去证明，他说出的答案是真的，至于如何证明，就看你的本事了。"

白小纯沉吟片刻，重新走到骷髅牢房前，观察蔡家族老。他知道，当日被对方三人追杀时，自己若是逃得慢了，那三人必定会出手灭杀自己，他们之间不存在同情，本就是敌人。

况且在魔牢的这段时间白小纯也了解了，尽管三大家族彼此不合，可在遇到外部压力时却会抱成团。又联想到白家要杀自己，而巨鬼王却要救自己，白小纯的脑海里已经有了确定的答案。

"巨鬼王果然与这三大家族不合！可三大家族凭什么与半神斗？以巨鬼王的修为，为何不直接出手灭了他们？"这一点，白小纯还是想不明白。

就在李旭等得不耐烦时，白小纯深吸一口气。他知道自己没有选择，在蛮荒内生存，他必须要有立场——是站在巨鬼王那边，还是站在三大家族一边？

一旦选择，就不能心慈手软。况且他也不需要选择立场，巨鬼王已经帮他做出了选择。他眼神冷厉，直接上前打开骷髅牢房的门，踏步走了进去。

刚进去，一片黑雾就从白小纯手中散出，瞬间充满整个牢房，使得外人视线被阻。就算是李旭，也很难看清牢房里的场景。

丁区的黑鞭对白小纯很了解，此刻保持着沉默。其他三区的黑鞭，眼看白小纯居然真的自不量力地进入牢房，立刻冷笑起来。

"故弄玄虚，我倒要看看此人有什么本事，我等问不出，他又岂能做到！"

"不用说，此人必定是进去装模作样一番，然后胡乱说出一个答案。"

"哼，我等问出的答案里必定有一个是真的，典狱长又何必多此一举！"

三人冷笑着相互传音，对白小纯很不屑。

李旭紧皱着眉头，忍住内心的怒气。只要白小纯能问出答案，且能证明这答案是真实的，一切事情，他都可以接受。

牢房内，白小纯看着那蔡家族老，叹了口气：

"你还是说吧，不然的话，我一旦动手，连我自己都害怕。"

"哼，当日若不是你逃得快，老夫定可将你捏死。不过敢招惹我蔡家，你早晚会被我蔡家挫骨扬灰！"这族老的眼中带着杀意，向白小纯吐出一口浓痰。

"向人吐痰，好玩吗？"白小纯一看这家伙向自己吐了两次痰，有些怒了。于是，他一拍储物袋，取出几颗雄香丹。

"嘴硬是吧，我看你一会儿说还是不说！"

众人等了小半炷香的时间，突然，牢房内传出一声压抑的嘶吼。

这声音传出后，众人立刻看去。

"从这声音听来，白浩还有点本事。不过也就这样了，让人发出压抑的嘶吼，我们闭着眼睛也能做到。"那三个区的黑鞭也是一愣，相互传音后，对白小纯的不屑少了一些，可依旧不看好他。

只有第九队的队长听到这嘶吼后双眼放光，他对白小纯有种盲目的信任，心想，这声音一出，必定成功。

李旭面色依旧阴沉，心中焦虑，也有期待。

就在众人思绪万千之时，牢房内的嘶吼声猛地强烈起来，传遍四方，凄厉得无法形容。

"白浩，你不得好死！白浩，我要杀了你。上一次若非你逃得快，我定能将你杀了！"

那蔡家族老似乎想用怒骂的方式来抵抗难言的痛楚。

"啊啊啊……"

那声音越来越强烈，持续了半个时辰，依旧没有减弱，让外界所有人都不由得倒吸一口凉气。三大黑鞭彼此交换眼神，满是震惊。典狱长李旭也开始双眼冒光。

"那白浩到底做了什么？居然能让人如此……"

"天啊，我仅仅听声音，都已经毛骨悚然了……"

"更恐怖的是，这种程度的折磨持续了这么长时间，痛苦却有增无减，吼声也似乎越来越凄厉……这实在……难以想象！"

第 639 章

你想速死吗

时间流逝，惨叫声已经持续了整整一个时辰，依旧凄厉无比。

外面那些狱卒，哪怕常年在魔牢，也受到了震动。

那一声声惨叫中已经没有了对白小纯的咒骂，只剩下了单纯的凄吼。那种压抑的声音蕴藏着令人抓狂的力量，让人听到后不寒而栗。

因为黑雾弥漫，众人无法看清里面的具体情况，这使得那种神秘的压迫感不断增加，不单外面那些狱卒心惊，就连四大黑鞭，一个个也胸膛起伏，显然很不平静。

李旭双眼冒着光，呼吸急促。

就在众人等待时，牢房内，白小纯皱起眉头，看着眼前全身颤抖、双目通红的蔡家族老。蔡家族老脸上鼓起大量青筋，死死地盯着白小纯。

"有点本事……依靠吼声，来宣泄体内的火热之力吗？"白小纯哼了一声。不仅仅是蔡家族老想到了这个办法，实际上被关押在魔牢内的那些老魔头，在白小纯审问时大都如此。

"我劝你还是说了吧，我们也是各为其主，别逼我用第二招！第二招一出，不说天下无敌，但也差不多了。"白小纯背着手，抬起下巴，劝说道。

"滚！"那蔡家族老大吼一声，神色狰狞，仿佛要生吞了白小纯一般。

"你这老家伙，好，就让你看看我的第二招！"白小纯眼睛一瞪，右手掐诀向着老者一指，顿时形成一道封印，直接落在老者的嘴唇上。

蔡家族老的口瞬间被封住了，这使得他无法惨叫，只能闷在体内，发出阵阵低吼。

　　白小纯等于断了他通过吼声来宣泄痛楚的那条路。蔡家族老身体抖如筛糠，目中露出了一丝惊慌之色，不断挣扎。

　　他觉得全身火热，想要爆发，却没有宣泄的方法。眨眼间，汗水就打湿了全身，旋即又被体温蒸发，体内仿佛有无数蚂蚁在爬，煎熬到了极致，难以形容。

　　这一幕，看得白小纯喉结滚动了一下，心脏加速跳动，有些不忍，可一想到对方之前还追杀自己，且眼下自己站在巨鬼王一边，对蔡家族老的仁慈反倒会给自己引来杀身之祸。

　　"罢了罢了，人在江湖，身不由己啊！"白小纯感慨地叹了口气，蹲在蔡家族老的面前，苦口婆心地劝说，"你就说了吧，这样你也不为难我，我也不为难你，多好啊……不就是告诉我们，蔡家这些年，哪种属性的魂消耗得最少吗？多简单的问题啊！"

　　白小纯正说着，那蔡家族老更加疯狂，竟一头向白小纯撞来，似乎想两败俱伤，若不能撞死白小纯，那么就自己撞死。

　　白小纯退后几步，避开蔡家族老，眉头再次皱起。而此刻，牢房外的众人也很吃惊。他们发现惨叫声消失了，取而代之的是仿佛被捂住了口的闷声低吼。

　　外面甲区的那些狱卒因不是鞭手，不了解情况，此刻只是诧异不解，可一旁的魔牢四大黑鞭则神情严肃，彼此看了看后，都看到了对方眼中的震惊。

　　"让犯人惨叫，只是寻常鞭手的手段……可像这样不让对方喊出声音，是另一种境界……"

　　"道理很多人都懂，可实际运用起来很难，要根据不同的情况以及不同的拷问方式来决定……"

　　"这白浩……不知他用了什么手段，让这人之前惨叫，到后面憋着，一旦爆发，威力就越发大，我们小看他了！"

　　李旭双眼更明亮了一些，他身为典狱长，对鞭手的一些手段也有所了解，此刻脸上满是期待的神色。

　　这种闷声的低吼，随着时间逝去，还在持续，竟又坚持了一个多时辰，还不见结束，这一幕让众人不由得心急起来。

　　牢房内的白小纯也吃惊了，他看着全身赤红的蔡家族老，看着对方的眼中还有一丝神志，也有一些被触动了。

"你是我见过的坚持时间最长的了……你又何必如此？我还有第三招……可这第三招，我不想用，你就说了吧……"白小纯叹了口气，无比认真地说道。

蔡家族老盯着白小纯，突然点了点头。

白小纯一愣，赶紧上前掐诀一指，解开了蔡家族老口中的封印。可就在封印解开的瞬间，蔡家族老猛地喷出一大口鲜血，同时发出咆哮，接着便发出疯狂的笑声。

"白浩，你就这点手段啊，老夫给你添把火。我告诉你一件事情，你母亲当年死亡，正是我蔡家的族女，也就是你的大母干的。你母亲死前还在为你缝衣衫，死得极其凄惨……"蔡家族老大笑。

白小纯身体一震。

"当年一同死亡的，还有你母亲的家人，她身边所有的婢女，一个不剩，也都被处死了。要不是你有白家血脉，当年连你也要死！身为婢女，贱命一条，没有怀孕也就罢了，怀了孕还敢生下来，这就是她的死罪。真正害死你母亲的，不是其他人，正是你自己。如果没有你，你母亲根本不会死！"蔡家族老狂笑，目中露出癫狂之色，明知道自己这番话会强烈地刺激到白小纯，可他还是要说。

白小纯双眼中瞬间有了杀机。与此同时，外面众人也听到了这些话语，李旭面色大变。

"白浩，此人不能死！"

李旭焦急之下正要上前，牢房内传出了白小纯的声音：

"如此刺激我，你是想速死吗？我岂能让你如愿？"

白小纯眼神冷厉，他虽不是白浩，但听到这番话，依旧怒火中烧。说完，他深深地看了狂笑的蔡家族老一眼。

这一眼令蔡家族老内心一震，没来由地升起一股寒意，笑声也顿了一下。

白小纯没有理会蔡家族老，走出牢房。

众人目光聚集在白小纯身上。李旭上前，可还没等李旭开口，白小纯就面色阴沉地一甩袖子。

"我需要刑具！"

"白浩，你别冲动，此人在招供前，不能死……"李旭严肃地喝道。

"典狱长，我不会让他这么轻易死掉的。"

白小纯轻飘飘地开口，简简单单的一句话，落入众人耳中，却仿佛一阵阴风，令人发冷。

"你需要什么刑具？"李旭深深地看了一眼白小纯，沉声问道。

"一条大黑狗，越强壮越好！"白小纯开口。

此话一出，众人都愣了一下。李旭皱起眉头，没多说什么，便交代下去。没过多久，就有人牵来了一条如小牛犊般大的黑狗。

这大黑狗已经算是凶兽了，全身长满倒刺，强壮无比，牙齿锋利，被牵来时，目露凶光，还有大量口水从口中顺着牙齿滴落。

看到这条大黑狗，白小纯满意地点了点头，于是带着大黑狗，直接进入牢房。蔡家族老在看到大黑狗的瞬间，面色大变，发出比之前还要凄厉的嘶吼。

"白浩，你要干什么？"

"不干什么，你不是不说吗？我也不要求你说了。"

白小纯冷笑，取出一些雄香丹，将一枚雄香丹直接塞入大黑狗的口中，然后将余下的雄香丹喂给了蔡家族老。

"我这第三招，至今为止，还没有人能承受住。你若能坚持下来，我会给你换下一个凶兽，让你好好享受。"

白小纯淡然开口。之前还有些不忍，可这蔡家族老如此刺激自己，白小纯的心不由得彻底狠了下来。

第 640 章

自信的巨鬼王

对蔡家族老而言，大黑狗恐怖到了极致。因大量摄入雄香丹，蔡家族老清晰地感受到，自己已经快要无法控制身体了。

偏偏白小纯依旧没有松手，这对蔡家族老而言，是一种心理的煎熬与折磨，他甚至有些后悔方才那么刺激白小纯了。

此刻蔡家族老颤抖着，有些迟疑……

"白浩，我们有话好说，我可以……"

蔡家族老正要开口，可白小纯直接打断了他的话：

"我不想听了。"

白小纯猛地松开手，那大黑狗疯狂地大吼一声，直奔蔡家族老而去。

一声声惨叫传出……

甲区的狱卒全都倒吸一口凉气，身体哆嗦起来。此刻，他们瞬间有了一个共识：绝不能招惹白浩！

那四大黑鞭，一个个神色不断变化，看向牢房，心神震动，也产生了这样的共识。

"太凶残了……"

"这种痛苦，谁能承受？这不但是身体上的折磨，而且是心理上的折磨……堂堂元婴修士，高高在上的蔡家族老……"

"这白浩果然是个狠辣之人。这种手段他都可以使出，他……他才是真正的黑鞭啊，心太黑！"

李旭也隐隐有种寒意，白浩……果然如传闻一样，心狠手辣，什么事都能干得出来……

也就是十几个呼吸后，蔡家族老的声音传出：

"我说，我说……木魂……木魂消耗得最少……"

蔡家族老不断惨叫，不但说出了李旭想知道的答案，甚至还担心他们不信，额外说了很多。最后，他发出一声尖叫，说出了一件事情：

"三大家族……要叛变……"

此时，蔡家族老已经崩溃了。

众人在听到这最后一句话后，全都脸色大变，尤其是李旭，两眼放光。

"三大家族要叛变?!"

"这三大家族到底有什么倚仗，竟敢背叛巨鬼王!"

就在众人心中疑惑时，白小纯从牢房内走了出来。他面色阴沉，走出后，看了李旭一眼，没有说话，直接远去。

不需要他说什么，所有人都见证了这一幕，如果蔡家族老说的还是假话，那也没人能再逼问出什么了。

目送白小纯远去，李旭深吸一口气，他之前对白小纯有些成见，此刻成见已消失，取而代之的则是发自内心的欣赏。

"这才是真正的黑鞭!"

李旭眼神热切，他相信，这一次蔡家族老说的十有八九是真的，要知道，对方就连三大家族要叛变之事都说出来了。

至于魔牢的四大黑鞭，这四人在看向白小纯的背影时也十分敬佩，内心深处都明白自己与对方在审问方面有些差距。

"今天的事情，不允许外传!"

李旭沉声说道，收回看向白小纯的目光，冷冷地扫了一眼四周。四区的牢头知道事情重大，也都神情凝重，纷纷交代下去。

魔牢相对独立，想要锁住消息，短时间还是可以做到的。

为了确保万无一失，李旭还亲自下令，封闭魔牢。这段时间一切外出，都必须经过他的同意，否则的话，任何人不得出去。

安排好之后，李旭独自一人离开魔牢，直奔无常公大殿而去。

至于蔡家族老，已经没人理会了，连人带牢房被一同封印……

与此同时，白小纯也从甲区回到了丁区。在自己的居所内，他盘膝坐下，眉头始终皱着。一方面是因蔡家族老的那些话语，让他对白浩更为同情；另一方面，则是因蔡家族老说的三大家族要叛变之事。

"三大家族凭什么敢叛变？"

白小纯想不明白，他虽没看到过半神出手，但也知道，天人与半神之间的差距极大！

要知道，星空道极宗有数位天人，可半神只有一个。一个半神，就可压制所有天人了，但眼下，巨鬼城内的三大家族竟敢反叛半神！

最重要的是三大家族的根基就在这里，这一次的叛变，他们首先要做的必定是屠神！

"这里面一定有我不知道的隐秘，或许也正是这个隐秘，才使得巨鬼王明明怀疑三大家族了，却没有立刻动手。"

白小纯思索良久，还是觉得有些雾里看花。

"三大家族必然有一定把握……他们的底牌到底是什么呢？"

白小纯沉思时，无常公的大殿中，李旭正站在无常公面前，抱拳一拜。

"禀告无常公，那蔡家族老……招了，消耗最少的魂是……"

无常公打断了李旭的话。

"不用和我说，我带你去直接向王爷汇报此事！"

说完，无常公一步走出，直奔雕像头顶的王殿而去。

李旭闻言一怔，随即有些激动，低头跟随。二人瞬间临近王殿，一路无人阻拦，很快就到了王殿。在王殿顶层一处阁楼中，他们看到了巨鬼王魁梧的身躯。

"拜见王爷！"二人恭敬开口。

巨鬼王站在阁楼边缘，俯视整个王城，似乎一切秘密都逃不出他的双目。半晌，他的声音回荡在阁楼中：

"有结果了吗？"

李旭强忍着内心的激动，稳定心神后，拿出一枚玉简，恭敬地送上。

也不见巨鬼王施法，玉简就自行飞出，直接落在了他的手中。看了看后，巨鬼王双眼闪过一丝精光，玉简立刻就化作了飞灰。

这一幕让李旭内心忐忑不安，他虽自信玉简上的内容十有八九是真的，但也害怕万一出了问题，自己承担不起后果。

"你们退下吧。"

许久，巨鬼王淡淡开口。李旭松了口气，偷偷看了看身边的无常公，发现无常公自始至终神色如常，他心中才安稳了一些，与无常公一起离开了王殿。

二人离去后，阁楼内，巨鬼王目光扫过城内十侯之地，又看了看城外三大家族的方向，半晌，他忽然笑了：

"居然连叛变之事都拷问出来了……木魂消耗最少……果然如我所料……三大家族借助这一次冥皇继承人的事情大肆收魂，也算是煞费苦心了。按照正常情况来说，五行之魂的消耗量是差不多的，不会出现某种属性的魂的消耗得太少的情况……如此来看，这么多年，三大家族应该打探到了我的功法存在衰变期……而我在衰变期内，修为会不断降低……最重要的是，在衰变期内，海量的木魂可以对我形成强有力的克制……这是他们唯一的一次机会了……无常公也不可全信，我巨鬼城内的五公十侯，到底哪一个包藏祸心呢？我很期待啊，这一次，一次性解决所有问题。"

巨鬼王哂笑一声，显露出一股睥睨之意，似乎在他的眼中，三大家族也好，麾下的五公十侯也罢，都不过是蝼蚁。

"不过那个白浩，倒是一个不错的惹事的苗子，在炼火上也有些天赋……"巨鬼王微微一笑，在他眼中，白浩算是一枚有用的棋子，仅此而已。

第 641 章
我闻到了宝物的味道

蔡家族老失踪之事，没有引起什么风波。蔡家风平浪静，看上去完全没有追查此事。

巨鬼城内也是如此，一切都一如从前……

巨鬼王也没有动作，这一切，对于不知情者而言没什么，可对于知情者来说就很诡异了。

仿佛……山雨欲来！

魔牢内，当日听到了蔡家族老话语的人，一个个都心中忐忑，却不敢讨论，只能暗中关注事态的发展。

"一个月了，居然还没打起来！"白小纯也很诧异。实际上，他也密切关注着这件事，可等了一个月，依旧没看到三大家族或是巨鬼王有什么动作。

"蔡家族老被擒之事，就算当时蔡家不知道，之后也一定能调查出来，他们肯定也做好了事情败露的准备……可是蔡家没有出手……偏偏巨鬼王也很安静。难道他们之间是在试探？"白小纯坐在居所内挠了挠头，心中对巨鬼王不由得产生了一些鄙夷，"半神强者做成他那个样子的，估计也没几个了。若我是半神，直接出手灭了三大家族，一切就都解决了。"

"不过这么看来，三大家族要么还没准备好，要么就是还在迟疑……或许，这对我来说是个机会啊！"白小纯眼珠儿转了转，低头看向自己的储物袋。他之前抢夺蔡家两个魂场获得的魂，在将各种装备炼灵十四次后只剩下了小半，再加上他这段日子尝试炼制十五色火不断失败，如今已所剩无几。

"没魂了……炼火实在是太消耗魂了。"白小纯慢慢眯起双眼，思索良久，越发觉得自己的判断正确。

"不过也不能冒险，我得先去踩踩点，如果有机会就抢，没机会就算了。"白小纯想到这里，心中依旧忐忑，却觉得有些刺激，琢磨了一番，立刻起身外出。

魔牢虽限制外出，但白小纯身为魔牢第一黑鞭，又是他亲自拷问出来的消息，且他与三大家族之间明显水火不容，所以李旭也就没有刁难，直接放行。

很快，白小纯乔装打扮一番，就顺着护城河离开了魔牢。

此刻已是黄昏，天色渐暗，护城河又太大，白小纯随意找了一个区域冒头，没有引起任何人的注意，飞速离开了巨鬼城。

"可惜不能暴露我能改变容貌的本事，只能这么装扮一下。"

白小纯内心嘀咕，头上戴着一顶大帽子，身上多穿了几件衣服，看起来身材也魁梧了一些。此刻，他低着头，飞出巨鬼城后，直奔陈家而去。

"蔡家抢过了，总抢一家也不好，且蔡家必定戒备森严，而白家的魂又太少，只有陈家了……"白小纯暗中飞速前行，很快就远远地看到了三大家族中的陈家所在之地，也看到了陈家城四周的八个魂场。

看着魂场内飘浮的蜂窝般的建筑中飞出大量的冤魂，白小纯喉结滚动，咽下一口口水："这陈家的魂，真不少啊……"

白小纯眼馋，可仔细打量后很发愁，陈家的魂场离陈家城太近了，且守卫森严。白小纯琢磨着，以自己的速度，怕是刚刚进去抢夺，就会被察觉。

"这陈家太小气了，区区魂场，守卫得这么森严干吗？"白小纯满面愁容，那种看得到却摸不到的感觉让他很不甘心。

"不就是魂吗？三大家族这么富有，至于守护这么严吗？一点也不大气，实在太欺负人了。"白小纯叹了口气，知道这一次自己没机会了，于是带着郁闷离去。很快他就看到了巨鬼城，正要踏入城中回魔牢，就在这时，他忽然看到城池内的巨鬼雕像上有一道身影破空远去。

距离虽远，但以白小纯的修为，还是看清了那是无常公，而无常公所去的方向，正是白家所在的方向。

天人出行，没有隐藏自己的身影，不单白小纯能看到，巨鬼城内的很多人都能目睹，这就值得玩味了。

"嗯？"白小纯眨了眨眼。

"在这个敏感的时候，无常公这是要去白家？"白小纯诧异，可也没多想，顺着巨鬼城的城门回到了巨鬼城内。

此刻天色已晚，可街上行人还是不少。白小纯随着众人要去护城河，可走到一半忽然听到一阵喧哗声，只见远处的巨鬼王雕像竟散发出了耀眼的光芒。

随着光芒扩散，雕像头顶的王殿内竟走出了一个身影，这身影穿着紫色的蟒龙袍，头戴王冠，散发出超强的气势。

似乎他站在那里，就可压制这一方天地。此刻，他正从王殿内走出，如同巡游一般，在王城的半空漫步而行。

"巨鬼王！"

"是王爷！"

"拜见王爷！"

喧嚣声顿时传出，看到这一幕的魂修大都跪拜下来。同时，巨鬼城内那些巡逻的侍卫也一一跪拜。这一瞬，城池内所有的目光都聚集在了巨鬼王的身影上。

巨鬼王面色平静，一言不发，一步步，似向着天空中更高处走去。随着他的步伐，苍穹翻滚，云层轰鸣，似有一道道闪电在他四周不断游走。

这一幕天地异象再次让众人心惊。与此同时，在巨鬼王的身后，似乎还有一个虚幻的更庞大的身影，若隐若现，一旦完全凝聚出来，仿佛就可以撕裂天地！

白小纯是第一次看到巨鬼王，感受着对方身上散发出的似能压制天地的气势，白小纯心神震撼。

"巨鬼王出宫……这是要去威慑三大家族吗？"

白小纯咽下一口唾沫，看着天空上的身影，脑海嗡鸣。就在这时，突然，他的脑海里竟传来了一个许久没有听到的声音：

"这是什么味道？龟爷闻到了一股好熟悉的气味，这是……这是宝物的味道啊！"随着声音的出现，白小纯的储物袋上突然钻出了一个头……

正是小乌龟，它消失很久了，白小纯怎么找都没找到。

白小纯好多时候都觉得，那个嘴损的小乌龟应该走了，松了口气的同时，心里竟有些失落，没想到这家伙竟然出现了。

白小纯一愣，低下头，一眼就看到了小乌龟目中的光芒，那分明是看到了宝物的样子。白小纯甚至隐隐看到，有口水从小乌龟嘴角流下。

"你……你还在！"白小纯顿感惊喜。在蛮荒内，他一个人十分孤独，发现小乌龟居然还在身边，立刻就高兴起来。

"龟爷只不过是睡了一觉，怎么的，想我了？不过没用，你别和我说话，你家龟爷有洁癖！"小乌龟傲然地昂头，瞥了白小纯一眼。

听到这话，白小纯"他乡遇故知"的喜悦立刻就被气没了。

"闭嘴！"白小纯怒道，没再理会小乌龟。眼看巨鬼王升空后身影消失，他一把将露出头的小乌龟塞进储物袋里，向着护城河飞去，钻入河中，回到魔牢。

在白小纯回归魔牢的同时，白家城内，大殿中，白家天人老祖端坐上首，面色阴沉，望着站在他面前的……无常公！

"先不说老夫跟随王爷多年，当初与王爷一起征战沙场，忠心耿耿，单是老夫的修为就无法与王爷对抗。我疯了不成，拿我白家一族的性命去叛变？此事根本就是无中生有，欲加之罪，何患无辞！"白家天人老祖咬牙怒道。

"还有那叛出白家的逆子，当时王爷一句话，老夫哪怕咬牙，忍着颜面尽扫，也没有继续追究。而眼下只不过是一些传闻罢了，无常公就来质问，我还要问问你，这是何意？"白家天人老祖盯着无常公，一字一顿地愤然反问。

无常公沉默，内心轻叹。他虽跟随在巨鬼王身边，知晓一些隐秘，可对巨鬼王的心思也猜不透，更不知为何巨鬼王要让他亲自拜访三大家族，当面问问这三个老家伙，是否真要不顾情分叛变，甚至还暗示自己，可以答应三大家族的一些条件。此事让无常公心底很压抑。

"是示敌以弱，引蛇出洞，还是真的……到了衰变期？"无常公暗叹，看向白家天人老祖，缓缓开口，"白兄，王爷若真的相信了传言，就不会让老夫来问了，显然王爷自己也不是很相信。白浩的事情，的确是让白兄你受委屈了。"

"既然无常兄这么说了，老夫也想提一个请求，希望无常兄转达给王爷——那白浩是我白家逆子，此子不适合在魔牢当狱卒！"白家天人老祖低沉地开口。无常公今天到来的目的，他也琢磨不透，正好趁这个机会提出要求，看看能否麻痹对方。

毕竟……三大家族，还没有准备好！

第 642 章

天王旨

巨鬼王的心思没人猜得到，这一切看上去，既像是示敌以弱，引蛇出洞，又像是某种妥协……

越了解内幕，这种感觉越强烈。且对于三大家族而言，巨鬼王是半神，他们的压力自然很大。

这一次无常公出行，三大家族的天人老祖惊疑不定，却都提出了各自的要求，有些要求听起来似乎还有些过分。

三大家族的天人老祖有意传达出一个信息，提出这些要求，实际上也代表他们没有叛变之心。如果白家真要叛变，到时候收拾白浩更简单，似乎没必要现在非让巨鬼王下令。

就连白家天人老祖也没想到，他刚提出要求，不到一天，巨鬼王就下了一道王旨，直接将白浩送入魔牢中！

"白浩叛离家族，欺父弑兄，手段歹毒，剥夺白浩狱卒身份，收押魔牢！"

这消息让巨鬼城内不少人吃惊，白小纯这段时间闹出了不少事情，名气很大，如今居然被收押，顿时轰动。

白家城内，蔡夫人听说了此事，立刻狂喜。虽然没要白小纯的命，但想到传说中魔牢内十分残酷，蔡夫人就觉得暂时出了一口恶气。

外界的讨论虽然没有传入魔牢，可对白小纯来说，当旨意传来时，他傻眼了。前一刻，他还在房间内打坐，下一刻，丁区内的孙鹏以及其他狱卒，就将他的居所层层包围了。

一秒天堂一秒地狱的感觉，让白小纯都快哭了。

"这是不是误会啊？"

白小纯眼巴巴地看着四周那些熟悉的狱卒，可怜而悲愤地开口。

丁区的狱卒对白小纯很有好感，此刻一个个有些迟疑，看向白小纯的目光中带着同情，可是他们不敢违抗王旨，只能暗中叹气，纷纷向白小纯抱拳。

"白浩兄弟，我们也没办法……"

"白浩，你先委屈一下，说不定过段日子王爷气消了，也就好了。"

"白浩，你放心，你是我丁区的人，就算被关押，也是关押在丁区，没什么大不了的，换一个身份而已。有我们在，丁区牢房内谁也别想难为你！"第九队的队长大声开口。

他心中也很不舒服，此话一出，四周的丁区狱卒大都点头。这段日子因为白小纯，他们每个人都获得了不少好处，再加上白小纯会做人，且处事圆滑，彼此关系很不错。

他们违抗不了王旨，可在丁区善待白小纯，还是可以做到的。

"白浩，就是换了身衣服而已，吃的喝的，有我们在，与以前没什么差别，什么时候你想出来溜达溜达，就和我们说。"丁区牢头孙鹏也咳嗽一声，向白小纯开口。

眼看此事已经板上钉钉，白小纯虽郁闷委屈，但也没办法。好在他在魔牢内人缘不错，此刻听到众人的话，他心中温暖，长叹一声，恋恋不舍地离开居所，在众人的陪伴下去了丁区牢房。

牢房内的那些灰袍犯人知道此事后，都傻眼了。不少当初被白小纯审问过的重犯无比激动，大有一种"白浩也有今天"的感觉……

只是，那些重犯并没有高兴太久。丁区十个小队的队长进来后，每个人都凶狠地向所有犯人警告一番，就连孙鹏都摆出一副就算白小纯不是狱卒，也是他们丁区鞭手的姿态，那些重犯便一个个再次感到绝望。

在他们看来，白小纯还不如不成为犯人。以前，轮到白小纯巡逻，他们才会紧张，眼下……白小纯一直待在这里，他们一想到那可怕的后果，就更为惶恐了。

最过分的是……白小纯在这里，竟没有被封印修为！

这种待遇，让此地所有犯人都心中不忿而又惴惴不安。好半晌，丁区的狱卒才离去。

白小纯垂头丧气，找了一个空的骷髅头牢房，自己走了进去，盘膝坐下后，长叹一声："这也太快了，之前我还是狱卒，还是黑鞭，魔牢第一鞭手啊……现在就成了犯人。这不是玩我吗？巨鬼王这个老家伙，你说你当初既然要留我，现在又何必为难我？你一个半神强者，三大家族叛变，你出手灭了他们不就得了，折腾我干啥？我代表白浩鄙视你。"

白小纯哭丧着脸，唉声叹气。以他的心智，自然看出这是巨鬼王与三大家族的博弈。

"也不知道那三大家族到底有什么倚仗，该死的，他们和巨鬼王之间的事情，与我无关啊！"白小纯抓了抓头发，更为郁闷，呆呆地看着四周，再次长叹。

"好在这些老兄弟没有封印我的修为，不然的话，我在这里就真的惨了。"白小纯庆幸着。他目光扫向四周，看到自己隔壁的牢房内，一个老者盘膝坐着。

这老者面无表情，脸上有一块红色的胎记，正闭目打坐。白小纯看了几眼，认出此人正是当初队长介绍的，得罪了巨鬼王，被关押在这里两百多年的人。

想到这里，白小纯瞬间有一种同病相怜的感觉。

"这位道友，你也是得罪了巨鬼王吧？哎，我和你一样啊！"白小纯喊了一声。

老者置若罔闻，依旧闭着眼，毫不理会。

"你的修为都被封印了，就别老打坐了，没用的。来来来，我们聊聊天，那个巨鬼王太不是东西了！"白小纯越想越气愤，再次喊道。

只是任凭白小纯如何开口，老者都始终闭着眼睛，渐渐地，白小纯也有了脾气。

"装听不到是吧？有什么了不起的，我又没得罪你。"白小纯本就郁闷，看到老者不理会自己，于是哼了一声，靠着牢壁，想起自己的悲惨遭遇，长吁短叹起来，内心无限怀念自己在边墙身为万夫长的风光生活，更是想念逆河宗。

"我的君婉，还有小妹，我想你们啊……"白小纯拉长了脸，对红尘女和陈贺天更来气了。

可生闷气没用，过了半晌，白小纯只能打起精神，盘膝坐下，开始琢磨接下来自己怎么办。只是，他思来想去也找不出解决的办法，不死禁之法，他之前身为狱卒时就尝试过，但靠此法逃不出魔牢，更不用说现在他还成了犯人。

这一切让白小纯有了强烈的危机感，却偏偏找不到出路。

"该死的巨鬼王！还有白家，都不是好东西！"白小纯咬牙。

"眼下只能等三大家族叛变了，要是他们赢了，必定会来杀我，到那个时候，我就利用半神魂冲出去！"白小纯眼神冷厉。

"如果巨鬼王赢了，我应该还有一丝生机，到时候让队长帮我和孙牢头说说，看看能不能让典狱长帮我提醒一下巨鬼王，把我给放了……"

白小纯揉了揉眉心，这两种可能，若是后者还好一些，可若是前者……一场生死劫在所难免。一想到生死劫，白小纯内心就一阵颤抖，目光中却流露出一丝疯狂之色。

"这是他们逼我的！"

白小纯深吸一口气，下定决心后，他闭目打坐，争取让自己随时保持在巅峰状态，一旦出现问题，可以迅速出手。

时间流逝，半个月很快过去了。这半个月来，白小纯虽时刻准备着，但是一直风平浪静，没有人来找他的麻烦，甚至那些丁区的狱卒每天到来时都会与他谈笑一番，送来酒肉，对他很照顾。

对白小纯来说，似乎真的只是换了个居所，换了身衣服而已，甚至他提了一句要出去溜达，也被允许了。这一切，都让他心中好过了不少。

不仅如此，其他区的人不时过来，恭敬地请白小纯去他们那里帮忙审问，毕竟白小纯可是魔牢第一黑鞭。

第 643 章

强悍的陆世友

在白小纯的身份从狱卒变作犯人的这半个月，整个巨鬼城内不再如之前那样山雨欲来，而是重新热闹起来，似乎之前的种种传闻真的只是无中生有而已。

三大家族继续在巨鬼城内收魂，如以往一样。唯独内城中，平日里很少外出的巨鬼城里的十大侯爷，在这半个月里时而露面，其他一切看起来如同往常。

三大家族内部，那三位天人老祖也陆续对外宣布要闭关。

只是，这三位天人老祖时常在他们的闭关之地抬头望着苍穹，似乎……在等待着什么。

时间流逝，又过去了七八天，巨鬼城内依旧是熙熙攘攘。在护城河下的魔牢中，白小纯也混得风生水起。虽是犯人的身份，但在丁区牢房中，他被特殊对待，这使得他在丁区依旧如狱卒一样，可以横行四方。

且他作为魔牢第一黑鞭，也在这段日子里，因其他三区的频繁邀请，越发声名赫赫起来。

此刻，乙区的牢头与乙区十个小队的队长正面带着笑容，簇拥着白小纯，直奔乙区而去。

"白浩兄弟，这一次就拜托你了，实在是那陆世友奸诈无比，我们用尽手段，也无法让他说出赃物的下落。"

"是啊，白浩兄弟，此番若能成功，我们乙区愿拿出三成收获，作为白浩兄弟的酬劳。"众人谈笑着看向白小纯，露出善意。毕竟白小纯的名气实在太大了，对于魔牢的狱卒来说，与白小纯交好，就等于与财富结缘。

"小事，乙区的兄弟们既然开口了，就算不分我好处，白某也必定全力以赴。"白小纯哈哈一笑，话说得漂亮，乙区众人听了也舒服。毕竟他们也知道，魔牢的规矩不能坏，就算是为了以后，属于白小纯的那份，也一定要给。

一群人谈笑着离开丁区牢房，途中遇到的狱卒，在看到白小纯后，都会笑着打招呼，根本就没把白小纯看成犯人。白小纯也一路笑着回应，他的性格就是这样，别人对自己有善意，他就回报善意，且他知道，人在屋檐下，不得不低头，所以讲起话来更加注意，尽力让所有人都觉得如沐春风。

很快，众人就到了乙区。乙区虽不如甲区那么庞大，可比起丁区来也大了不少，尤其是乙区关押的犯人，明显比丁区的更加凶残。

"就是这里了，白浩兄弟，全靠你了。"

不多时，众人在一个骷髅头牢房旁停下，乙区的牢头客气地向白小纯开口。

白小纯背着手点头，目光扫过牢房，看到里面坐着一个中年魂修。这魂修目光轻浮，看到白小纯后，眯起双眼，显然听闻过魔牢第一黑鞭的名声。

"你们不用浪费时间了，陆某承认自己不是什么嘴硬之人。我如今修为尽失，在魔牢内被死气腐蚀，怕是活不过十年了。我只有一个要求：你们魔牢神通广大，只要每天给我安排一个姿色不错的女修，十年后，我死前，就告诉你们我的财富所在之地。"陆世友冷笑，声音阴柔。

听到陆世友的话，白小纯没理会，直接让人打开牢房的门，走了进去，袖子一甩，顿时黑雾扩散，笼罩四方。

此举让外面的乙区狱卒纷纷振奋精神。白小纯面前的陆世友却内心一颤，呼吸急促，死死地盯着白小纯。

"你要干什么？我最多活十年，死都不怕了，不满足我的条件，我绝不开口！"

"咱们商量一下。你也听说过我，你看，我一旦出手连自己都害怕，何必呢？"白小纯干咳一声，看向陆世友时，脑海里也在回忆之前一路上乙区狱卒对此人的介绍。此人在被关押前，是巨鬼城巡逻队的侍卫。他之所以被关押，说来也是自己找死。平日里，但凡有人敢招惹他，他睚眦必报，定会寻个方法，将其灭门。这些年凭着侍卫的身份与手段，他将巨鬼城内的数个小家族抄家，并夺了其全部资产，积累了一笔不菲的财富。

若陆世友没有别的恶习也就罢了，就算有人想要整他，因其身份，也有些投鼠忌器，可偏偏陆世友好色如命，暗中干过不少龌龊之事。一次他劫走一个女修，谁知这女修竟与巨鬼城的一位侯爷有关联，这才惹下大祸。那侯爷一怒之下，废去他的修为，觉得斩杀不解恨，于是将其收押在此，让他承受魔牢之苦。

这么一块儿肥肉到了魔牢内，众人自然不会放过。可是，此人明知自己活不了多久，所以嘴硬至极，提出种种要求，偏偏这个要求，乙区众人难以满足，也等不了十年，于是就有了邀请白小纯来此的想法。

"没的商量！"陆世友后退几步，向白小纯大声道。

白小纯叹了口气，他在魔牢内审问犯人，就没遇到一个配合的。此刻，他一边摇头，一边娴熟地一拍储物袋，取出一枚雄香丹，用手捏碎，将一半的粉末弹向陆世友，容不得陆世友反抗，粉末便直接钻入他的体内。

"白某审问的每个人，都是开始时嘴硬，可最多几个时辰，就坚持不下去了。"

白小纯背着手站在那里，抬起下巴，傲然说道。可话刚说出口，陆世友就呼吸急促，双眼仿佛要喷火，表情却很奇怪。

与白小纯之前审问的其他人完全不同，陆世友不但不痛苦，反倒表情古怪，没有维持太久，只不过十多息的时间，陆世友的面色就恢复如常，不过却出了一身大汗。他双眼冒光，呼吸更为急促，抬头火热地看向白小纯。

"怎么没了？还有吗？"陆世友赶紧开口，神色居然有一些焦急，大有一种在关键时刻被打断的失落感。

"啊?!"

白小纯愣了一下，这种事情他还是首次遇到，连忙低头看向自己手中的丹药粉末。他琢磨着自己是不是拿错药了，看了看，确定没错，他深感不可思议地看向陆世友。

"给我，快给我……"陆世友望着白小纯手心内的那些药粉，激动起来。

白小纯额头有些冒汗，他还是首次遇到这种情况，迟疑中右手一挥，将手心内的药末都给了陆世友。

陆世友立刻振奋地站起，一把抓住，主动放在口中吞下，全身一震，靠着墙壁闭着眼，神色似乎有些陶醉。这一幕让白小纯头皮有些发麻，他下意识地退后几步，看向陆世友时，如见了鬼一样。

"这……这是怎么回事？居然没用……他……他这是在享受?!"白小纯觉得自

己的世界要坍塌了，他怎么也没想到会出现这样的情况……

"他……他也太变态了吧……"

没等白小纯震撼多久，陆世友全身哆嗦，汗水大量流下，虽然神色恢复如常，但他急了，猛地睁开眼，向着白小纯大吼：

"还有吗，再给我一些！"

白小纯不由得倒吸一口凉气，陆世友给他带来的震惊实在是太大了，甚至让白小纯也有了兴趣。于是，他再次取出一枚丹药，扔了过去。

陆世友激动地一把抓住，立刻吞下，可也就是半炷香的时间，他眼珠子都红了，近乎发狂地低吼：

"再给我一枚，不，给我三枚！"

白小纯神色古怪，又取出一枚丹药，陆世友眼睛都直了，若非修为尽失，他怕是会出手抢夺。此刻，他呼吸粗重而急切，正要开口，白小纯咳嗽一声，有些不好意思地说道："那个……你告诉我你的积蓄藏哪儿了，我就给你一枚。"

第 644 章

大秘密啊

"你!"陆世友咬牙切齿,有心拒绝回答,但此刻他十分煎熬……

毕竟,其他人被丹药影响而无法爆发,而他因体质特殊,则更加难忍。

白小纯也有些不好意思,甚至还觉得自己现在这么做,简直太无耻了……

"你就说了吧,说了,我就会给你一枚……"白小纯眨着眼,再次劝说。

陆世友目光热切,全身火热,所有经脉似有火焰在燃烧。他坚持了几个呼吸的时间,就开口了,说出了白小纯想要的答案。

白小纯没有食言,听到这个答案后,立刻就将手中的雄香丹扔给了陆世友。眼看陆世友身体都红了起来,白小纯神色怪异,感慨了一番:

"还是第一次遇到这种情况,看来我这雄香丹还需要改进一下。"

白小纯又观察了一会儿陆世友,这才站起身,打算离开。

可就在他要走出牢房的瞬间,他的身后传来了陆世友更为疯狂的低吼:

"白道友留步,你……你还有没有那种丹药?再给我一些!我……我就差一点了,就差一点,你再给我一些好不好?"陆世友红着眼,全身颤抖,双目露出强烈的渴望。

这一幕,让白小纯再次震惊了。

"你都吃了三粒了!你找死啊,这玩意吃多了,没好处!"

"再给我三粒……白道友,求求你,再给我三粒!"

陆世友近乎哀求,他也没有想到,白小纯的丹药居然对自己有这么大的影响,可以让自己被废去的修为出现一丝恢复的迹象。原本修为被废后,他已经绝望死心，眼下，这重新燃起的希望对他而言太重要了。

"不行，你吃多了浪费。"白小纯岂能同意？在蛮荒，他又不能炼药，储物袋内的存货用一个就少一个。一想到自己的黑鞭名声，若是没有了丹药，怕是很难维持，于是白小纯果断拒绝，转身就要走。

"白道友，我……我有个秘密，我愿意拿这个秘密换你三粒药！"

"没兴趣！"

白小纯没有回头，抬脚就要跨出牢房大门，走出黑雾范围。陆世友急了，他双眼满是血丝，低吼一声。

"这秘密关乎巨鬼城，谁能将其掌握，不说可以掌控巨鬼城，但在巨鬼城内，只要半神不出，保命还是可以做到的！"陆世友焦急地开口。

白小纯听到这句话，脚步一顿，狐疑地转头看向陆世友。

陆世友一看白小纯回头，大感惊喜，赶紧快速低声说出这个秘密。白小纯听着听着，呼吸急促起来，眼睛瞪得老大。

"你说什么？巨鬼城内竟有数百个传送阵，可以快速在城内挪移？其中有那么几个传送阵，可以将人传送到十万里外？还有很多机关？其中有一尊机关兽，虽然只能被触发一次，存在不到一炷香的时间，但是威力堪比天人？"

白小纯无法相信自己听到的一切，他的心脏加速跳动。按照陆世友的说法，他的祖上是一位罕见的阵法大师，曾经参与建造巨鬼城，负责整个巨鬼城的阵法布置与打造。

而当年陆世友的祖上，迫于第一代巨鬼王的压力，只能倾尽全力打造巨鬼城的大阵。只不过，陆世友的祖上明白，做这种事情，十有八九会被灭口，所以陆世友的祖上当年暗中为自己留了后路。

在修建巨鬼城的过程中，陆世友的祖上留下了不少埋伏，如阵中阵一般，将自己的后路融入巨鬼城大阵，甚至瞒过了巨鬼王。只可惜，他虽瞒过了第一代巨鬼王，但最终还是没来得及逃走，就被第一代巨鬼王灭杀。在此之前，他将一切告诉了自己的后人。也不知消息是如何传递，又是如何保留下来的，且没有被第一代巨鬼王察觉，如今过去了漫长岁月，巨鬼王已传承到第九代。

第九代巨鬼王或许都不知道巨鬼城内藏着这样的秘密，陆世友却铭记在心，他之所以去搜刮那些财富，为的就是开启巨鬼城内的阵法。

按照陆世友的说法，这些年他暗中去了那些传送阵所在之地，尽管沧海桑田，有不少传送阵已经废弃，可还有一部分可以使用。

只不过那些阵法需要大量的魂药才可开启，而他积累的财富还不够……所以那位侯爷出手时，陆世友只能饮恨，不能借助传送阵反击并逃走。

他明白，这些阵法一旦动用，第一个不放过他的，必定是巨鬼王。

这一切让白小纯内心掀起大浪，他无法确定陆世友所说的是否真实，若是假的也就罢了，可若是真的，那对他就太重要了。

"这几乎就是我的生机所在啊！只要这些传送阵存在，那么白家来杀我时，我逃出魔牢后，就可海阔天高！"白小纯内心激动，他努力平稳气息，又问了传送阵具体位置，得到了全部答案。按照序列，在巨鬼城内，一共有三百七十一处传送阵，眼看陆世友十分焦急，白小纯立刻就扔出了三粒雄香丹。

这三粒雄香丹顿时被陆世友一口吞下，其面色刹那酡红一片，体内火热，似要轰开封闭的经脉，整个身体都在颤抖。白小纯有些迟疑，他在考虑要不要灭口。

显然，灭口是最安全的，如果传送阵的事情是真的，那么此人若是再对其他人说，把消息传了出去，对白小纯影响极大。

"此人心狠手辣，不是什么好东西，他不傻，我的丹药对他必定有大用，而他说出这番话，不可能想不到后果……"白小纯目光一闪。

"此事有诈！哼，他奸诈，我也不傻……"白小纯内心思索。

不多时，陆世友发出一声低吼，猛地哆嗦几下后，长长地呼出一口气，全身上下都是汗水，甚至还排出了不少杂质。

陆世友的双眼此刻也慢慢清澈起来，抬头时，他看向白小纯，忽然笑了起来。

"我没想到，自己还能活着睁开眼睛，本以为你方才听到这个秘密后会对我出手。"他也是没办法，察觉到这丹药对自己的作用后，他只能搏一次，如果白小纯出手，那么他也有底牌，可让对方后悔。

"你没立刻对我出手，也就给了我继续开口的机会。白浩，在三百多处阵法中，有二十七处是秘阵，需要特定的印诀，才可踏入其中，否则会被排斥在外。连阵法都进不去，更不用说开启传送阵了。且这些传送阵大都是彼此传送，只有一处……才是可传送到十万里外的阵法！

"白浩，我知道你是白家逆子，又被巨鬼王下令关押，想必时刻都打算逃离这里。你逃走的时候带着我，我帮你开启那二十七处秘阵，同时也可带你去传送到十万里外的传送阵！我可以明白地告诉你，十万里传送阵，就是秘阵，你进不去！"

陆世友双眼明亮，透着狡黠，缓缓开口，似乎吃定了白小纯无论如何都会同意自己的条件。如此一来，在传送过程中，他有的是办法暗中灭了白小纯，再单独逃出。

"没办法，那丹药对我有奇效，白浩的储物袋内一定还有不少。"陆世友深吸一口气，内心升起强烈的贪欲。

"秘阵，没有特定的印诀，外人进不去？"白小纯一怔，不确定地问了一句。

"没错！"陆世友有些得意地微微一笑。

"你的意思是，外人只是进不去，被阻挡在外，如果尝试碰触却不会有危险？"白小纯神色有些古怪，再次问了一句。

陆世友一愣，点了点头。

"那个……只要进到阵法内，就可以开启传送？"白小纯眨了眨眼，小心翼翼地再次求证。

"你到底要问什么？这不是废话吗？只要有特定的印诀，如开门一样，踏入阵法内，就可将其开启。"陆世友有些不耐烦，他断定自己已经拿捏住了白小纯，二人目的一样，白小纯与他合作，只有好处。若白小纯不与他合作，除非杀了他，否则的话，他轻而易举就可坏了白小纯的生路。

"你……确定吗？"白小纯双眼冒光，可为了稳妥，还是问了一句。

"我确定！"陆世友皱起眉头，他觉得不对劲，却想不出问题出在哪儿。

白小纯听到这里，长舒一口气，脸上露出笑容。这笑容落在陆世友眼中，让他面色一变。

还没等他有所行动，白小纯右手猛地抬起，一指落下，一道风刹那出现，直接吹向陆世友的眉心，一透而过。

"你……"

陆世友睁大了眼，感到难以置信，他已经说得很详细了，没想到，对方竟真的敢杀自己。

第 645 章

叛乱惊起

"早说嘛，吓死我了。"白小纯有些不悦地甩了甩手，琢磨着那些秘阵。外人需要特定印诀才可进去，但他不需要啊。有不死禁，他什么阵进不去？

"边墙的阵法我都来去自如，更不用说这些传送阵了。"

白小纯得意地抬起下巴，看了看直至临死都大睁着眼睛的陆世友。

"你错就错在……没有看清我的实力！"白小纯淡淡开口，觉得这句话很厉害，自我陶醉一番，才走出牢房。

陆世友之死虽然会带来一些麻烦，但是问题不大。白小纯将陆世友藏积蓄的地方告诉乙区的牢头后，问题就解决了。

不过众人也不傻，猜到白小纯一定问出了其他秘密，所以才灭口。不过当白小纯主动提出放弃陆世友的三成积蓄后，乙区众人心中都舒坦了一些。

毕竟，鞭手通过拷问，知晓一些外人不知道的秘密，这本身也是魔牢内部允许的，只要吃相别太难看，也说得过去。

白小纯的做法让人说不出什么，而且他非常大方，于是大家也就哈哈一笑，不再细问。彼此告辞后，白小纯精神奕奕地回到了丁区，只不过他身为犯人，无法离开魔牢，于是试着传音联系周一星，没想到还真成功了。

之前审问蔡家族老后，李旭封锁魔牢，以防止消息外泄，当时白小纯曾私下试过传音，完全没作用。现在好了，白小纯将一部分阵法的位置告知周一星，让对方去验证真假，耐心地等待了一天后，周一星传来音讯。

"主子，那些阵法的确存在！你说的那些地方太奇异了，外人根本看不出个究竟，就算用神识观察，也察觉不到阵法存在的痕迹。若非你告诉我确切的地点，我绝对不会察觉到。"周一星带着震惊，深感不可思议地传音。

白小纯听到这里，长长地舒了一口气，接着神色振奋，激动地握住拳头。

"果然是真的！哈哈，有了这些传送阵，我逃出去的把握就更大了！现在就等三大家族与巨鬼王之间拼个你死我活……到时候巨鬼城大乱，或许不用等白家来找我，我就可以先逃出魔牢，远走高飞。"

白小纯心思转动。这段日子，他与其他三区的狱卒结交，配合他们审问犯人。他盘算着，一旦三大家族叛变，魔牢一乱，他就有一定把握逃离此地。

白小纯默默地等待着，时间流逝，又过去了半个月。尽管很多知情人明白，或许真的会发生叛乱之事，可当这一天到来时，还是会大吃一惊。

首先出现剧变的居然不是三大家族，而是……一道从苍穹上出现的虚幻之影，远远一看，那是一把巨大的斧头。这斧头足有万丈大小，惊天动地，向着巨鬼王城内的巨鬼雕像狠狠地一击劈落而下。天地轰鸣，整个城池都在震动，一声怒吼从巨鬼雕像王殿内传出。

"九幽王，你敢！"声音传出时，一道巨大的巨鬼虚影猛地出现在天空中。那巨鬼虚影狰狞咆哮，向着袭来的斧头，狠狠一拳轰去！

这一刻，天地扭曲，似有难以形容的力量降临八方，乱了天机，断了虚空！

"巨鬼王，本王此番来只为还一个人情，你好自为之。"

随着斧头落下，笑声回荡在整个巨鬼城。与此同时，更为强烈的轰然巨响冲天而起，那斧头直接与巨鬼虚影碰到了一起。

轰隆隆！

声音超越天雷，似乎要震裂天地，形成环形冲击波，横扫四方万里范围，所到之处，不说天崩地裂，也让苍穹上出现了一道道裂缝。

巨鬼城内瞬间大乱，无数人骇然抬头，看到巨鬼王的虚幻之身仿佛承受不住那斧头，轰然崩溃！

"这……这……"

"天啊，巨鬼王……竟难以抵抗！"

"这不可能！"

在无数人脑海嗡鸣，骇然失声时，那斧头蓦然落下，震碎了巨鬼王的虚幻之身，眼看就要砍向巨鬼城，好在一层光幕亮起，正是巨鬼城的大阵。

巨响再次传出，阵法出现碎裂的迹象，却没有崩溃，而那斧头也渐趋变得虚幻，似要消失。

在这一瞬，笑声回荡八方。

"巨鬼王，你果然到了衰变期，这一劫你能否熬过，就与本王无关了，告辞！"笑声猖狂，逐渐消失。

那斧头也从苍穹上消失了。

整个巨鬼城内，所有看到这一幕的人都心神震动，他们有强烈预感——这天，要变了！

巨鬼城内，六道长虹蓦然冲天而起。那六人，正是巨鬼城内隶属巨鬼王的天侯，巨鬼王麾下有十大天侯，分别掌握了巨鬼城的十大军团。

此刻，这十人中竟有六人雷霆般出手，直接杀向巨鬼雕像。至于另外四大天侯，虽没有出手，但是保持了沉默。

"巨鬼王，今天就是你的死期！"

"巨鬼王，给我死！"

这六大天侯，每个人的修为虽不是天人，但也是半步天人。他们一出手，立刻就轰动了巨鬼城。六道身影直奔王殿的瞬间，巨鬼雕像的双手上，无常公一步走出，神色阴冷，带着怒意，声音如隆冬之雪，降临四方。

"大胆！"

无常公呵斥，天人修为猛然爆发，正要阻挡六大天侯，可就在这时，一声叹息赫然从巨鬼雕像的另一只手上传出。

"无常兄，你我多年交情，此番……你的对手，是我！"声音似带着无奈，一道模糊的身影赫然从巨鬼雕像的手上走出。

正是……巨鬼城五公中的……幽冥公！

"幽冥，你也背叛王爷！"

无常公眼中露出杀机，迈步而去，刹那，二人直接战在了一起。

与此同时，三大家族也在这一刻齐齐爆发。

顿时，三根惊天的光柱从三大家族内扩散开来，分三个方向，轰击巨鬼城内的巨鬼雕像。随着三根光柱而出的，则是三大家族的那三位天人老祖。

三大家族的天人老祖之所以之前没有出手，就是在等九幽王这一击，眼下看到巨鬼王虚弱，他们内心就稳了，立刻冲出。

三人速度飞快，与六大天侯一起杀向王殿。

这一刻，叛乱的序幕彻底拉开了。十大侯中，六人叛变。

这种情况在整个蛮荒都不多见，甚至可以说极为少见，尤其是……他们要做的，是颠覆王位，是……屠神！

"巨鬼王，你的秘密已暴露，你的功法存在致命缺陷。我等虽算不出具体的衰变期，可眼下你必定在衰变期内，受死吧！"

"巨鬼王，老夫等这一天已很久了，今天，你必死无疑！"

三大天人老祖的声音仿佛利刃，字字惊心。

之前的光柱轰在巨鬼雕像上。

轰轰轰！声响震天动地，那巨鬼雕像无法承受，立刻出现了裂缝，连同王宫，轰然坍塌，无数碎块向着大地落下。一个魁梧的身影，穿着紫色的蟒袍，戴着王冠，直接走出。

那人看似中年，不怒自威，整个人散发出惊人的气息，正是……巨鬼王！

"你们，终于都跳出来了……"

巨鬼王站在天空上，看着三大家族的天人老祖以及六位天侯，神情不但没有慌乱，反而露出一抹让人捉摸不透的笑容，似乎还藏着……掌控一切的自信！

"本王看不清到底谁欲叛变，索性等你们跳出来，然后再一一灭掉就是，现在总算是等到了……可惜，这场游戏，本王还没玩够就要结束了。"

巨鬼王微微一笑，言语中透出的绝对自信，让三大家族的天人老祖面色大变。

可他们已没有退路，此刻三人咬牙，瞬间掐诀，齐齐低吼！

"木界封杀！"

三人大吼，突然，苍穹上出现了一个巨大的旋涡，旋涡内瞬间有无穷的魂倾泻下来。

所有的魂竟都是木属性，降临之后，居然齐齐自爆。轰鸣中，整个巨鬼城如被封印了一般，充满木之力。

在木之力的作用下，巨鬼王那魁梧的身躯骤然跌落！

第 646 章

巨鬼王的游戏

"木之力克制你，巨鬼王，你本就在衰变期，又被克制，我看你今天如何翻天！"白家天人老祖大笑，身体一晃，直奔巨鬼王而去。陈家与蔡家的天人老祖也杀气腾腾，冲向巨鬼王。

巨鬼王自始至终神色平淡，哪怕此刻他的修为在急速减弱，表现出来的早已不再是半神境，而是跌落到了天人境，看这减弱的速度，似乎用不了太久就会退为元婴！

可他依旧平静，嘴角甚至带着自信的笑容，如看小丑般看着三大家族的天人老祖以及六位天侯。这笑容让三大家族的天人老祖以及六位天侯紧张起来，咬牙冲杀。

轰鸣之声瞬间冲天，巨鬼王一个人战三位天人、六位半步天人！

这场大战轰动巨鬼城，使得巨鬼城内所有人骇然。

随着三大家族的族人以及六大天侯的军团入城，巨鬼城内大乱起来。

白家族长亲自带着数位族老，疯狂地直奔护城河而去，与他们一起的，还有蔡家的部分族老。

"白浩，天都变了，我看你如何逃过此劫！"白家族长内心充满期待。他等这一天已等了好久，此刻终于可以无视巨鬼王，他要将白小纯活活剐了！

在巨鬼城大乱时，天空上，三大家族的天人老祖以及六大天侯与巨鬼王的厮杀也快速结束了。

随着阵阵天雷般的声响回荡，巨鬼王喷出一口鲜血，身体倒退而去。他的修为此刻快要跌到元婴，可他嘴角的笑容依旧带着嘲讽，似乎在嘲讽所有人，到现在都没有看透真相！

"不对！"显然，真相也隐瞒不了多久，尤其是当巨鬼王的身体出现一丝虚幻，手指似乎都要变模糊时，白家天人老祖第一个发现异常，他面色大变，惊呼出声，"他……他是分身！"

"该死的，他是分身，不是巨鬼王本尊，这是一具随时可以扔掉的分身！"

其他两大家族的老祖此刻身体也猛地颤抖，难以置信地看着这一幕，头发都要炸开。

"不可能。半神强者，因其神念特殊，所以反倒不像元婴期可以拥有分身，半神境界无分身，这是定律！"

"你怎么可能会有分身？而且……这么多年来，我们居然没有察觉！"

不但三大天人老祖骇然，就连远处与无常公交手的幽冥公也深感惶恐，难以相信。

"这……就是你的底牌，这……就是你自信的原因……"

白家天人老祖嘴里泛苦，咬牙望着巨鬼王。他现在终于明白，为何之前巨鬼王一直那么淡定了……回想曾经的一幕幕，显然如巨鬼王所说，在对方看来，这就是一场游戏而已，一场对方准备得很充分，无论如何都不会输的游戏……无论是曾经的试探、挑衅、妥协、示敌以弱，还是安抚，这一切都是一场游戏……

在众人心神震撼时，巨鬼王笑了。此刻，他的身体大半模糊，笑声带着一股威严，回荡于天地间："现在明白过来已经晚了，对本王而言，这只是一场游戏而已……你们知道了本王的衰变期又如何？知道了木之力能克制本王又如何？本王的衰变期不是刚刚开始，而是快要结束了，三个月后便会彻底过去……到了那个时候……我会回来，与你们一一叙旧。"

巨鬼王笑着摇头，轻蔑地看着四周，神色傲然。他的话如无形的巴掌，狠狠地扇在了所有叛乱之人的脸上。

"你们只有三个月时间，看看你们能不能找到我……这是我们的第二场游戏。"巨鬼王仰天大笑，身体在笑声中慢慢变得模糊，直至消散在天地间。

半空中，三大天人老祖以及六大天侯一个个都气息紊乱，目中有隐藏不住的惊恐，他们无法不相信巨鬼王的话——他们只有三个月的时间。

三个月后，若找不到巨鬼王，他们……将会被灭门。就算是逃，蛮荒之大，巨鬼王从巅峰归来，谁能逃走！

"找！拼了全部力量，拼了所有，都要找到巨鬼王所在。他还在衰变期，他的真身一样在衰变，找到他，我们就可活；找不到，我们都要死！他说三个月，可我们不能相信，一个月，我们的时间只有一个月！就算他打破了规则，拥有分身，我断定他想要操控分身，真身必定也无法距离太远，十有八九，就在巨鬼城内！"白家天人老祖红着眼，大吼一声。

白家天人老祖内心绝望，这一次，他们败了。做了多少年的准备，付出了一切努力，最终居然败得如此干脆，如此可笑。

他不甘心，却没办法，谁能想到，半神无分身的规则居然被巨鬼王打破了……

"他怎么可能有分身?!"

陈家天人老祖双目赤红，低吼着下令，甚至亲自飞出，开始寻找。

蔡家天人老祖，还有那六大天侯，一个个心头颤抖，咬牙四处搜寻，拼了全力寻找巨鬼王。他们首先搜索的，就是巨鬼城。

幽冥公无心与无常公厮杀，焦急中蓦然后退，而无常公则站在那里，仰天大笑。没有人来问无常公巨鬼王藏在哪里，因为所有人都知道，如此大事，巨鬼王不会相信任何人，与其花时间去问询，不如直接寻找。

实际上的确如此，无常公也不知道之前出现在自己面前的巨鬼王，居然是……分身！

在三大家族以及六大天侯的人马寻找巨鬼王时，魔牢内，丁区牢房里，白小纯正坐在自己的牢房中，无聊地看着不远处的牢友，那个当年得罪了巨鬼王，被关押在这里，脸上有一块红色胎记的老者。

"老头，我在这里时间也不短了，和你说了好多话，你能不能给个回应？"

白小纯叹了口气，他之前觉得与这老头同病相怜，所以才说了些话。可自始至终，对方居然头也不抬，眼睛也不睁开，置若罔闻。

这也就罢了，白小纯就没再怎么理会，可今天，这老头居然睁开了眼，坐在那里，面色不断变化。白小纯看到后好奇，问了几句，可对方还是不理自己，这就让白小纯不高兴了。

"老头，你是不是不知道我的身份啊？听好了，我是魔牢第一黑鞭，惹了我，你没好处！"白小纯大声道。

可那老者依旧没有抬头，而是皱起眉头，似在沉思。

白小纯眼睛一瞪，觉得对方在羞辱自己，哼了一声，正要开口，可就在这时，突然，远处的牢房大门被人打开，第九队的队长还有几个与白小纯交好的狱卒，一个个神色惊慌地快速走来。

"白浩，出大事了，你快和我们走！"

"三大家族叛变，六位天侯叛乱，整个巨鬼城内大乱……"

第九队的队长快速来到白小纯面前。众人将外面的事情说了一番，拉着白小纯就要走。

"白家定不会放过你，你在这里无法逃遁，我们能做的，就是现在帮你逃走！"队长焦急地说道。

白小纯大吃一惊，吸了口气。他虽料到三大家族早晚会叛变，但是没想到这么快，而且外面形势大变。

巨鬼王处于衰变期，修为变弱……出现在众人面前的巨鬼王居然是分身，而三大家族正在搜寻巨鬼王，这一切变化，让白小纯心神狂震。

他终于明白了，为何巨鬼王没有提前出手灭了三大家族，不是不想，是衰变期的巨鬼王做不到……

也正是巨鬼王处在衰变期，才使得三大家族有胆量叛变，最终……却发现这只是巨鬼王的一场游戏。

"该死的巨鬼王，你的游戏你自己玩就是了，把我拉进来干什么？"

白小纯郁闷，却十分无奈，他也意识到，眼下情势危急，自己很危险。白家不会放过他，他必须赶紧逃走。

想到这里，白小纯感激地拉着队长的手。

"兄弟们的大恩大德，白某铭记，咱们别说了，快走吧……"白小纯面色苍白，快速开口，正要与队长等人离开，可就在这时，他的耳边传来了小乌龟的声音：

"嘿，白小子，先别着急走，有个大买卖，你敢不敢做？"

第 647 章

我们去打劫他

"不做！"白小纯没有迟疑，立刻传音一口回绝，他甚至还在心底翻了个白眼。毕竟在他心中，什么大买卖也不如自己的小命重要。

尤其是如今外面大乱，三大家族都在寻找巨鬼王。对于三大家族而言，此刻正是疯狂的时候，而这显然也是白小纯最危急的时刻。

白家族长必定会趁乱顺手灭了自己……

这种时候，白小纯没有心情去做什么大买卖，更不用说小乌龟这些年一次次净给他招惹麻烦了。白小纯不理会小乌龟，拉着队长，生怕走得慢了。

眼下魔牢内也是人心惶惶，狱卒如此，那些犯人也是如此。一行人速度极快，眼看就到了牢房大门口。

"哎，你别这样啊，真的是大买卖，千载难逢，龟爷我都筹划很久了，就差临门一脚，白小子你别走啊！"

小乌龟着急了，直接从白小纯的储物袋内飞出，落在了白小纯的肩膀上，瞪着眼睛急道。

白小纯看都不看小乌龟一眼，呼啸远去。这一次，小乌龟彻底着急了，它回头看了看身后，狠狠一咬牙，向白小纯急速传音。

"白小子，我知道巨鬼王的下落！"

小乌龟也是拼了，它原本打算用这个消息与白小纯换一个好处，没想到白小纯居然油盐不进，对自己丝毫不理会，于是连忙说出实话。在小乌龟看来，这句话一出，白小纯必定会十分震撼，追问自己。

事实上白小纯的反应，前半部分与小乌龟设想的差不多……在听到这句话后，白小纯全身一震，双眼猛地睁大，立刻看向小乌龟。

"什么?!"

白小纯呼吸微微急促，这消息太突然了，外面三大家族正在疯狂寻找巨鬼王，小乌龟居然知道其下落。

但震惊归震惊，白小纯脚步没有停顿，依旧向着牢房大门而去。

"你知道就知道，这和我没有关系。我告诉你，小乌龟，现在我的小命才是最重要的！"

白小纯内心坚定，他可不想参与巨鬼王与三大家族之间的事情，对他来说，那实在是太危险了。

"别啊，白小子你听我说……该死的，你跑慢点……罢了罢了，白小纯你听好了，之前在你隔壁的那个脸上有红色胎记的老头，他就是巨鬼王！"

白小纯听到这里，内心狂震，脑海瞬间如有天雷轰过，整个人连续倒吸几口气，眼睛睁得老大，一脸难以置信。

"他……他是巨鬼王?!"白小纯屏住呼吸。小乌龟的话震动了他，他脑海中不由得浮现出那脸上有红色胎记的老者的身影。

"而且龟爷我已经看出，巨鬼王现在处于衰变期，可以说是他这一生最虚弱的时候。这是我们打劫半神强者，万年难得一遇的绝世良机啊！白小子，你想想，那可是半神强者，更是巨鬼王，这么一个半神王爷，他的宝藏得有多少啊，一旦我们打劫了他，我们就发达了啊！这种机会，天啊，我这一辈子都遇不到几次，你你你……你居然要放弃！"小乌龟气急败坏，向白小纯传音大吼。它此刻焦急得不得了，也顾不得隐藏什么，便全部吼出。

"他就是巨鬼王，白小子，我们去打劫他！打劫他!!打劫他!!!"小乌龟眼看白小纯似乎感兴趣了，顿时狂喜，赶紧鼓动道。

"这怎么可能？"白小纯猛地顿住，心脏不由自主地加速跳动。小乌龟的话实在是太让人震撼了。

队长等人一愣，纷纷看向白小纯，发现白小纯先是一副骇然的神情，随后神色又阴晴不定起来。

"白浩，怎么不走了？我们快走啊！"队长焦急地开口。

"等我一下……"白小纯也纠结起来，立刻向小乌龟传音，"你确定？"

"我当然确定，龟爷我从上次看到他出行后就盯着了，不然你以为我为啥当日会苏醒？我当日一遇到这巨鬼王，便看出了端倪，就等他进入衰变期呢！哈哈，现在终于让龟爷我等到了，他现在最多就是结丹，别怕。不过这家伙真狡猾，居然躲在这里，估计外面的人打破头都想不到他假扮成犯人。可惜啊，他倒霉，遇到了龟爷我！"

小乌龟精神抖擞，得意无比，老气横秋地向白小纯传音，一副自己非常厉害的样子。

白小纯一时默然，他想起了当日小乌龟苏醒时说过的一句话，似乎是说，它闻到了宝物的气息……

"这小乌龟……"

白小纯心脏跳动的速度越发快了，双眼渐渐发光。一想到自己居然找到了巨鬼王，且巨鬼王眼下是最虚弱的时候，若真的如小乌龟所说，自己趁机打劫了巨鬼王……那么好处之大，简直难以形容啊！

有这么一张底牌在，他甚至可以想出一些办法，与三大家族纠缠一番……只不过，若是想借助其身份做点文章的话，会很危险。

"这巨鬼王是半神啊，这样的老家伙就算躲在这里，也一定有撒手锏，有万全的准备。"白小纯心动之余，没有失去理智，迟疑道。

"放心，他的撒手锏就是魔牢的无形阵法。此阵外人看不出端倪，可一旦开启，威力极大，防御程度之强，天人想要轰进来，短时间内根本就做不到！

"不过，巨鬼王倒霉，遇到了龟爷我。哈哈，别的阵我不敢说，这阵虽强，但龟爷我还是有法子让其失效一会儿的。我刚刚已经关了阵法，就等这家伙衰变呢。快快，我们现在去打劫他，一定成功！他是半神，身上宝物一定很多。"

小乌龟嗷嗷大叫，双眼放光，似乎激动无比，身体都颤抖起来。

"有天人魂吗？"白小纯眼珠子有些红了。半神王爷的宝物他能唾手可得，到了这个时候，他都有些疯狂了。

"当然有了，天人魂在你眼里珍贵，可在半神眼里不算什么，还是能轻松拿出来的。快点，我们先把巨鬼王生擒带走，离开阵法，这阵法我压制不了太久，一旦压制结束，这阵法在他的操控之下，我们就危险了！"小乌龟在白小纯耳畔尖叫起来。

白小纯缓缓吸了一口气。此刻他身边的队长等人内心焦急，纷纷看向白小纯。白小纯狠狠一咬牙，猛地抬头，望着队长。

"队长，你们先走，给我牢房的钥匙。这段时间，此地有一个家伙，我看他很不顺眼，临走前，我要去收拾他。"白小纯抱拳深深一拜。

若是换了其他时候，此事根本不可能，但眼下人心惶惶，队长迟疑之后，深深地看了白小纯一眼。

"白浩兄弟，你好自为之，我们先走了……"

队长轻叹了口气，他自然看出白小纯有秘密，可他不想理会了。他扔给白小纯一面令牌，不再停留，与四周狱卒急速离去，直奔牢房大门。

白小纯拿着开启牢房的令牌，调整气息，定了定神。他内心忐忑，这一次，只要出现一丝纰漏，他的麻烦就大了。

此刻，他打定主意，咬牙向着那脸上有胎记的老者所在的牢房而去，并暗中传音给小乌龟，再三确定那老家伙现在的修为的确是结丹后，这才豁出去，加速前行。

可眼看就快到老者的牢房前时，白小纯还是不放心，趁着小乌龟没注意，白小纯眼珠一转，低声开口：

"不行，此事太冒险，那可是半神啊！要是你判断失误，你没事，随时可以逃走，我的小命可就没了。小乌龟你出来，到我手里来，我抓着你，若是有危险，咱俩一起扛！打劫半神，你要让我看到诚意！"

第 648 章

好刺激

小乌龟急于夺取宝物，听到白小纯的话后，眼看巨鬼王所在的牢房已经不远了，也没有多想，身体瞬间一晃，直接从储物袋内飞出，落在了白小纯的手中，被白小纯一把抓住。

"快点快点，就你事多。龟爷我就不明白了，这种打劫半神的好事，你有什么好犹豫的？富贵险中求，你不冒险，怎么能有收获？"小乌龟一边训斥，一边不断催促。

"我也是没经验啊，龟爷多多担待。我年龄小，您老人家别介意啊！"白小纯好言好语地劝着，同时直奔巨鬼王所在的牢房而去。

小乌龟还是首次听到白小纯这么顺着自己说话，顿时心中舒坦，得意起来，琢磨着若有必要，以后要多多训导白小纯，以此来证明自己的英明神武。

就在小乌龟得意时，白小纯已飞速临近巨鬼王所在的牢房。白小纯刚靠近，那脸上有着红色胎记的老者就缓缓抬起了头，眼神冷厉，似有一股睥睨之意。

那目光，仿佛是在俯视蝼蚁一样。

可还没等这老者开口说些什么，白小纯没有迟疑，猛地一挥手中令牌，瞬间将骷髅牢房的大门打开。在大门打开的瞬间，不等小乌龟反应过来，白小纯大吼一声：

"老家伙，吃我暗器！"

白小纯手臂如闪电一般，将还沉浸在得意中的小乌龟一把扔进牢房内，朝着老者面门砸去！

这一切干脆利落，迅猛无比。在扔出小乌龟后，白小纯立刻将牢房的大门砰的一声关闭，身体则急速后退，速度之快，都出现了残影，眼睛倒是一直盯着牢房。

　　他甚至做好了一旦情况不妙就玩命逃走的准备。

　　"小乌龟，你可别怪我啊，你能不死不灭，我不能啊！"

　　白小纯内心自我开解，丝毫没有脸红。

　　"白小子，你你你！"

　　小乌龟顿时就傻眼了，它无论如何也没想到，白小纯居然如此阴险，将自己扔了进来。

　　"啊啊，白小子，你太无耻了，卑鄙，无耻！"小乌龟内心暴怒，却没有办法，此刻怒吼着直奔巨鬼王而去。

　　"放肆！"巨鬼王本尊皱起眉头，低吼一声，右手抬起，在身前一挥。

　　轰的一声，小乌龟撞在了巨鬼王身前半丈处，那里仿佛有一层屏障，使得小乌龟的身体顿了下来。可它内心的气不但没有减少，反而随着巨鬼王的呵斥变得更大了。

　　"巨鬼王，你以为躲在这里就没人知道了吗？你骗得了所有人，却骗不了你家龟爷！赶紧把你的宝贝给你家龟爷交出来，否则的话，龟爷我拍死你！"

　　小乌龟大吼，身体猛地一冲，轰的一声，直接将巨鬼王身前半丈处的无形壁障撞得四分五裂。它的身体呼啸而去，眼看就要撞上巨鬼王了。

　　"你是谁?!"

　　巨鬼王听到小乌龟的话语后面色大变，明显感到不可思议。

　　这犯人的身份是他在二百年前设下的，又有石龟阵法，自认为万无一失。眼下分身刚散，真身就被人一语道破，这对他的震动实在太大！

　　很快，他就杀意爆发，在小乌龟袭来的刹那，抬起右手，向着小乌龟一指！

　　"阵起，幻灭！"

　　巨鬼王开口的瞬间，魔牢所在的石龟突然震动了一下，似有一股无法形容的力量要从沉睡中苏醒，随着巨鬼王的手指凝聚成灭绝一切的神通之法。

　　这一幕让白小纯内心颤抖，可就在这时，小乌龟眼睛瞪大，脖子伸出老长，大吼一声：

　　"不灭！"

此话一出，那刚刚凝聚起来的灭绝之意如被压制，瞬间……消失无影！

这一幕让巨鬼王眼睛鼓起，似乎感到匪夷所思，万分骇然。没等他反应过来，小乌龟速度加快，轰的一声，直接撞上他的胸口。

巨鬼王闷哼一声，踉跄着后退几步，抬头时，惊怒交加。

"不可能，这不可能，给我灭！"

巨鬼王内心颤抖，他右手抬起，再次一指小乌龟，可石龟阵法还是没有任何反应，这一切让巨鬼王面色惨白。

他心跳不由自主地加快，他已经记不得有多久没这样紧张了。一股前所未有的危机感笼罩全身，眼前这一切，给他的感觉，比三大家族叛变还要糟糕。

"灭什么灭！"小乌龟伸长脖子哈哈大笑，再次轰击而去。

此刻在牢房外，白小纯目不转睛地看着这一切，不由得大笑起来。他知道，此人的确是巨鬼王，现在也的确是结丹修为，再加上阵法失效，巨鬼王如同失去了爪牙的病老虎。这让他彻底放心了，他直奔牢房而去。

"堂堂巨鬼王，居然装扮成一个犯人躲在这里……巨鬼王，我鄙视你！"

白小纯激动中得意地抬起下巴，一副天大地大我最大的姿态，袖子一甩，傲然无比。

"我白浩弹指间，巨鬼王也要灰飞烟灭，哈哈。"白小纯大笑着。

巨鬼王的气息有些波动，他内心焦急，眼神却依旧冷厉。他毕竟是半神王爷，哪怕到了现在，也有其威严。

"白浩……"

他刚开口，可还没等他说完，白小纯就一步走去，右手蓦然抬起，袖子一甩，啪的一声，直接拍在巨鬼王的头上，瞬间就将巨鬼王的修为封印了。

一旁的小乌龟此刻更是嗷嗷大叫："打劫他，打劫他！"

巨鬼王闻言，气得身体有些颤抖，猛地抬头，死死地盯着白小纯，眼中杀意强烈。

白小纯一步走来，直接在巨鬼王身上翻了起来，但只从巨鬼王身上摸出了一枚储物戒指，其他什么都没找到。

"就一个储物戒指？"

白小纯顿时感到不满。

巨鬼王何曾受过如此羞辱？不由得怒火中烧。

在此之前，白小纯在他眼中，只不过是一个微不足道的小棋子而已，是他为了让那场游戏更好玩一些随意布置的，想杀就杀，随意捏扁搓圆，白小纯的命运皆在他一念之间。可他做梦也没想到，这颗小棋子如今竟成了左右自己生死的大手！

巨鬼王岂能甘心？他是半神，他计划了一切，本以为天衣无缝，如今竟落到如此地步。换了其他人，怕是早就疯狂了，可他毕竟是巨鬼王，此刻狠狠咬牙，努力让自己从暴怒中平静下来。

可就在他冷静下来的瞬间，小乌龟嗷嗷叫了一声：

"找宝贝这种事，白小子你不行！"

说着，小乌龟直奔巨鬼王，在他身上来回穿梭，一件件物品就落在了白小纯的面前。

一杆赤色的长枪、一枚蓝色的玉简，还有一个色彩鲜艳的宝瓶……除此之外，还有一块拳头大小的黑色石块！

看着这些物品掉落，巨鬼王脸色难看到了极致。这些物品被他藏在自己开辟的单独空间，除了他，无人能找到，可那小乌龟……竟将这些物品生生搬运了出来。

"你……"

巨鬼王呼吸急促，眼珠子都要瞪出来了。这些物品虽不多，但任何一件都是惊天动地之物！

那赤色长枪是他的成名之宝，非天人不可用，乃是取天外陨星打造的，蕴含十亿禁制，威力之大，在半神的法器中也属于上等！

还有那蓝色玉简，看似简单，实际上却蕴含了他的传承之道，极为重要。而那宝瓶名为乾坤一气瓶，同样非天人不可用。在天人手中，宝瓶可以吸纳万物，炼成大药。

当初他为了获得此宝付出了极大的代价，甚至这一次九幽王出手，在他看来也是为了此物！

至于那黑色石块，此物独一无二，就连他也不知其来历。传说是一代魁皇的遗物，被他暗中获得，外人不知。

这几样物品，可以说是巨鬼王最大的财富，此刻被小乌龟取出，巨鬼王岂能不心急如焚？

白小纯顿时狂喜，一一接过后，赶紧查看一番。虽现在无法使用，但这上面有巨鬼王的烙印，白小纯还是看出了这些物品的不俗之处。

"能被巨鬼王藏着，一定是宝贝！就算我现在用不了，以后也能用啊！"

白小纯美滋滋地赶紧收起来。小乌龟得意无比，斜睨着巨鬼王。

"龟爷面前，还想藏东西，做梦！"

巨鬼王控制着情绪，他明白结果已经这样，即便怒意滔天，也解决不了任何问题。哪怕心在滴血，他也只能咬牙让自己冷静下来。

"你的目的是什么？"

巨鬼王深吸一口气，一字一顿地开口。他虽修为减弱，并且生死不再由自己掌控，但威严犹在。

随着话语传出，白小纯听到后，不由得心底发虚，想到对方的身份与半神修为，他就难免有些忐忑。

"吓唬我？"

紧张之后，白小纯又有些羞恼，琢磨着对方都这样了，自己居然还害怕，又想起对方把自己当棋子，让自己成为犯人的事情，再加上小乌龟看向自己时也有鄙视之情，白小纯立刻就生气了，抬手一巴掌拍在了巨鬼王的脑袋上。

"闭上眼睛说话！"

白小纯怒道，随后用舌头舔了舔嘴唇，看着气得身体哆嗦的巨鬼王，顿时有种刺激的感觉。

"我可从来没拍过半神的脑袋，好刺激……"

白小纯心头火热，忍不住抬手……又拍了一下。

"嘿，不听话是不是？闭眼和我说话！"

"白浩，你找死！"

巨鬼王要发狂了，此刻若他修为恢复，恨不得一巴掌就能拍死白小纯，让白小纯知道拍人脑袋的后果！

第 649 章

人形盾牌啊

"还威胁我，你居然还敢威胁我，你别逼我，我可是魔牢第一黑鞭。我一旦发火，连我自己都害怕！"

此刻，白小纯很享受这种刺激的感觉。眼看巨鬼王居然敢威胁自己，他立刻就怒了，瞪着眼睛，右手放在储物袋上，甚至琢磨着要不要拿出一把雄香丹，给巨鬼王灌下去。

巨鬼王眼看白小纯疯狂的表情，顿时内心一惊，想起自己听说的白小纯在魔牢的黑鞭身份，立刻暗恨起来，不想自己堂堂半神强者，现在居然被这么一个小人物如此折磨。他颤抖着狠狠咬牙，勉强让自己再次平静下来。

"白浩，你到底有什么目的，说！莫非你叛出白家，也是阴谋！"

巨鬼王竭力控制着愤怒的情绪，让自己的声音平和而不失威严。他虽然眯起了双眼，但是目光依旧落在白小纯的手掌上，内心更是极为悲愤，生怕又招惹了白小纯，再次被拍脑袋。

"什么阴谋，巨鬼王你给我听好了，你家白爷爷要……"

白小纯还没说完，突然，整个丁区牢房猛地一震，远处的牢房大门竟似要被人轰开。

白小纯面色一变，抬头时，牢房大门竟直接碎裂了。

一道道身影，急速而来。

一声带着仇恨的低吼，瞬间回荡四方：

"白浩！你的死期到了！"

说话之人正是白家族长，他的身边跟随着不少白家族人，此刻已冲入丁区牢房中！

白小纯面色大变，小乌龟也神色变化，立刻传音：

"带着人走，他们来得太快，龟爷要控制不住这里的阵法了！"

白小纯吸了口气，瞬间恢复冷静，没有迟疑，一把抓住巨鬼王的脖子，身体一晃，展开全速，疾驰而去。

"白小子，给我令牌！这些人居然敢破坏我们这么神圣的打劫时刻，龟爷我去打开所有牢房，给犯人解开封印，干他们！"

小乌龟立刻大吼。

"不行啊……你要是把这些犯人放了，他们解开封印后，估计……不仅不会和白家人打，反而会有不少直奔我而来。"

白小纯垮着脸。他作为黑鞭，这牢房内的犯人，凡是被他拷问过的，对他的恨都不会少……

听到白小纯的话语，小乌龟也傻眼了。白小纯心中悲愁，摇着头，带着巨鬼王疾驰而去。

"既然躲不过，我就冲出去！"

白小纯大吼一声，身体出现重叠虚影，四大分身瞬间出现。与此同时，他全身上下的所有法宝都因他修为扩散，释放了惊人的气息。虽然炼灵十四次的金纹被遮盖住了，但是这种程度的法宝，本身就令人心惊。

远处冲杀而来的白家人立刻就看到了白小纯。白家族长眼睛都红了，狂吼一声，猛地杀来，他身后的四五个族老都是元婴修士，还有不少结丹的族人，气势铺天盖地。

"白浩，受死！"

白家族长速度飞快，瞬间逼近。

白小纯知道这一次是生死危机，自己绝对不能被纠缠住，要尽快逃走。于是，他低吼一声，速度全面爆发，寒气散开，撼山撞蓦然展开，朝着前方冲去。

小乌龟也知道眼下凶险异常，嗷嗷大叫，缩着头，随着白小纯向前冲去。

眨眼间，他们就与白家人撞到了一起。

任凭白家族老的那些神通落在四大分身身上，白小纯一脚踢出，直接将一个元婴初期的族老踢得后退数十丈。

白小纯没有停顿，四大分身同时轰击另一个族老，而他本人则转身，硬扛着各种神通，刹那展开碎喉锁，直接一把掐住一个偷袭而来的白家族人的脖子。

这一切，都是在电光石火间发生的。很快，杀戮再起！

轰轰之声立刻撼动八方，掀起的冲击波向着四周滚滚而去，一时间，如同风暴横扫，席卷一切！

白小纯全身光芒闪耀，变了样子的永夜伞被他取出。他一把将永夜伞刺入一个白家族人的胸口，那白家族人原本有结丹大圆满的修为，粗壮的身躯瞬间枯萎，生机被吞，让看到之人猛然心惊！

白小纯全身上下的金纹无法遮掩，显露在众人面前。

更有十四色火从白小纯手中燃起，形成火海，焚烧八荒的同时，也使得白小纯如同战神，气势惊人！

短时间内，战况激烈无比。白小纯头发凌乱，速度却丝毫没有减慢。只见他右手一拳轰出，将白家族长逼退后，他不顾白家族人的围攻，四大分身同时出手，一路势如破竹，直接冲杀过去。

很快，白小纯的四大分身就有两个差点被白家族老灭杀，近乎崩溃地化作点点光华，回归白小纯体内。

而他本人此时也嘴角溢出鲜血，只不过速度没受到影响，依旧向着出口冲去。

这一幕，让四周所有犯人以及白家族人都心中震动。白小纯实在是太猛了，尤其是他全身上下的装备，简直夸张得惊人。

"天啊，那……那都是炼灵十四次的法宝！"

"这白浩疯了，就连身上的皮甲也炼灵了十四次！"

"他是个天才，炼灵上的天才！"

"你逃不掉！"

在四周喧嚷时，白家族长神色狰狞，咆哮着瞬移而去。四周其他族老也是如此，众人眨眼间追击上去。

白小纯内心焦急，他一方面要冲杀，一方面还要护着巨鬼王。毕竟巨鬼王在白小纯眼中就是天人魂，可这种两全之事，实在很难做到。方才，巨鬼王在他的保护下，还是被轰击了好几下。

可自始至终，巨鬼王都一言不发，面色阴沉，内心对白小纯的勇猛也大为心惊。这一刻的白小纯，身上似乎有一股铁血彪悍的气息，与之前面对自己时，完全不是同一个人！

巨鬼王虽不开口，但白小纯也发现了不对劲。巨鬼王尽管被轰中，可只是面色苍白，没有喷出鲜血，更不用说重伤了。

"这巨鬼王是半神强者，难道他的身体有什么奥秘？"

白小纯一愣，此刻来不及多想，眼看白家族长以及四个白家族老瞬移而来，神通施展而出，形成无数黑雾，不断逼近。

白小纯双眼赤红，手中的永夜伞猛地撑开，顿时光芒闪耀，阻挡黑雾的同时，小乌龟也瞬间而来，撞向一位白家族老。

四位族老同时阻挡白小纯，此刻其中一个族老右手掐诀，形成巨大的掌印，轰鸣间向白小纯笼罩而来。

白小纯沉喝一声，双目赤红，下意识地将手中的巨鬼王抡起，直接阻挡在那大掌印前。轰鸣中，掌印崩溃，白小纯身体后退时，巨鬼王全身颤抖，想要骂人，却咬着后槽牙，强行忍住了。

"没事？"

白小纯眼看巨鬼王完好，内心惊喜。

那白家族老也愣了一下，他们之前就看到白小纯手中提着这个老者，却没有在意，此刻发现，这老者竟有不俗之处。白家族老的一击，这老者都生生接住了，连口鲜血都没吐。

白小纯狂喜，大笑中一只手拿着永夜伞，一只手拎着巨鬼王，再次冲杀。

巨鬼王在他手中直接就成了人形盾牌，轰鸣中，所有的神通都被巨鬼王挡住了，使得白家众人震骇莫名。

而巨鬼王终于无法忍受了，他全身颤抖，几近发狂，脸色不复苍白，而是黑得发紫。方才这么一会儿，已经有十多个元婴修为的杀招落在他身上，那种被人当成盾牌的憋屈感，让他顾不得身份，破口大骂起来！

第 650 章
悲伤的巨鬼王

"白浩你、你不得好死！你……你……你会遭报应的！就算我杀不了你，我的女儿也会将你千刀万剐！"

巨鬼王怒意滔天，可他身为半神，更是王爷，哪里会那么多骂人的话？此刻虽气极，但又词穷，只能颠来倒去说那几句。

白小纯得意地干咳一声，毫不理会破口大骂的巨鬼王，琢磨着或许应该找个机会，让小乌龟教一下巨鬼王如何骂人。

这念头在脑海一晃而过，白小纯已迈步冲出，抢着巨鬼王，又做盾牌又做武器，一路横扫，轰鸣间，白小纯距离丁区牢房的大门已不远了。

白家族人怒火中烧，可白小纯实在太难对付了，他不仅皮糙肉厚，更有分身时而阻挡，还有无数法宝，令人眼馋不已。

再加上那把诡异的伞，可吸纳生机，使得白小纯更难被灭杀，偏偏他速度极快，肉身之力惊人，甚至还能瞬移。如此一来，在白小纯一心要逃的情况下，白家族人要想将他灭杀，短时间内很难做到。

还有那脸上有红色胎记的老者，在白家族人看来，更是诡异。这一路，老者不知被轰了多少下，一些法宝直接撞在老者身上，都没让这老者喷出一丝鲜血。

白小纯横冲直撞，眼看就要靠近牢房大门。

白家族长以及那几个族老顿时急了，一个个再次出手，轰杀而来。一时间，声响震天，术法光芒闪动。白小纯一边发出阵阵吼声，一边抢动巨鬼王的身体。而巨鬼王的骂声也没有停下。

"白浩你不得好死！白浩你会遭报应的！"

巨鬼王欲哭无泪，此刻他头发散乱，衣衫残破，根本就看不出丝毫半神的威严。他虽没有喷出鲜血，但是他的身躯快要承受不住而肿起来了。

他知道，因是半神，所以身体强度大，外人想要杀他，并不容易，除非天人出手，否则的话，其他人就只能慢慢磨。

巨鬼王心中怨气冲天，更有这一生少见的悲哀，就算他活了这么多年，心志坚定，眼下，还是有一种想要痛哭一场的冲动。

巨鬼王觉得自己真是倒了八辈子的血霉，居然会遇到白浩。他心中的委屈无法形容，尤其是想到自己按照原计划，如金蝉脱壳一样，只要在魔牢里熬过一段时间，用不了多久，便可以度过衰变期。

就算在此过程中，三大家族找到了自己也没事。魔牢的石龟阵法足以让他立于不败之地。他可以轻蔑地看着三大家族着急发狂，看着他们随着时间流逝而恐惧，他自始至终都可以掌握一切。

这很让他期待，他根本没把三大家族的天人放在眼里。他太自信了，巨鬼城的事情他也从来没和远在皇城的女儿说起。

实在是因岁月流逝，他找不出什么感兴趣的事情，所以就趁着这个机会，玩起了游戏。

他怎么也没想到，居然会遇到白浩……

"不应该这样的……"

巨鬼王越想越觉得悲伤，他后悔啊，千算万算，准备好了一切，却万万没想到会出现这么一个意外，被一个小棋子直接毁了所有。

此刻，巨鬼王只能感受着自己的身体被不断抡起，用于阻挡那些神通与法宝。耳边的轰鸣声，让巨鬼王的心沉入了海底。

"我不甘心啊！"

巨鬼王的眼睛里出现了很多血丝，可他没有办法。他多次试图暗中唤醒石龟的阵法，却没有丝毫反应，他已经开始绝望了。

在巨鬼王绝望时，白小纯遭受一击，口吐鲜血，余下的两个分身，此刻也崩溃成为光点，回归体内。白小纯虽肉身强悍，但伤势不轻。不过无论如何，他终于还是从白家族人的层层包围中杀了出来。

此刻，白小纯一晃之下，带着巨鬼王，随着小乌龟一起，踏过牢房大门，直接飞身冲出。

他的身后传来怒吼，白家族长以及那些族老没有放弃，追杀而来。这一次，他们无论如何也要让白小纯死无葬身之地！

"我看你能逃到哪里！整个巨鬼城内都是我三大家族之人，你插翅难飞！"

白家族长冷冷地说道，呼啸追来，看到不远处的白小纯正加速奔向魔牢出口。

白小纯心跳极快，气息也越发急促。身上的伤势他不在乎，他知道眼下最重要的就是离开这里，否则的话……一旦小乌龟难以压制阵法，巨鬼王重新操控阵法后，怕是不会第一时间灭了白家族人，而是要灭了自己。

尤其是看到手中的巨鬼王此刻正闭着眼睛，明显在不断尝试操纵石龟阵法，白小纯更紧张了，直接一巴掌拍过去。

"我警告你，别逼我把你的身份说出来！"白小纯恶狠狠地恫吓。

此话一出，巨鬼王立刻睁开了眼，死死地盯着白小纯，呼吸粗重，胸膛似要炸开，却……生生忍住。他明白，自己不忍，又能怎样？

嗖嗖嗖，白小纯速度飞快，凭着对魔牢的熟悉，他很快就顺着通道，看到了魔牢出口，正要冲出，一旁的小乌龟忽然面色大变。

"压制不住了！"

与此同时，白小纯手中的巨鬼王全身猛地震动，双眼放光。他感受到了阵法正在苏醒，整个石龟开始震动，一股滔天的威严猛地散出。追击白小纯的白家族长等人面色大变，心底震撼无比。

而巨鬼王更是激动，正要继续召唤，就在这时，白小纯神色惶急，来不及多想，且以巨鬼王的身体素质，他也很难将其拍晕，于是直接从储物袋内一把拿出六七枚雄香丹，没有半点迟疑，在巨鬼王狂喜的瞬间，强行塞入巨鬼王口中。

"你……"

巨鬼王睁着眼，却无法反抗。丹药入体，瞬间融化。因为药力太猛，刹那就爆发开来，而巨鬼王修为减弱，难以压制药力，召唤阵法的速度也变慢了。

他有心重新召唤阵法，可火热之力已扩散至全身，冲击他的大脑，使得他心神不稳。但他还是疯狂压制，再次召唤阵法，惊人的威压再次出现，使得白家族长等人纷纷吸气，甚至感受到了生死危机。

只是……白小纯的雄香丹威力太大，巨鬼王吃得又太多。他面色潮红，全身哆嗦，双眼通红，心神不稳，导致他召唤阵法的速度比平日慢了一些。

这给了白小纯时间。生死一线之间，白小纯狂吼一声，速度提升到了极致，潜力也在这一刻爆发出来，轰鸣间，竟直接从石龟的左眼中一冲而出。

就在他冲出的瞬间，巨鬼王凭着不可思议的意志，压下体内的火热之力，想要召唤石龟阵法。可……石龟阵法气势刚起，巨鬼王就离开了石龟，升起的气势不由得消散开来。

"不——"

巨鬼王不甘心地嘶吼，那种希望明明就在眼前，却瞬间堕入无底深渊的绝望，让巨鬼王悲愤欲绝。可巨鬼王的声音刚传出，白小纯就带着怒意，狠狠地一巴掌拍在了巨鬼王的脑袋上。

"闭嘴！"

"白浩，我要杀了你，杀了你啊！杀了你啊！"巨鬼王陷入癫狂，不停地咆哮。

啪！白小纯再次狠狠一拍。

"别打我的头，你……"

啪啪啪啪……

白小纯怒火中烧，连续拍了七八下。巨鬼王的嘴角都溢出了鲜血，这才悲哀地面对了现实，咬住嘴唇不再开口。

他觉得此刻的白小纯比之前可怕多了，在他心中，白小纯简直就是个魔鬼！

第 651 章

老祖英明

"让你不老实！我告诉你，老家伙，别逼我啊，我生起气来连自己都害怕！"
白小纯怒道。

一想起方才的危机，他就心有余悸。若是慢了一步，等巨鬼王操控石龟阵法，
自己就死定了。

此刻后怕中，白小纯狠狠地瞪了一眼巨鬼王，眼中的杀意一闪而过。巨鬼王内
心一震，他明白，自己若是再招惹对方，以白浩的性格，真的会做出一些让自己后
悔的事情。

"他必定有求于我，我忍了，先不招惹他。"

此时，巨鬼王只能强忍内心怒意，再次低头。

就在巨鬼王低头的瞬间，白小纯身后，白家族长等人呼啸而出，朝着白小纯追
来。他们显然有办法抵抗能腐蚀血肉的护城河水。

白小纯面色一凛，当下没时间再理会巨鬼王，一晃之下，就要冲出水面。可就
在他靠近水面的瞬间，小乌龟神色大变，脖子缩回，猛地尖叫：

"后退！"

白小纯没有迟疑，立刻将巨鬼王挡在身前，身体急速后退，就在他后退的一
瞬，一声轰然巨响传来。

仿佛有一股大力从天上降临在护城河河面上，使得护城河水在这一瞬升起，向
着四周洒落，同时那股大力直接轰向白小纯。

好在有巨鬼王阻挡，那股大力几乎全部落在了巨鬼王身上。巨鬼王身体颤抖，

头发瞬间脱落了小半，整个人的精气神一下子损失了两成！

巨鬼王的修为，此刻也已经不再是结丹，而是筑基，可见这一击有多厉害，这是……天人一击！

巨响声中，白小纯周围的河水散去，他气息微凝，一眼就看到了天空上，那个面色阴沉，整个人仿佛到了发狂边缘的白家天人老祖。

白小纯紧张得口干舌燥，心跳加速，他明白，方才若不是小乌龟提醒，自己就死定了。

那一击，正是白家天人老祖施展的。他原本在寻找巨鬼王，路过这里时，接到白家族人的传音，想起了可恶的白浩，于是顺手就要一巴掌将其拍死。

可是，白家天人老祖没想到，自己的全力一击，居然没有拍死白小纯！

白家天人老祖很吃惊，不由得看向白小纯身前的老者。

"他是……"

白家天人老祖仔细看向老者时，身体忽然一颤，气息瞬间乱了起来，双眼一亮，仿佛绝处逢生一样，抓到了一闪而过的希望！

"这……这……"

白家天人老祖不禁失声，猛地仰天狂笑起来，笑声瞬间传遍整个巨鬼城，所有人都能感受到他的得意。

白小纯内心咯噔一声。此时，他身前的巨鬼王则眼神暗淡，只不过没有面对白小纯时那般失态，而是平静无比，他明白，这或许……就是命。

"天不灭我白家，哈哈，天不灭我白家啊！巨鬼王，老夫怎么也没想到，你居然在这里。"

白家天人老祖激动地大笑，身体仍颤抖不已，面色赤红，可见他有多激动。实在是之前的几个时辰，对他来说，无比煎熬。

他不止一次地后悔，却于事无补。一想到巨鬼王的这场游戏，他就恐惧到了极致。他明白，自己找到巨鬼王的可能性微乎其微，就算真的找到了，以巨鬼王的手段，也一定有万全的安排，自己怕是……熬不过。

他已经绝望了，在绝望中对白浩直接下死手，根本没再考虑别的事情。他做梦都想不到，绝路上竟然出现了曙光。他竟然找到了巨鬼王，而且很明显，眼前的巨鬼王虚弱无比。他眼中充满杀机，早已看不到白小纯，只能看到那虚弱至极的……

巨鬼王！

白家天人老祖话语传出后，追来的白家族长等人一个个猛地顿住，纷纷睁大了眼，顺着白家天人老祖的目光看去，倒吸一口凉气。

"他……他是巨鬼王！"

"天啊，巨鬼王居然藏在这里！"

"我就说嘛，此人身体诡异，承受我等那么多次攻击，居然无碍，原来他就是巨鬼王！"

不仅白家之人震惊，此刻，其他家族的族人以及六大天侯的军团，甚至还有不少其他势力的探子，脑子都嗡鸣起来，全部看向巨鬼王。有不少人也注意到了白小纯，发现巨鬼王似乎是白小纯的俘虏。

这一幕，再次令所有人感到震撼。

"这……这不可能吧，那是白浩？他……他绑架了巨鬼王？"

"这白浩太生猛了，他……他居然将巨鬼王给绑架了，所有人都在找的巨鬼王竟在他手中！"

"天啊，我之前小看了白浩，这家伙也太厉害了，竟如此彪悍！"

众人议论纷纷，更有不少人立刻将消息传递出去。可以想象，很快，整个巨鬼城都会知道——白浩，绑架了巨鬼王！

更多的人想起了之前白浩绑白家族长之事，这种震撼感与冲击力再次变得强烈起来。很快，巨鬼城内所有接到这个消息的魂修都骇然失声。

"白浩……心狠手辣、六亲不认、凶悍无比，绑架亲爹不说，竟然还绑架了巨鬼王！"

可以说，这一刻，白小纯的所作所为真真正正地震撼了全城！

只是这一切不是白小纯想要的。白小纯身体哆嗦着，眼睛都红了，四周的目光让他紧张到胸膛起伏不定，此刻他咬着嘴唇，阴沉着脸。

巨鬼王反倒沉默了，自始至终一言不发，似乎哪怕是死，他也要死得有尊严，只是心中也有遗憾。他遥遥地看着一个方向，内心喃喃：

"可惜，等不到鬼王花开了……"

"白浩，现在你可以松手了。"巨鬼王淡淡开口。

"怎么办？怎么办啊？"

白小纯内心焦急。眼看白家天人老祖在半空中抬起右手，似要一把抓来，白小纯心思一转，忽然高声开口：

"老祖英明，早就算出巨鬼老贼定有后手。浩儿幸不辱命，遵从老祖吩咐，忍辱负重，不惜让人误以为我叛出白家，终获得巨鬼王的信任，完成任务，将巨鬼王生擒！浩儿这就将巨鬼老贼亲手献给老祖，祝老祖洪福齐天，我白家万载永恒！"

白小纯声音传出，四周众人全部愣住了。巨鬼王内心苦涩，白家族长傻眼。其他人也瞠目结舌，看着正快速飞出，不断靠近白家天人老祖，模样激动，要将巨鬼王献给白家天人老祖的白小纯。

就连白家天人老祖听了白小纯的话也愣了一下，没有多想，实在是白小纯这番言辞恰到好处。

这很明显是将一切荣耀都归功于白家天人老祖，甚至只要白家天人老祖一开口，就可顺理成章地占了这份功劳。而这份功劳，可以让他在接下来争夺王位的过程中，拥有极为明显的优势。随着脑海里的念头转动，白家天人老祖不由得双目光芒一闪。

"这白浩……有点意思……"

白家天人老祖脸上瞬间就浮现出了笑容，看向距离自己只有十丈，模样乖巧，却有一些忐忑的白小纯，正要开口。

就在这时，异变突起！

第 652 章

半神魂爆

白小纯的话让四周的人心神一震，若他胡乱一说倒也罢了，无人会理会，可偏偏他方才所说的似乎在情理之中。白家族长连连吸气，连他都如此，更不用说其他人了。甚至还有不少魂修，猛地看向白家天人老祖。

这种老谋深算的手段，很符合众人对天人老祖的印象，如果是真的，所有人也不会觉得特别意外。毕竟……这是三大家族提着脑袋的一战！

白家天人老祖脸上刚露出笑容，下一刻就面色一变。他毕竟是天人，自身天人合一，神识敏锐，甚至对危险有奇异的感知。

此刻，他心脏猛地跳动，瞬间有了危机感。

尽管这一切让白家天人老祖觉得不可思议，可白家天人老祖还是大吼了一声："停下！"

白家天人老祖正要退后，可就在这一瞬，白小纯猛地抬头，神色变得有些疯狂与狰狞。

"去死！"白小纯大吼，左手猛地一拍储物袋，手中立刻就出现了一座水晶般的魂塔。白小纯用尽全力，将魂塔向白家天人老祖狠狠一扔。

嗖的一声，这魂塔速度极快，直奔白家天人老祖而去。

此塔看起来毫不出奇，可在出现的一瞬，就让白家天人老祖头皮发麻。

"此物能威胁我的生命！不可抵抗，要速速避开！"白家天人老祖立刻反应过来。他知道时间紧迫，身体便模糊起来，居然选择了挪移躲避。

这一切太过突然，从白小纯靠近，直至扔出魂塔，一切都让人措手不及，最重要的是……白家天人老祖距离白小纯太近了!

魂塔瞬间临近,在白家天人老祖身体开始模糊的同时,白小纯仰天发出一声惊天怒吼:"爆爆爆!"

白小纯没有迟疑,立刻引动魂塔内的禁制,接着急速后退,将自身的速度提升到了极致。他甚至还动用了不死禁,蓦然后退,将巨鬼王提起,挡在身前。

可白小纯还觉得不放心,趁着众人目光都凝聚在魂塔上时,暗中取出龟纹锅,挡在自己与巨鬼王之间。

这一切说来话长,可实际上都在电光石火间发生,奇快无比。瞬间,魂塔内的禁制就起作用了,魂塔内残破的半神魂猛然间苏醒过来!

天地变色,风云倒卷,似乎有一股无法形容的威压眨眼间降临,碾压一切!

"半神魂!"白家天人老祖面色大变,骇然无比。

他尖叫一声,放弃瞬移,急速后退,可还是晚了。

半神的气息太过惊人,在出现的瞬间,如同狂风横扫天地,让四周众人惊呼失声。

"半神的气息!"

"那是什么?!"

"天啊……"

一声惊天巨响传出,似乎要碎裂苍穹,轰开大地,直接传遍整个巨鬼城。

如同有一个擎天巨人,向巨鬼城轰出一拳,撼动整个巨鬼城,让苍穹失色,让风云倒卷,让无数裂缝出现!

这一拳落在大地之后,又向着四周狠狠扫荡,轰隆隆扩散开来。白家天人老祖首当其冲,发出一声短促凄厉的惨叫,身体瞬间受到了冲击。

离得近的修士,一个个都拼了一切去抵抗,依旧躲不过。

轰隆隆!

许多人连惨叫都没来得及发出,就已经形神俱灭了。甚至白家的那些族老也都如此,根本无法抵抗,一个个化为飞灰……

因上次被白小纯擒拿之事,白家天人老祖给了白家族长保命法宝,此刻借助保命法宝,白家族长勉强保住一条命,但身受重伤,十分狼狈。

"不……这不是真的!白浩!!白浩!!!"

白家族长痛苦地颤抖，无比绝望，凄厉之音传遍四方。

放眼看去，大地上出现了一个巨大的深坑，距离老远都可以感受到毁灭的气息。

随着半神魂发威，巨鬼王发出凄厉之音，身体被轰击得不断后退。白小纯在龟纹锅后面，虽只承受了部分冲击，却仍然连吐几口鲜血，全身上下如要碎裂，五脏六腑仿佛都要移位，总算还是没有丢掉性命。

这一幕，连巨鬼王都被镇住了。他怎么也没想到，事情居然会出现逆转，而掌控局面的居然是……白浩！

白小纯看着地面上的深坑，心悸不已，更有后怕。

"这半神魂自爆，威力也太大了吧……差点把我自己给搭进去。"

白小纯稳定气息，暗自庆幸自己早有准备。他扔出魂塔后，选择的方位十分巧妙，倒退速度极快，所以虽被波及，但影响不是特别大，又有巨鬼王与龟纹锅两重防护，这才保住性命。

这也是白小纯不敢让白家天人老祖接近后再取出魂塔自爆，而是要自己冲过去的原因。若是斗法时用这一招，掌握不了主动权，他很担心自己也会被炸死……

而距离魂塔最近的白家天人老祖则身受重伤，衣衫尽毁，算是这辈子最狼狈的时刻。白家天人老祖面色苍白，他知道自己没有击杀白小纯的能力了，一旦强行出手，加重伤势，怕是必死无疑！

他身体颤抖，无法忍住，再次喷出一大口鲜血，看向白小纯的目光，已带着恐惧与杀机。接着，他没有迟疑，猛地后退，似用了所有余力，骤然远去。

"没死！"白小纯内心一惊，眼看白家天人老祖竟还活着，正骇然，又看到对方仓皇逃走的身影，也是一愣，可他不敢追上去。此刻，白小纯心里七上八下，眼珠一转，猛地大喝一声：

"我白浩向来奉行人不犯我，我不犯人。你们给我听好了，这种神通，我还能用一百次，你们谁来惹我，可不会有好下场。我一旦出手，连自己都害怕，别惹我啊！"白小纯大吼着，赶紧抓着面色惨白的巨鬼王，加速离去。

第 653 章

这是个疯子

"白浩，好一个白浩，阴险歹毒，六亲不认，心狠手辣……"

此刻的白家天人老祖内心苦涩无比，眼中带着不甘与惊慌。魂塔自爆，虽没有将他灭杀，但将他重创，眼下他体内伤势太重，已经压制不住了。这个状态的他，别说灭杀巨鬼王，就连自己也身处危机！

白家天人老祖在担心，陈、蔡两家的老祖能否忍住灭了自己的冲动……毕竟他们三家，既是合作伙伴，又是竞争对手！

白家天人老祖不敢赌，也赌不起，更不能出手。时间太紧迫了，他只能用最后一丝力气，疯狂逃遁，逃回白家城，立刻闭关。只有这样，才能保命！

至于巨鬼王，白家天人老祖已经没心情理会了，而白浩……白家天人老祖此刻也不想招惹，眼下最重要的，就是尽快回白家城！

活得越久，就越是怕死，这一点在白家天人老祖身上彻底体现出来，且他的身上还背负着一个家族的命运，无论如何，他都不能让自己出现意外。

巨鬼城内，有两道天人气息陡然爆发，一道朝着白小纯追去，还有一道则朝着白家天人老祖追去。

此刻，白小纯在巨鬼城内急速前行，隐匿气息的同时，不时看向四周。

"完了完了，刚才冲动了，该死的，都怪巨鬼王太惹眼了！"白小纯欲哭无泪，哭丧着脸，紧张无比，惊魂未定。

而他手中抓着的巨鬼王，此刻一样神情紧张，气息无比虚弱，方才那股毁灭性的冲击比天人一击强多了，差点直接让他身死道消。

劫后余生，巨鬼王眼中带着震骇，一次次看向白小纯。

"你……你这么漫无目的地逃遁，早晚会被抓住，你听我的，我们回石龟……本王……"巨鬼王小心翼翼地开口。他看出白浩的性格中藏着疯狂，生怕自己哪句话招惹了对方。

此刻他已明白，白小纯胆大妄为，没有什么事情干不出来……

"你还说话！"

巨鬼王开口的瞬间，白小纯低头怒斥一声，神色冷酷，狠狠地拍了一下巨鬼王的脑袋。

巨鬼王怒火中烧，可一看到白小纯通红的双眼，就内心一颤，强迫自己压下怒意。

"这是个疯子！！"

巨鬼王内心咒骂着，他觉得自己当年真是作死……千不该万不该，不该为了让游戏更好玩，去招惹白浩。如果一切能够重来，他发誓自己一定不利用白浩，让白家与白浩自相残杀，自己必定躲得远远的……

"你这老家伙，都是因为你，刚才为了救你，小爷我才落得如此下场，你不感恩也就罢了，居然还要害我，让我去石龟。我傻啊？要是真去了，那我就是自己找死！"白小纯怒道，此刻心中憋屈，琢磨着小乌龟每次都给自己招来麻烦，这一次若不是那只小乌龟，他早就逃走了。

"还有那小乌龟！"

白小纯咬牙看向储物袋，小乌龟早就没影儿了，显然也知道这件事……麻烦大了。

"没办法了，实在不行，就将巨鬼王交出去得了……"

白小纯目中凶光一闪。一旁的巨鬼王看到后，内心顿时一震，暗道不妙。此刻他已明白，自己能否熬过这一劫，就看白小纯了。

"白浩兄弟……你别冲动，你……你到底有什么目……有什么想法，你和我说，我一定满足你！"巨鬼王就连"目的"这两个字都不敢说，生怕刺激到白小纯，此刻尽量用最柔和的语气问道。

巨鬼王内心也苦闷，暗道："自己原本好好地在石龟内度过衰变期，等到修为恢复，就可华丽转身。到了那个时候，这个游戏也将让自己愉悦无比。可眼下，一切都变了。千错万错，就错在自己利用了这个疯子，以至于出现了预料不到的变化。现在，形势竟然发展到了这步田地，我被带到了这里……"

白小纯气呼呼的，他一边疾驰，一边恶狠狠地开口："我要天人魂，要金属性的天人魂，你有吗？如果有，现在就给我，我立刻就放了你！"

白小纯狠狠地瞪着巨鬼王。

巨鬼王听到这里愣了一下，眼睛猛地睁大，似乎感到不可思议，整个人都傻了。

"你……你将我绑架了，目的就是……要一个金属性的天人魂？"巨鬼王下意识地问道。他觉得这实在是太荒谬了，简直滑天下之大稽。

"怎么，不给是不是？老家伙你别逼我！"

白小纯立刻就急了，千辛万苦到这一步，这巨鬼王若是不同意，他就真的要哭了……于是大吼一声，恫吓巨鬼王。

"我给，我给……"

巨鬼王内心有种要崩溃的感觉。天人魂虽贵重，但对他来说真的不算什么，他本以为白浩所图更大，却没想到，居然只是要一个天人魂……

"该死，你怎么不早说？至于吗？为了一个天人魂，就为了一个天人魂……你为这么点事，就将我带出了保命的石龟……"巨鬼王在内心悲吼。

"赶紧拿出来！是不是在那个储物袋里？"白小纯不耐烦地说道，说完还四下乱看，找到一条胡同，钻了进去。

"本王……我……我现在身上没有啊，那储物袋里也没有，里面都是一些杂物，且我修为没恢复，也打不开秘殿。白浩兄弟，我有个建议，你考虑一下，你看……要不你保护我吧，你保护我一个月。一个月后我修为恢复了，我发誓立刻开启秘殿，给你天人魂！"巨鬼王小心翼翼地说道。

他说的是实话，他现在实在是拿不出来，而且……经过刚才的事情后，巨鬼王很清楚，跟着白小纯，自己或许还能有一线生机。若身边没白小纯，他就更危险了，且最重要的是，以他这一天对白小纯的观察，他可以确定，白小纯极有可能打算将自己交给三大家族来保命。

巨鬼王刚说完，白小纯立刻就恼火了，抬手狠狠地拍了一下巨鬼王的脑袋，怒道："老家伙，你当我是傻子啊，一旦你修为恢复，你做的第一件事情就是灭了我！”

白小纯咬牙，觉得巨鬼王太坏了，竟敢把自己当傻子。

“原本当初白家天人老祖要杀我，你也算帮了我，我还挺感谢你，还帮你抢了蔡家的魂场。可你呢，你居然恩将仇报，剥夺了我狱卒的身份，将我打为犯人，你太过分了！”白小纯面露凶残之色，此刻他心里紧张，知道自己干了一件天大的事，绑架了半神王爷……这在以前，他想都不敢想，如今没办法了，心中隐有决断，琢磨着可以用巨鬼王和三大家族谈谈，或许能换一个天人魂……

这目光立刻就震慑了巨鬼王，巨鬼王心脏狂跳不已，赶紧解释：

“白浩兄弟千万别冲动，千万不要冲动，你……你听我说，你可以给我下禁制啊，你下了禁制，就不用担心我修为恢复后难为你了。”

“我是什么修为，你是什么修为，我怎么给你下禁制？老家伙，你欺人太甚！”

白小纯更怒了，觉得巨鬼王在侮辱自己的心智，此刻袖子一甩，正要咬牙决断，巨鬼王哆嗦着，悲呼一声，赶紧大喊：

“你修为不够没关系，我教你一个禁制，我帮你在我身上下禁制……这总行了吧？”巨鬼王欲哭无泪，话都说到这个份儿上了。他已经很久很久没有这么跟人说话了，此刻眼巴巴地看着白小纯，心底憋屈，却没办法……

“你帮我在你身上下禁制？”

白小纯被巨鬼王的话绕得有些蒙。巨鬼王生怕白小纯又发怒发疯，赶紧双手掐诀，咬牙之下，逼出自己的一丝本命神识，融入印记内。眨眼间，他的双手之上就出现了一团五光十色、璀璨无比的禁制光团。

“白浩兄弟，你……你只需向里面融入一滴鲜血，我就可以将这个禁制打进自己体内了……”巨鬼王小心地说道。

第 654 章

这禁制真毒啊

白小纯扫了一眼禁制光团，迟疑了一下。若非万不得已，他也不想与三大家族交易，毕竟交易的结果很难预料，且自己的危险性也少不了多少。有了这个禁制，那么自己倒真的可以去拼一次，失败就罢了，自己扔了巨鬼王就逃，可一旦成功了……

白小纯想到这里，顿时心动，眼睛却再度狠狠瞪起。

"老家伙，到了这个时候你居然还敢耍心机！"白小纯怒道。

"我没有，真的没有，白浩兄弟你要相信我，我……我真的没有骗你！"巨鬼王顿时急了。他说的是实话，到了这个时候，他已经没心思欺骗白小纯了，也不敢欺骗，一旦败露，他就是在拿自己的生命开玩笑。

"胡说！"白小纯气势汹汹，大吼一声。

"真的没有……我发誓……"巨鬼王被逼得开始发誓。

白小纯仔细地看着巨鬼王，觉得对方表现得似乎很真诚，可他还是觉得不放心，冷哼一声，右手一拍储物袋："小乌龟，给我出来！"

储物袋内毫无反应……

"小乌龟，我警告你，这一次都是因为你才惹的麻烦，你要是不出来，以后我们恩断义绝，再有什么事情，你别来找我！"白小纯生气地道。

话音刚落，储物袋动了一下，小乌龟的头伸了出来，有些尴尬，首次向白小纯露出讨好的表情。

"白小子别生气啊，那个……我也没想到会这样……"

小乌龟眨了眨眼，眼看白小纯朝它一把抓来，它迟疑之后没敢闪躲，任凭白小纯抓着它的头，将它拎了出来。

"少废话，给我看看这禁制有没有问题。"白小纯哼了一声，将小乌龟放在巨鬼王的双手面前。

巨鬼王看了一眼小乌龟，内心也恨。眼下他已经明白了，白小纯之所以看穿自己的身份，就是因为这只小乌龟。

小乌龟知道这件事因自己而起，且白小纯是真的生气了，眼下面临生死危机，马虎不得，于是它打起精神，双眼露出奇异的光芒，仔细地看着巨鬼王双手中的禁制光团。

看着看着，小乌龟眼睛就睁大了，伸长了脖子倒吸一口凉气。

"这禁制真够毒的啊！白小子，这禁制可以用，但这玩意太毒了，这是生命共存的禁制。你死了，巨鬼王就死了，可他死了……你却没事。"

巨鬼王低头，内心苦涩，暗叹一声，为了渡过这一劫，他是真的没动手脚。这禁制原本是他打算平乱之后给那些叛变者设下的，眼下却下给了自己。虽然这禁制也不是不可解开，但就算他恢复了修为，至少也需要数年。

"我告诉你，老家伙，你也看出了我的手段很多，天人老祖我都能让他重伤逃走。你藏得再深，我这小乌龟也能看出究竟，这只是我众多手段中的一丁点而已，就算你修为恢复后，将我折磨得生不如死，我也有办法直接咽气。你若害我，我们就一起死！"白小纯听到小乌龟的话语，狠狠一咬牙，威胁道，"我不害你，你也别害我。我保护你一个月，你给我天人魂，这件事情就算这么过去了。"

巨鬼王沉默不语，半晌后抬头看向白小纯，沉声开口："本王一生重诺，说出的话不会反悔。不管前因如何，只要你白浩能保护我一个月，本王修为恢复后，绝不会对你采取任何手段，以此避开禁制，所以你大可放心！"

白小纯深深地看了巨鬼王一眼，沉吟少顷后，取出巨鬼王的储物袋以及红色长枪等物。

"巨鬼王，既然如此，你赶紧把储物袋以及法宝上的印记抹去，换成我的，这样说不定我们逃走的可能性更大些。"白小纯立刻开口。

"储物袋里都是一些杂物，还有就是我个人喜好之物，且就算我抹去印记，我的法器你也烙印不上，这些法器非天人不可用……"巨鬼王迟疑了一下，一看白小纯又开始瞪眼，不由得暗叹一声。他倒没有说假话，可白小纯不信，他也没办法。

他虽修为减弱，无法操控法器，但将印记抹去，还是可以做到的。

很快，他就将所有物品的印记一一抹去了。白小纯激动地打开储物袋，看了一眼，不禁心惊，这里面装着无数魂药，还有很多奇珍异宝。这些奇珍异宝并非法器，而是一些凡人才会喜欢的璀璨珍宝。

"这些是杂物？"白小纯抿了抿嘴唇，奇怪巨鬼王怎么会喜欢这些玩物。很快他的目光就落在了红色长枪上，一把拿起，感受着此枪的气息，不寒而栗。

白小纯想要烙印自己的神识，可的确如巨鬼王所说，根本就无法融入，其他物品也都如此。无奈之下，白小纯重新收起储物袋，又打量了巨鬼王几眼，这才狠狠地点了点头，与巨鬼王达成约定。

巨鬼王内心松了口气，赶紧开口，提出要让白小纯带他去石龟。可白小纯迟疑了一下，觉得此事不稳妥，先不说三大家族必定重点封锁魔牢区域，就算自己去了，成功的可能性也太小。

另外还有一个原因，就是二人的约定，白小纯虽同意，但是如今刚刚开始，他心中没底，一旦让巨鬼王掌握主动权，就有些不放心。

"逃跑这件事，我比你有经验，我这些年，别的不敢说，逃跑的次数多了。"白小纯傲然开口，扯着巨鬼王，直奔远处而去。

"你……"巨鬼王有些不悦，正要开口，白小纯不耐烦地再次拍了一下巨鬼王的脑袋。

"闭嘴，是你保护我，还是我保护你？"白小纯睨了巨鬼王一眼。欺负一个半神强者，开始他还觉得刺激，眼下似乎也习惯了，一闪身，直奔远处。

巨鬼王咬牙，却没办法，只能憋着。

白小纯没理会巨鬼王，他知道，要离开巨鬼城，难度太大。此刻三大家族以及很多人应该都在搜寻自己，怕是用不了多久就找来了。

"没办法，只能去找陆世友说的那些传送阵了……希望能尽快找到那个传送十万里的传送阵，这样的话……一旦逃到十万里外，就安全多了。"

白小纯打定主意，想起陆世友说的那些阵法所在的方位。于是，他脚下加速，直奔距离这里最近的一处飞驰而去。

不多时，白小纯就带着憋屈的巨鬼王到了一个坍塌的阁楼后院内，四下打量一番，确定就是此地后，右脚猛地抬起，向着大地狠狠一踏。

轰的一声，大地出现一道道裂缝，白小纯右手猛地按向其中一道裂缝，四周居然出现了传送光芒。

"这……"巨鬼王瞪大双眼，露出奇异的光芒。这时，传送阵轰然运转，白小纯以及巨鬼王的身影眨眼消失了。

他们消失之后没多久，就有十多道长虹从远处呼啸而来，看到这里的传送阵后，众人都面色一变，而传送阵已自行崩溃，更让他们的脸色难看至极。

与此同时，巨鬼城内的另一处区域，微弱的光芒一闪，白小纯与巨鬼王出现，这里是一处民宅。白小纯有些恼火，他虽知道很多处阵法，但不知道哪一个才是传送到十万里外的，只能一一尝试。巨鬼王明显很受震动，刚要开口问询，却看到白小纯居然再次一拳轰在地面上。瞬间，传送阵的光芒又一次爆发，眨眼间，二人的身影再次消失……

而此刻，巨鬼城内早已一片大乱，整个城池直接被封锁，连城外都安排了不少魂修，不论白小纯从哪个地方飞出，都会立刻被围攻。

更多的人马开始在城内搜寻，尤其是白小纯之前离开的区域，陈家天人老祖更是现身亲自寻找。只不过半神魂自爆，对巨鬼城产生了影响，令天人老祖的神识都无法扩展太远。否则的话，想要找到白小纯，会更容易一些。眼下只能用人海战术，密集搜寻。

蔡家天人老祖追着白家天人老祖到了白家城后，这才目光闪动，转身回归，直奔巨鬼城，加入搜寻的队伍之中。

此刻巨鬼城内还有两个天人强者，正是幽冥公与无常公。幽冥公想要去搜寻，可知道了巨鬼王与白浩在一起后，幽冥公立刻有了决断。眼下有其他人马搜寻，不需要他参与，而他的任务就是不让无常公找到白浩。否则的话，一旦无常公出现在巨鬼王面前，带着巨鬼王逃遁，其他人想要阻拦，会更麻烦。于是幽冥公果断出手，与无常公斗法，死死地牵制着无常公。

无常公知道对方的心思，内心暗叹一声，明白自己无论如何也无法冲出，只能听天由命。如此一来，城内追寻白小纯踪迹的天人就只有两位。六大天侯带领各自的军团，以及三大家族的人分别进行地毯式搜寻。

第 655 章

滚

在众人搜寻时，白小纯带着巨鬼王，从一处处传送阵中现身。要找到传送到十万里外的传送阵，白小纯只能一一尝试，放眼看去，城内不断亮起一束束光芒。

时而在东方，时而在西方，时而在北方……而三大家族的人以及六大天侯的军团也知道了白小纯使用传送阵的事情。他们十分震惊，巨鬼城内居然有这么多阵法，可他们无可奈何，只得咬牙继续追赶，但凡有传送光芒亮起，他们就立刻冲过去。

"不是……"

"也不是……"

"咦？这里是秘阵，不死禁！"

传送阵的光芒不断亮起，轰鸣声回荡，白小纯一个阵接一个阵地传送，他手中的巨鬼王则目瞪口呆。

突然，白小纯穿梭了一个秘阵，出现在城西的一个庭院中。阵法光芒一亮起，白小纯和巨鬼王刚刚出现，四周立刻传来呼啸之声。三大家族中的陈家族长，带着族内的三个族老，还有不少陈家族人正在四周搜寻。看到传送之光出现，他们没有迟疑，急速而来，立马就看到了庭院内刚刚现身的白小纯与巨鬼王。

"是白浩！"

"通知老祖！"

众人立刻出手。白小纯面色一变，来不及再次开启阵法，抓着巨鬼王猛地后退。在他后退的瞬间，一声轰然巨响震天动地。他之前所站的地方顿时出现了一个深坑，四周建筑爆开，无数碎石四溅。

白小纯速度极快，化作残影，抓着巨鬼王冲出。刚冲出，他的前方就出现了一片大幡，似要席卷天地般，直接阻断了去路。

大幡幻化出了上万个鬼脸，每一个鬼脸都向着白小纯发出咆哮，偏偏咆哮中还夹杂着哭声。这一幕不但让白小纯大吃一惊，就连巨鬼王也双目瞳孔收缩。

"陈家竟敢在巨鬼城内炼制禁物！"巨鬼王内心怒意升起。

这大幡是邪宝，就算在蛮荒，因为有伤天和，也被列为禁忌，一旦发现，必定铲除！没想到陈家族长竟将其炼制了出来，且很明显，此幡炼成不久，还无法发挥其全部威力。白小纯面色变化，内心刺痛，目露杀机。这种事情，不管发生在什么地方，都会引得人神共愤。

"陈某见过巨鬼王，至于这大幡的事情，就不劳王爷费心了。"一个阴冷的声音传出。很快，一个人出现了，他看起来四十多岁，相貌俊朗，仙风道骨，唯独眼神阴鸷，可以看出其性格阴狠毒辣。此人正是陈家族长，只见他右手抬起掐诀一指，大幡直奔白小纯而来。

与此同时，四周的陈家族老以及其他族人纷纷出手，轰鸣之声再次响起。白小纯神情一变，掐诀间永夜伞出现。他猛地一步走出，撼山撞轰然爆发，一路横冲直撞，杀向陈家族长："滚回去！"

陈家族长冷笑，袖子一甩，一身元婴修为轰然爆发，三个鬼脸立即现身，每一个都散发出元婴之气，直奔白小纯而去。

轰鸣之声，再次回荡。白小纯低吼一声，直接将巨鬼王的身体抢起，双眼赤红，向前走出一步，速度再次爆发。他眼中的一切立刻变得缓慢，当这一步落下后，他直接出现在陈家族长身前。

"给我死！"白小纯大吼一声，右手握拳，肉身之力以及修为之力在这一刻爆发出来，甚至面具下的眉心处都出现了一道裂缝，正是通天法眼，蓦然展开。

大地震动，陈家族长面色大变，他知道白浩实力不俗，但没想到，白浩的速度竟如此惊人。危急关头，他双目光芒一闪，骤然开口："爆！"

轰轰轰！那些冲向白小纯的鬼脸，一个个发出痛苦的嘶吼，齐齐崩溃爆开，竟在白小纯身后形成了一张大口，向着他的身体一口吞来。

白小纯明白，若不速战速决，自己就危险了。此刻，他抬起永夜伞，狠狠一振，永夜伞上的四道金纹闪耀光芒，整个伞身被白小纯撑开，阻挡大口，而他的身体则闪电一般，直接追上了陈家族长。

"去死！"白小纯大吼一声，右手直接抬起，碎喉锁猛然展开。白小纯手中似有吸力，顿时让陈家族长面色一变，他想要躲避，却来不及了。

白小纯肉身太强，速度太快，眨眼间，他的两指就朝着陈家族长脖子而去。眼看手指就要落下，陈家族长面色苍白，就在这时，远处传来一声让天地变色的怒吼。

"滚！"身影还在远处，声音已穿透虚无，直接在白小纯的脑海中炸开。白小纯口喷鲜血，右手不由自主地颤了一下。陈家族长顿时狂喜，高呼老祖的同时，抓住机会，向一旁避开。

可就在陈家族长要彻底避开的瞬间，白小纯眼睛赤红，右手依旧落下，虽没有掐住陈家族长的脖子，但是抓住了他的右臂，陈家族长的右臂便断了。陈家族长面色惨白，急速倒退。此刻，远处的天地间，一道身影似从虚无中踏出，直奔白小纯而来。那是一个老者，天人修为，正是陈家天人老祖！

白小纯呼吸一顿，身体蓦然后退，可心中还是有些不甘。那陈家族长利用孩童炼制大幡，泯灭人性，白小纯怒火中烧，一心只想除害。所以后退时，他忽然一拍储物袋，手中立刻出现了一把炼灵十四次的大弓。

白小纯一把拉开弓，四周似出现了一个黑洞，将八方气息吸来。一支同样炼灵十四次的箭矢出现在弓弦上，接着，他对准陈家族长果断松手，呼啸之声刺破耳膜，箭矢化作一条黑龙，咆哮中直奔陈家族长而去。

一箭射出，白小纯头也不回，急速远去。

眼看陈家族长陷入危机之中，一声冷哼蓦然间从天而降。只见那位陈家天人老祖从虚无一步走出，挡在陈家族长的身前，右手抬起，一把就抓住了箭矢，狠狠一捏。轰的一声，箭矢碎裂！

陈家天人老祖面色阴沉，他方才若是不救陈家族长，就有把握瞬间出现在白小纯面前，可他为救陈家族长，耽搁了一点时间。此刻，眼看白小纯逃遁，他眼中杀意强烈，可也有些忌惮。毕竟不知白浩利用了什么手段，重创了白家天人老祖。

他不想步白家天人老祖后尘，此刻目光闪动，骤然追击，双手掐诀，四周出现数个穿着黑色铠甲的鬼影，每一个鬼影都散发出元婴大圆满的波动，直奔白小纯而去。

第 656 章
我阵法多了

陈家天人老祖在数个穿着黑色铠甲的鬼影之后，迈步追击。

若非忌惮白浩或许还有一些威胁天人的手段，陈家天人老祖必定亲自靠近，一举将白小纯抓获，可他不敢赌……

白家天人老祖的下场就在眼前，且陈家天人老祖很明白，白家天人老祖若是之前反应慢了一些，没有立刻回白家城，那么自己与蔡家天人老祖绝对会利用这个绝世良机，就算不灭了白家，也会让白家天人老祖分出足够的利益。

想到这里，他就更不敢赌了，掐诀间，那些穿着黑色铠甲的鬼影速度加快，距离白小纯越来越近。

白小纯头皮发麻，心跳持续加速，眼看那些鬼影急速而来，顿时紧张无比，就连被他拎在手中的巨鬼王也面色变化，有种不妙之感。

"我让你去石龟，你不去，你……"巨鬼王着急之下，不由得说了一句。

"闭嘴！"

白小纯毫不客气地大吼一声，没理会巨鬼王，身体一晃之下，避开身后的术法，眨眼间，如跨越虚无般，出现在胡同里。

白小纯目光快速扫过四周，没有停留，直接撞开一面墙，出现在一处庭院内。

这庭院显然是大户人家所有，白小纯刚踏入，其内立刻传来阵阵尖叫，很多仆从惊恐地看着白小纯，赶紧后退。

白小纯气息急促，向前一步走出，出现在庭院内的池塘上，向着池塘水面，狠狠地一掌拍去，声响传出，四周有阵法光芒闪耀。

与此同时，不远处的天空上，那些鬼影也急速而来，直接降临在池塘之上。

整个池塘骤然崩溃，无数水珠四溅，白小纯的身影却消失无踪！

与此同时，在距离池塘三千多丈的一片废墟中，传送光芒闪耀，白小纯与巨鬼王的身影出现。

"该死，怎么还不是那十万里传送阵啊！"

白小纯有些着急了，正要继续传送，可就在这时，一声低吼从天空传来，陈家天人老祖挪移出现。他之前就看到白小纯利用一些他不知道的传送阵逃遁，避开了鬼影的追杀。

陈家天人老祖心惊，隐隐觉得不妙，此刻也顾不得太多，右手抬起，向着白小纯所在之地，狠狠一掌拍下。

轰鸣间，半空中出现了一个巨大的掌印。

这是天人一击，威力之大，似要将八方碾压。

白小纯尖叫一声，在掌印落下的瞬间，再次启动脚下的传送阵。传送的光芒亮起，掌印落下，白小纯之前所在之地已成飞灰，可白小纯与巨鬼王的身影再次消失无踪。

"这是什么阵法？"

陈家天人老祖面色阴沉，他身为天人，一击之下就可以封锁虚无，使得传送失效，可他的封锁竟然对白小纯的阵法无效。

"你逃不掉！"

陈家天人老祖眼露怒意，右手抬起一挥，面前顿时出现了一幅虚幻的画面，那画面正是整个巨鬼城的鸟瞰图。

此刻，在那画面里，巨鬼城内一处区域突然散出传送光点。陈家天人老祖冷哼一声，迈步间，直接踏入画面内。

与此同时，传送光点所在的地方是一条原本较为繁华的街道，如今巨鬼城大乱，这里也冷清了不少。随着传送光芒闪耀，白小纯与巨鬼王出现在一间商铺的门前。

"你……你到底有多少个传送阵？！"

眼看再次被传送，巨鬼王忍不住张口问了一句，感到不可思议地看向白小纯。他的心中充满震惊还有茫然，实在想不通巨鬼城中怎么会有这么多传送阵，而且他都不知道。

"我传送阵多了。"

白小纯心脏咚咚咚地跳，急急回了一嘴，心中却在发愁。他的确知道很多传送阵，正因如此，想要从几百个阵法内找到那个传送十万里的阵法很难，只能碰运气，更是不敢停留丝毫，便再次一拍地面。

轰的一声，传送阵开启，白小纯与巨鬼王再次消失。

就在他们消失的瞬间，虚无扭曲，陈家天人老祖一步走来，右手抬起，狠狠一挥。轰鸣间，此地的传送阵顿时崩溃。

陈家天人老祖的面色也很难看，眼中怒意更多，又一次走入虚无。

"老夫倒要看看，你能有多少传送阵！"

轰然巨响持续传出，白小纯跟玩命一样，带着巨鬼王，在一个个传送阵之间穿梭。每一次两人刚出现，陈家天人老祖紧接着便出现，出手毁去阵法。

只要白小纯稍微慢一点，就会受到波及。一直处于紧张的状态之中，白小纯已经发狂了。

可任凭他如何传送，还是没有找到能传送到十万里外的阵法。

白小纯发狂，陈家天人老祖则抓狂，他觉得白小纯就如同一只耗子般，在巨鬼城内，神不知鬼不觉地打了这么多洞……

此番追击，他们竟被白小纯带着在整座城内乱窜，前一息还在城东，下一瞬就在城北。陈家天人老祖怒意更盛，却不得不考虑对方这么做的目的……

"他这不像是逃遁，更像是在寻找……难道这些阵法中，有可以让他远走高飞的大范围挪移阵法?！"

陈家天人老祖内心一震，想到这里，他一步迈出，瞬间再次降临在白小纯与巨鬼王所在之地，右手抬起，将这里的传送阵也毁了之后，猛地抬头，发出一声低吼。

这吼声传遍全城。

"白浩，你又何苦为了巨鬼王冒险？我们三大家族与巨鬼王之间的仇恨，你没必要参与进来！白浩，将巨鬼王交给我们，你放心，你的安全，老夫可以保证！你与白家的事情，老夫同样可以帮你化解，甚至一笔勾销也不是不可能。只要你交出巨鬼王，我们绝不阻拦你离开！或者你想要什么，我们交换也可以！"

这番话语回荡在整座城中，白小纯再次出现时，也听到了陈家天人老祖的声音，顿时就有些动摇。

　　此刻的他披头散发，很狼狈，而陈家天人老祖的话十分有诱惑力，让他不由得胡思乱想起来。

　　而巨鬼王被白小纯抓在手中，听到陈家天人老祖的话后，双目瞳孔收缩，内心无比紧张，尤其是看到白小纯犹豫后，内心咯噔一声。

　　"不好，白浩心狠手辣，唯利是图，没危险的话也就罢了，一旦有危险，这小子必定会将我交出去……"

　　就在巨鬼王紧张不已，考虑如何化解危机时，白小纯舔了舔嘴唇，他琢磨着陈家天人老祖的主意很不错，可自己刚刚与巨鬼王达成约定，要是这么快就反悔了……有些丢脸啊。

　　"陈家天人老祖这么说，是着急了，而我只要找到那个阵法，将自己传送到十万里外，就安全些了。以我的速度，拖延时间并非不可能。如果坚持下去，日后收获更大……"白小纯目光闪动，暗道，"如果真的走投无路，那也怪不了自己。"

　　况且最重要的是，白小纯觉得三大家族与巨鬼王都不可信，只不过相较之下，后者有禁制在，似乎更稳妥一些。

　　想到这里，白小纯眼珠一转，琢磨着这或许是一个拉拢巨鬼王的机会。于是他一边继续传送，一边抬头，以一副正义凛然的姿态大声喊出："休要多言，我白浩这一生重诺，更是重恩。巨鬼王对我有恩，而我更是答应他，要保护他，岂能食言？我，白浩，只要还有力气，就绝不允许你们带走巨鬼王！"说完，白小纯全身上下爆发出浩然正气，这句话更是铿锵有力，传遍四方。

　　巨鬼王全身一震，抬头看向白小纯，苦笑一声，他这样老奸巨猾，岂能听不出白浩这话的意思？暗道一声滑头。但他内心也感慨，无论如何，白浩能在这个时候说出这句话，还是令他心中升起了一些感激之情。

第 657 章

我还能用九十九次

"找死!"

陈家天人老祖神色狰狞,出现在白小纯传送的地方,大手一挥,轰鸣滔天,一步走出,再次消失,继续追杀白小纯。

不单他在追杀,蔡家天人老祖也直奔此地,与陈家天人老祖配合,使得白小纯传送越发艰难。

有些传送阵内带着秘阵,那种需要特殊的手段才能踏入的秘阵,白小纯虽有办法闯入,但是需要时间。

而那陈家天人老祖又如迅雷一般杀来。在遇到第二处秘阵后,白小纯刚刚以不死禁进入传送阵,还没等开启传送,陈家天人老祖的身影就出现在了天空上。

此地是城西的偏僻之地,四周有不少古建筑,还有一些楼塔。这些建筑大都存在了很久很久,有不少据说是当年巨鬼城建立时修的。

平日里,这里居住的魂修不多,很安静。如今巨鬼城大乱,人心惶惶,一眼看去,此地更是看不到什么身影,只有天空上一步走出的陈家天人老祖。

"白浩,这一次,你没机会了!"

陈家天人老祖杀意滔天,右手抬起,向着白小纯与巨鬼王狠狠一拍。

轰鸣回荡,那手掌幻化出巨大的掌印,如遮盖天地一般,轰轰降临,大地颤抖,似出现凹陷,四周所有建筑无法承受这种威压,纷纷坍塌下来。

白小纯面色苍白,危急关头,他发出一声凄厉的嘶吼,知道自己此刻难以闪躲,而一旦阵法被毁,自己想要寻找下一处阵法将无比艰难。

想到这里，白小纯猛地将巨鬼王抬起，用来阻挡陈家天人老祖一掌的同时，他的左手向着地面的传送阵一掌拍下。

他是打算借助巨鬼王扛下这一击，然后强行传送……这，才是生机所在。

巨鬼王既憋屈又无奈，可也知道眼下面临生死危机，于是争取让自己更扛揍一些……

这一切说来话长，可实际上都是在电光石火间发生的。顿时，轰鸣之音震天而起，掌印直接落在了巨鬼王的身上，巨鬼王闷哼一声，显然已被重创。

在巨鬼王受重创的瞬间，白小纯一样受到了冲击，可他的手掌已经按在了传送阵上。

光芒闪耀，陈家天人老祖皱眉，白小纯大吼一声。

"传送！"

阵法顿时轰鸣，四周的大地开始震动，那些坍塌的建筑废墟内，居然飞出了一块又一块木头碎片，甚至还有一些金铁之物从四面八方飞来。

这一幕让白小纯一愣，巨鬼王也愣了一下，就连陈家天人老祖内心也升起一丝不对劲之感。

没等三人反应过来，咔咔之声顿时开始响起。那些从四周飞来的木头与金铁如同零件一般，居然在白小纯的前方直接拼凑在了一起，眨眼间组成了一个足有数十丈高的……机关兽！

这机关兽上半身拥有三个头颅、六条手臂，下半身则如凶兽一般，四肢触地，全身上下都有斑痕，释放出一股沧桑之意，仿佛经历了久远的岁月。

此刻，它刚出现就猛地抬头，发出一声撼动八方的咆哮。

随着这咆哮声，它身上竟猛然爆发出一股堪比天人的波动，令这巨鬼城内的强者们全都面色大变。

陈家天人老祖更是瞪大眼，难以置信地倒吸一口凉气。

"天人机关兽！这怎么可能?！"

别说陈家天人老祖骇然，就算是巨鬼王此刻也傻眼了，倒吸一口凉气。之前白小纯有大量传送阵已经让巨鬼王心惊，可他怎么也没想到，这里居然出现了一尊堪比天人的机关兽。虽然这机关兽很残破了，怕是坚持不了多久便会崩溃，但这毕竟是天人机关兽！

要知道这种秘术在蛮荒早已失传，如今竟在巨鬼城内出现，且由白浩开启！

巨鬼王实在不知道白浩到底有什么神通，他来到巨鬼城，不到半年的时间，竟在自己的眼皮子底下做到了这一点。

这在巨鬼王看来简直匪夷所思，毕竟巨鬼城是他的，就连他都不知道白小纯是如何布置的，又联想到自己被对方给绑架了，且下了禁制，这一刻，哪怕他不想承认，也不得不承认，所有人都看走了眼。不过，他很快目光一闪，推测出这些阵法应该不是白浩布置的，而是被其利用了。

可不管如何，能将一切可利用之物全部利用，这白浩简直就是一个扮猪吃老虎的绝世天骄！

巨鬼王内心震动，看向白小纯时，内心深处，复杂的心情中多少升起了一丝赞赏。

白小纯呆了一下，眨了眨眼，看着眼前这气势惊人的机关兽，忽然想到陆世友说过：他祖上留下了一尊机关兽，藏在一个传送阵内，以防万一。

此刻，他内心激动，猛地大吼一声：

"杀了此人！"

白小纯站在传送阵内，声音传出时，那机关兽眼中直接露出红芒，全身咔咔之声回荡，竟直接一跃而起，向着陈家天人老祖，悍然杀去！

轰鸣之声顿时撼动天地，白小纯吸了口气，立刻再次一按地面，传送波纹扩散，他抓着巨鬼王赶紧离去。

陈家天人老祖怒吼连连，想要追出，却被机关兽阻拦，根本就无法跃过去。此刻，他怒火中烧，全力出手。这机关兽存了太久，本身已到了破碎的边缘，面对陈家天人老祖，刚开始还算势均力敌，但很快就落了下风。

就在这时，机关兽的双目内红芒再次一闪，陈家天人老祖面色忽然一变，想起了机关兽的传说——每一尊机关兽都拥有恐怖的自爆之力。

"不好！"

陈家天人老祖骇然后退，就在他退后的瞬间，机关兽的体内如藏着一团火，骤然爆发出来，一瞬间就将机关兽淹没了，轰鸣着向四周扩散，火焰风暴冲天而起。

虚无扭曲，大地震动，更有一股热浪袭来，在这一刻，横扫整个巨鬼城，无数人面色突变，失声惊呼。

白小纯出现在远处另一片区域中，同样看到了这一幕，心神震动，热浪蔓延至此，吹起他的长发，让他呼吸一顿。

　　"机关兽自爆！"

　　巨鬼王神色萎靡，目中却有亮光，看向火焰风暴所在的方向。

　　就在这时，一声近乎歇斯底里的怒吼从火焰风暴内传出，正是陈家天人老祖的声音。他披头散发，身体颤抖，衣衫残破，虽没有死，但是受了重伤，内心早已将白小纯处以极刑。

　　可他的选择与白家天人老祖一样，咆哮之后，便化作长虹直奔陈家城而去，他必须尽快疗伤。他信不过所有人。

　　巨鬼城内的不少人看到了这一幕，纷纷倒吸一口凉气，对白浩更加恐惧。

　　"天啊！白家天人老祖追杀白浩，被重创；陈家天人老祖追杀白浩，一样被重创……"

　　"这白浩到底有什么手段，居然如此惊人！"

　　"这白浩，真是猛人！"

　　城内，三大家族也好，六大天侯也罢，还有其他人，一个个都心神震动。六大天侯没有天人的手段，无法随时追击白小纯，眼下还有些庆幸，他们实在是被白小纯的手段震慑住了。

　　与此同时，白小纯得意的声音也在这一刻传遍四方：

　　"看到了吗？都别来惹我，我一出手，自己都害怕。这样的神通，我还能用九十九次！"

第 658 章

需要下点血本

巨鬼城内，凡是听到这句话的人，一个个都有些迟疑。白家天人老祖被重创时，白小纯也说过类似的话，当时那些人虽然将信将疑，但是最多警惕一些，实际上还是不信的。

当陈家天人老祖也被重创后，众人纷纷心惊。

尤其是蔡家天人老祖，在追击时脚步一顿，连呼吸都缓了缓。

一想到白家与陈家的天人都被重创了，他就越发忌惮白小纯，可很快，他目中就有寒芒一闪而过。

"的确有些危险，可这同样是我蔡家崛起的机会。眼下白家与陈家都出不了手了，只要我能击杀巨鬼王，那么……其他人谁敢不服！到时候，镇压八方，一统巨鬼城，上报皇城，我就是新的巨鬼王。凭着天王的身份与资源，我晋升半神，也不是不可能！"

蔡家天人老祖想到此处，气息略重，大笑一声，直奔白小纯声音传来的方向而去，同时传音给蔡家人，全力追寻白小纯。

巨响再次传开，白小纯凭借传送阵一次次穿梭，只是蔡家天人老祖的手段似乎比陈家天人老祖更犀利一些，白小纯传送了不到十次，他就直接追了上来，没等白小纯再次开启传送阵，就隔空一指，毁坏了传送阵。

白小纯面色苍白，急速前行，他的身后，蔡家天人老祖冷笑，迈步追击，其身边还有不少蔡家族人。

蔡家族长以及各个族老都化作一道道长虹，全力追杀白小纯。

"完了完了，这一次没希望了……"

白小纯都快哭了，内心颤抖。他记得那些传送阵的位置，距离这里最近的一处也在一千多丈外，那些人一直在追击，他根本没机会开启。蔡家天人老祖若非对白小纯的手段有些忌惮，不敢太过靠近，怕是早就直接挪移到他身边出手了。

"没办法了……巨鬼王啊巨鬼王，这可不能怪我啊，蔡家族长的目标是你。我信不过蔡家族长，交换就别想了，不过若是将巨鬼王扔出去，我自己逃走的把握还是有些的。"白小纯虽有些不甘心，但眼下小命最重要，此刻内心长叹一声，正要有所动作，可就在这时，他的耳边忽然传来小乌龟的声音：

"白小子先别着急，巨鬼王不对劲。这家伙不是个好东西，龟爷我之前就觉得他似乎隐瞒了什么，仔细观察后，哼哼，终于被龟爷我看出来了。白小子，巨鬼王说谎了，他的修为恢复，根本就用不了一个月。他欺骗了所有人，龟爷我可有火眼金睛，断定他最多再有五天就可恢复修为，快的话，三天就够了。哼，这家伙隐藏得很深，装得还挺像！你若将他扔出去，他必定有办法和那个老头拖延个三五天，到时候……就有意思了。"

白小纯内心一震，偷偷看了巨鬼王一眼，看到巨鬼王面色苍白，一副苦涩模样，顿时迟疑，可小乌龟似乎很笃定。

白小纯越想越觉得有道理，这才符合巨鬼王老谋深算的性格……内心冷笑一声。

"装得真像啊，要是三五天，我放弃了，有些不划算啊！"

白小纯内心纠结，琢磨着一个月太久，可只是三五天的话，自己拼一拼，说不定能坚持下来，且一旦自己真的赌赢了，以后就发达了。

"如此看来，需要缓和一下关系了……"

白小纯眼珠一转，神色顿时狰狞，更有一副铁血狠厉之相。

"巨鬼王！"白小纯大吼一声。

巨鬼王沉默，抬头看向身边的白小纯，心中感慨。

"你是要违背诺言，将我交给三大家族吗？"

巨鬼王暗叹，可他的思绪刚起，白小纯的声音便再次回荡开来：

"巨鬼王，你贵为王爷，更是半神，而我白浩只是一个无名小卒，结丹修为……你我之间，差距如天地，我和你根本就没法比较，若是没有这件事，我们的人生根本不会有交集。"

白小纯的声音中带着苦涩，让巨鬼王一愣。

就连追击的蔡家众人也凝神看去。

"当初，你拿我当棋子，生生将我拉入你的游戏中，不知你是不是对我有恩，不过，此事是因！而我，将你带出石龟，或因怨气，或因贪婪，我也不知是不是错，但我知道，这是果！因果，因果，说不清，道不明……之前的事情，我们一笔勾销可好？而今天，别的我白浩做不到，只记得我与你的约定！"

白小纯声音沙哑，话语内似带着追忆之情。同样，巨鬼王身体一震，白小纯的话出乎他的意料，他本以为对方要将自己交出，却没想到白小纯竟说出这么一番话，且听起来十分真诚，就算他是老谋深算之辈，也都为之动容。他承认白浩说得没错，原本他们二人是不会有什么交集的……也承认，是自己将对方拉到了旋涡内。

"我说过，会保护你一个月……现在，我还是这么说，死又算得了什么？巨鬼王，我叫你一声老哥，老哥……若这一劫我们过不去，黄泉路上，老弟依旧保护你一个月！"

白小纯袖子一甩，仰天大笑，笑容中带着决然，带着疯狂，更带着执着，这一切的一切，落在巨鬼王眼里，在巨鬼王的心中掀起大浪！

他已经很久很久没有被感动过了，虽然他的理智告诉他似乎有些不对劲，这不符合他对白小纯的判断，但是他在经历了连续的背叛之后，竟然有些想要接受白小纯！

"白浩……"

巨鬼王内心震动，首次流露出真正的情感。实际上，换了其他时候，任凭身边人做出什么事情，巨鬼王都不会产生丝毫温情。

这一点，从无常公没有叛变，但巨鬼王依旧向他隐瞒自己有分身一事就可以看出端倪。

"那么，你们就一起死吧！"就在巨鬼王动容时，蔡家天人老祖低喝一声，右手抬起，朝着虚空一指。

顿时，白小纯所在的半空中传来一声轰鸣。这一次，白小纯没有拿巨鬼王阻挡，而是撑开永夜伞，在那轰鸣下，他喷出鲜血，却借力倒退开来。

"白浩！"

这一幕让本就动容的巨鬼王再次心神一震，这还是首次，白小纯没有拿他阻挡攻击……

"老哥，之前让你帮我扛着，不是因为我怕死，而是我要保留力气，带你逃走……"白小纯苦涩地开口，内心却在嘀咕，既然要演戏，当然要演全套，也只能如此了……

"不过老哥你也别绝望，我还有最后的手段！"白小纯猛地回头，看向距离自己不到百丈的蔡家人。

"巨鬼王老奸巨猾，为了取信于他，需要下点血本啊……"

白小纯狠狠一咬牙，神色狞恶，右手抬起，从储物袋内取出一把飞剑，飞剑金光闪闪，赫然是炼灵了十一次的法宝。

白小纯将这把飞剑向着蔡家人扔去，接着飞快地从储物袋内取出不少法宝，大都是他来到蛮荒后获得的，其中最多的炼灵了十一次，少的也炼灵了五次。数十件炼灵之宝被他一口气抛出。

"爆爆爆！"

第 659 章

奢侈战

白小纯将其纷纷扔出，毫不心痛。随着他的话语回荡，这些炼灵之宝爆发出毁灭性的波纹，瞬间全部爆开！

白小纯知道这是炼灵之宝将其内蕴含的天地之力一次性激发出来，威力不俗。即便他有过经历，但一口气让数十件炼灵法宝自爆，形成的惊天之势依旧让他吃了一惊。

不单他心惊，那些蔡家人也心神一震，就算是他们，也不敢这么奢侈！

要知道，那些炼灵六七次的法宝，在一个魂修手中如同珍宝一样。至于炼灵九次、十次之物，当年周一星身为炼魂家族的族人，修为更是达到了结丹大圆满，也只拿着这样的法宝而已。

更不用说这里面还有炼灵十一次的宝物，如此一来，它们自爆的威力岂会小？且那种震撼，更让人心荡神摇。

爆裂之声瞬间响彻苍穹，撼动四方，就算是元婴修士，面对如此多的法宝自爆，也不由自主地向后倒退，全力阻挡。

似有风暴在天地间肆虐，横扫八方。追击而来的蔡家族人纷纷倒退，甚至还有不少人被卷出老远。

巨鬼王也心下凛然，方才白小纯的话语似乎还在他耳边回荡，此刻看到这一切，他立刻就意识到白小纯真的拼命了。

白小纯喘着粗气，借助法宝的自爆之力加速前行，直奔千丈外的传送阵而去，速度之快，瞬间就走出了数百丈，似乎再走一步，就可踏入阵法。

可就在这时，一声冷哼蓦然间传来，那些自爆的炼灵法宝可以阻挡其他人，却阻挡不了蔡家天人老祖。

原本蔡家天人老祖有些忌惮白小纯的手段，所以才没有靠近，现在却顾不得太多了。不过他丝毫没有减少警惕，虽一步走出，但也做好了随时挪移的准备。

此刻，蔡家天人老祖如闪电一般，刹那穿梭风暴区域，出现在白小纯面前，右手抬起，一身天人修为猛然爆发。

"给我留下吧！"

蔡家天人老祖眼中寒芒一闪，右手落下，四方天地竟在这一瞬如同凝固，一股让白小纯心神震颤的气势降临，似要将他压得粉身碎骨。

在他的前方，天地之力凝聚在一起，居然形成了一只九头鸟。九头鸟全身漆黑，眼神凶残，偏偏身上散发出的威压有天地之威！

这就是天人！

而九头鸟正是蔡家天人老祖凭着天人修为，凝聚出的一道……天意之身！

若是换了其他修士，在这一刻必定骇然失色，甚至连修为都要被压制。不过，白小纯具备四大分身，虽然那四大分身都遭受了重创，但是他的灵识还是比寻常修士强大许多，他的肉身更是达到了不死筋圆满，最重要的，这不是他第一次面对天人。这一切使得他即便面对天人压迫，依旧可以抬头。

九头鸟嘶吼着向他而来时，发出一声咆哮。白小纯倏地后退，他已经来不及多想，也顾不得演戏，没有迟疑，直接一甩袖子，顿时，他身上的几件皮甲骤然离身，直奔九头鸟而去。在天地之力的碾压下，白小纯当初在皮甲上留下的隐藏之法顿时失效，使得其上的四道金纹显露出来。

"爆！"

白小纯大吼一声，话音未落，那几件皮甲立刻自爆，发出了比之前数十件法宝自爆还要强烈的轰鸣！

这一幕，让远处的蔡家族人瞪大了眼睛，皮甲上的四道金纹更是让他们内心狂震。可这一切还没有结束，很快，一件件皮甲，甚至还有一套穿在白小纯身上的长衫，包括帽子，以及几个看起来很不俗的手镯，陆续飞出，毫无例外，上面都有四道金纹！

接着，这些东西全都自爆，形成冲击，使得那只九头鸟变得暗淡了一些。

白小纯甚至踢出了左脚，一只闪耀着四道金纹的鞋子飞出，这画面让蔡家族人忍不住失声惊呼。

"这白浩……他……他就连鞋子，也炼灵了十四次?!"

巨鬼王看着这一幕幕，神情呆滞，被白小纯的豪情万丈狠狠地震动着心神。

蔡家天人老祖睁大了眼，一脸难以置信。在这种场景的冲击下，他眼中杀机更为强烈，依旧追击而去。

此刻的白小纯借助自爆之力，快速倒退，距离传送阵已不到百丈。眼看蔡家天人老祖追来，白小纯面露狂喜之色，仰天大笑。

"等的就是你，蔡家老头儿，你终于上当了，我的撒手锏来啦！"

白小纯笑声回荡，右脚抬起一踹，右脚上的鞋子飞出，鞋子上亮起四道金纹，让所有看到之人再次目瞪口呆。

"爆！"

随着白小纯大吼，蔡家天人老祖面色大变。这一次他追杀白小纯，始终缩手缩脚，究其根本，正是忌惮白小纯重创白家天人老祖与陈家天人老祖的手段。此刻一听白小纯的话，又看到急速飞来的那只鞋子，蔡家天人老祖不敢赌，骤然后退……

在他后退的瞬间，那鞋子轰然爆开，蔡家天人老祖的面色阴沉到了极致。

"白浩，你要我！"

蔡家天人老祖恼羞成怒地吼道，此刻一步走出，向着白小纯追去。可方才那么一耽搁，白小纯距离传送阵已不到十丈，眼看就要迈入其中，蔡家天人老祖怒喝一声，右手掐诀，向着白小纯一指。

这一指之下，一声凄厉的嘶吼回荡，九头鸟如全身燃烧，速度暴增，直接追上白小纯，狠狠地撞击而去。

白小纯面色大变，全力阻挡，可就在他阻挡的瞬间，九头鸟竟出现了重叠之影，居然化出了两道身影，一道身影轰击白小纯，而另一道身影则出现在白小纯身后，直奔传送阵而去。

"不好！"

白小纯立刻就明白了，蔡家天人老祖的目标不仅是自己，还有自己身后的传送阵！

轰轰之声冲天而出，传送阵所在的地方被九头鸟轰击，方圆数千丈，所有建筑全部被摧毁，甚至地面都被震得凹陷了。很显然，蔡家天人老祖不知道传送阵具体的位置，所以来了一个大范围的毁灭。

而白小纯也被另一道身影撞上，不断倒退，踉跄中踏到了传送阵的范围。

"我看你怎么逃！"

蔡家天人老祖嘴角露出狞笑，可这笑容没持续多久，就面色大变。

此刻的白小纯，一样面色变化，感到不可思议。

只见他的脚下，那片凹陷的地面竟散发出了璀璨的传送之光，原本应该被毁的传送阵竟毫发无损！

这传送之光明显与之前的传送之光不同，此光更为刺目，传送之力更大，熟悉传送阵法的人一眼就可以判断出来，这是……远距离传送阵！

实际上也正是如此，这就是陆世友先祖留下的可以传送十万里的阵法。而以陆世友先祖的手段，那数百个阵法可以说都是掩饰，唯独这里才是真正的逃命之所，又岂能轻易被人毁去？显然，这个秘阵的外部被蔡家天人老祖破坏，使得白小纯无须施展不死禁就可踏入阵法。

第 660 章

鬼王魂血

白小纯立刻激动起来，但很快，他就内心咯噔一声，面色苍白。他本没指望这里是传送十万里之阵，原本以为是寻常传送阵，只想借此拉开距离而已。他心中也有自己的分析与判断，除非陆世友说谎，否则的话，他有把握尽快找到传送十万里之阵。

毕竟，他之前尝试过的传送阵已经不少，占了总数的七成之多，只要陆世友所说的是真的，那么他必定能够很快找到传送十万里之阵。

这里……竟是传送十万里之阵！此阵的出现看似给了白小纯生机，可白小纯明白，伴随生机而来的，是生死大劫！他呼吸急促，却没时间多想，右手抬起，向着大地狠狠一按，轰的一声，四周的传送之光更为强烈地爆发出来。

眼看阵法光芒闪耀，白小纯却严肃无比，他知道现在正是自己最危险的一刻。之前蔡家天人老祖因忌惮自己的手段，所以重心一直放在避开杀劫上，白小纯这才能带着巨鬼王，勉强逃到这里。

眼下，传送阵的光芒必定会让蔡家天人老祖不顾一切……事实上的确如此，蔡家天人老祖猛吸一口气，下定决心，不再犹豫，就算白浩真的还有手段，他也必须强行出手，否则的话，后果之严重，他无法承受。

此刻，蔡家天人老祖没有迟疑，修为爆发，云层翻滚，无数闪电出现，天空上竟隐隐地幻化出了一张巨大的面孔，这面孔正是蔡家天人老祖。与此同时，蔡家天人老祖向前一步走出，这一步踏得无比坚定，在落下的瞬间，苍穹上无数闪电劈下。

124

蔡家天人老祖直奔白小纯！白小纯气息不稳，这一刻他是真的急了，他也没想到这里居然是传送十万里的阵法。按照他的计划，本该在借助这里的阵法逃走后，在巨鬼城内拉开与其他人的距离，避开众人，找到能够传送十万里的阵法，然后离去。但现在，一切都被改变了。

"完了完了，我玩大了……怎么办怎么办？现在就算将巨鬼王交出去，蔡老头儿也不会放过我。"白小纯内心焦急，欲哭无泪。他也不是没考虑过将巨鬼王扔出阵法，但他不能这么做。他明白，若自己这么做了，看似多出一些时间，实际上，蔡家、陈家、白家都不会放过自己。而且，一旦巨鬼王争取到了时间，修为恢复，那么自己会死得更惨。毕竟，巨鬼王发誓的时候，没有说就算他被扔给三大家族，也依旧兑现誓言啊！

"他奶奶的，拼了！"白小纯的眼睛瞬间更红了。他怕死，可现在他没有选择。于是，他整个人都变得癫狂起来，哪怕他不喜欢赌，眼下也只能赌一把，赌自己能坚持到传送阵开启！

在这一瞬，白小纯的四大分身再次幻化出来，全身气势爆发，而白小纯的手也第一次松开了巨鬼王，使得巨鬼王落在了地面的阵法上，而他则抬起头，打算阻挡蔡家天人老祖。

"白浩，死！"蔡家天人老祖的声音中似乎蕴含了天地法则。苍穹上的无数闪电凝聚在一起，赫然形成了一把巨大的战斧。闪电战斧降临，被一跃而起的蔡家天人老祖一把抓住，向着白小纯所在之地，狠狠一劈！速度之快，蔡家天人老祖必定会在阵法传送开启前，出现在白小纯面前！

只不过，无论是蔡家天人老祖还是白小纯，此刻都没有注意到，低着头的巨鬼王目中有奇异之芒一闪而过。他之前虽心神震动，被白小纯的举动与话语触动心神，可他毕竟老谋深算，除了至亲，他不相信任何人。

虽然白小纯的话语让他很有感触，有了一瞬间的温情，可必定无法持续太久，且白小纯的做法经不起推敲，只是……当传送十万里的阵法出现后，白小纯的选择与行动却如同一个补丁，瞬间就将之前白小纯做法中的所有缺口补上了！

因为不管如何，这一刻的白小纯的的确确在履行他的承诺，他是在用生命保护着巨鬼王……且最重要的是，白小纯松开了一直抓着巨鬼王的手！

这个举动让巨鬼王内心再次受到了冲击，他明白，这代表白小纯没有将自己扔出去的想法了。哪怕巨鬼王是枭雄，心神也不由得再次被触动。

一天之间，连续多次被内心的冲击所触动。此刻巨鬼王深吸一口气，他的目中露出了一抹果断之意，眼看蔡家天人老祖的身影越来越近，巨鬼王猛地抬起右手，狠狠一拍自己的眉心。轰的一声，他的眉心竟裂开了一道缝隙，一滴金色的鲜血急速飞出，向着白小纯而去。

"白浩，这是老夫的魂血，将其融入体内，可让你拥有一击半步半神之力，拿着我的赤色长枪……使出全力！"巨鬼王的声音都低了下来。这滴魂血飞出，使得他一下子仿佛苍老了许多，整个人变得皮包骨，气息也虚弱到了极致，仿佛油尽灯枯，眼神也浑浊了。

这是魂血，是他体内仅存的三滴魂血之一，对他自身来说，极为重要；对于外人而言，能让人短时间提升能力，也可让人明悟天人规则，甚至半神法则！

这一切说来话长，实际上却是电光石火间发生的。白小纯一愣，巨鬼王的话语还在耳边回荡，那滴魂血刹那就飞到了他的胸口，融入身体。

随着魂血融入，一股热浪直接在白小纯体内轰然爆发。白小纯脸上青筋鼓起，发出一声惊天的咆哮。他的体内传出砰砰巨响，肉身在这一刻也全部运转起来，承受这一滴魂血。他在这一刻散发出让天地变色的气势，气息瞬间增强，眨眼间突破金丹，进入元婴初期，接着达到大圆满，而后突破成为天人。到这里还没有结束，接着气息又到了天人大圆满的程度，似乎距离半神，只有半步的差距！

正是……半步半神！

"嗷——"

白小纯仰天长啸，头发飞舞，他的脑海里多了一些巨鬼王对这一生以及天人、半神的理解。这些理解，对白小纯来说无比珍贵，这种造化更是可遇不可求！

这将让他提高得更快，且不会行差踏错，甚至能让他青出于蓝，超越巨鬼王！

一切……皆有可能！

这就是魂血之力，虽不能让人一步登天，但它的作用很大！

蔡家天人老祖面色大变，失声惊呼："魂血！"他没想到，一向自私自利、凉薄的巨鬼王，竟会给出魂血，于是蔡家天人老祖杀机更加强烈，手持闪电战斧，向着白小纯劈来。这一击掀起天地气势，闪电轰鸣，似天怒一样，要惩罚众生，远远一看，苍穹成为雷池，随着这一斧，向着白小纯劈去。

第 661 章

逃出巨鬼城

白小纯闭上了眼，似没有在意蔡家天人老祖，而是沉浸在自身的感受中。此刻的白小纯，觉得自己与天地似乎融合在了一起，他就是天，他就是地。

"这就是天人吗？天人合一……"白小纯喃喃低语，似乎他挥手间就可以引来天地的浩瀚之力，碾压一切。

天地仿佛是一个没有意识的身躯，而天人，就是这身躯的意志，可以操控这身躯做出各种动作。显然，这没有意识的身躯内，存在的意志并非一道，其他天人也可操控这身躯。现在，白小纯就清晰地感受到，在自己的面前，有一道意志正引动天地之力，向着自己轰鸣而来。

白小纯缓缓睁开双眼，气势爆发！

"收！"白小纯袖子一甩，四周的四大分身瞬间回归。他本已是半步半神，这一刻分身回归，似乎冲破了某种限制，修为居然强行提升，一股让巨鬼王都震撼的气息猛然爆发。

此刻的巨鬼王摇摇晃晃，似乎要陷入昏迷，却猛咬舌尖强撑着看去，感到不可思议。

"凭我一滴魂血，就爆发出了半神气息……这怎么可能？虽说他只有一击之力，但这也不可能啊！"巨鬼王目瞪口呆。

巨鬼王尚且如此，更不用说蔡家天人老祖了，此刻他脑海中嗡的一声，头皮都要炸开，失声惊呼："你……"

没等他把话说完，白小纯深吸一口气，心脏有力地跳动着，感受到了自己与天

127

地间存在着一种联系，仿佛这原本十分宽广的世界变得很狭窄，自己要是用全力，就将冲破天地。

"这就是天人之后的半神吗？"白小纯内心无比激动，他知道，这一次的经历对自己来说太宝贵了。于是，他定住心神，右手抬起，向着虚无一抓，储物袋内的那把红色长枪瞬间出现，被他抓在了手中。

在他握住长枪的刹那，苍穹中传来一声巨响，那雷池干扰也停了下来。甚至四周的风，还有他脚下的大地，都在这一瞬静止下来。就连蔡家天人老祖，此刻也定在半空中，神色骇然，目中带着恐惧！

天地间唯一可以动的……只有白小纯，还有他手中的红色长枪！这把红色长枪是巨鬼王的成名之宝，原本白小纯难以使用，眼下，此枪在他手中却发出了一声声尖锐的嘶鸣，似乎十分兴奋！这枪上隐隐出现了九条血龙，正向着蔡家天人老祖咆哮。这把枪的名字，即九龙灭神枪！

白小纯目露杀机，右手抬起，拿着红色长枪，向着蔡家天人老祖所在之处猛地刺出！只是简单地刺出，却形成了一个黑洞。这黑洞不断旋转，散发出巨大的力量，打破平静，四周的风被撕裂了，大地轰鸣，一股无形的冲击力扩散。蔡家人受到冲击，不少人身受重伤，还有的直接形神俱灭。最惊人的则是苍穹上的雷池，竟在这一枪之下，被黑洞全部吞噬……

定在空中的蔡家天人老祖手中的闪电战斧根本没有斩下的机会，咔咔作响间，战斧崩溃，连同蔡家天人老祖的身躯一同爆开！

一声凄厉的嘶吼从蔡家天人老祖的身躯内传出，他的元神飞出，带着绝望与骇然，想要急速后退，试图逃离这里。可黑洞蕴含了无法抵抗的力量，竟将蔡家天人老祖的元神吸了过去。

"不，不！"蔡家天人老祖的元神尖叫，他怕了。他没有想到，巨鬼王的一滴魂血居然可以瞬间让一个人成为半神。

这在他看来是不可思议的，不符合他对巨鬼王的判断，能做到这一点，说明巨鬼王本身的修为应该超越了半神。

这绝对不可能！唯有另外的解释，就是白浩本身体质特殊！

无论是哪一种解释，对于蔡家天人老祖的元神来说都是致命的。他惨叫着不断挣扎，眼看元神就要被黑洞吸入，就在这时……白小纯身体一颤，半神的气息猛地消散，眨眼间，境界直接从半神回到了结丹。

白小纯的身体一时无法适应，踉跄着退后，手中的红色长枪也暗淡下来，上面的九条血龙发出不甘心的咆哮，消失无影。

"可惜……"白小纯有些恍惚，喃喃低语，那种强大的感觉让他痴迷。

而黑洞也在这一瞬凭空消失，在鬼门关前走了一圈的蔡家天人老祖的元神不断颤抖，猛地一晃，出现在千丈外，转头时，看到白小纯的身影已被一片传送之光遮盖。

蔡家天人老祖的元神仍在颤抖，方才那种濒临死亡的感觉让他心悸不已。他明白，若是之前白小纯再坚持一会儿，自己必定身死道消。

而眼下，蔡家天人老祖虽然失去了肉身，但是元神还在，对蔡家天人老祖来说，总算是捡回了一条命。很快他就苦涩起来，更加恐惧与疯狂。

"他们……逃出了巨鬼城……

"若是找不到他们，几个月后，巨鬼王回来……

"半神……半神灭杀天人，只需一枪……"

蔡家天人老祖的元神颤抖得越发剧烈，很快，他仰天嘶吼，一晃之下，直奔陈家而去。他要去找陈家天人老祖和白家天人老祖，这是他们三大家族的浩劫，是他们三大家族必须解决的事情。他们甚至彼此立下誓言，就算其中一人遭受重创，其他人也不得趁机出手。他们必须如此，只有内部没有任何问题，然后才可以不顾一切，追杀巨鬼王与白浩！他相信那传送阵不可能传送得太过遥远，最多也就是十万里！

在蔡家天人老祖元神寻找陈、白二老时，巨鬼城内，无数人关注这一战的结果，有关白浩的事情飞速传开。很快，巨鬼城内的所有势力都知道了事情的过程，所有人在这一刻失声惊呼，心神震动得难以形容。

"重创白家天人老祖，重创陈家天人老祖，灭了蔡家天人老祖的肉身！"

"这白浩……他竟如此强悍！"

"天啊，这白浩岂不是一个人就压下了三大家族？"

"巨鬼王逃出……可以想象，一旦其恢复修为，再次归来，三大家族也好，六大天侯也罢，都将被摧毁。而白浩，不管他之前如何得罪巨鬼王，此番拼死到这一步，怕是也能成为巨鬼城内，一人之下，万人之上的存在！"

第 662 章

老哥，我是为了救你啊

这场叛乱，从发生直至现在，不到二十个时辰！

对于巨鬼城内的各个势力与魂修而言，变故出现的速度之快、局势逆转之大，令人匪夷所思，简直骇人听闻。

从九幽王试探、六大天侯叛变、四大天人出手，直至巨鬼王不敌，身影消散，这只是第一部分。很快，众人发现那是巨鬼王的分身，第二部分就此展开，全城搜寻巨鬼王。可就在这个时候，白浩出现了，并绑架了巨鬼王本尊，出现在众人面前。之后所发生的一切，多年后，依旧会长留在众人心中。

三大天人遭受重创，白浩带着巨鬼王……逃出巨鬼城！

从这一刻起，白浩在巨鬼城内声名赫赫，可以想象，用不了多久，白浩的名声将会传出巨鬼城，在整个蛮荒传播。

而此刻，在距离巨鬼城十万多里的一片山脉中，白小纯正急速前行。他面色苍白，头也不回，身上还背着一个头发花白的老者。这老者全身似枯萎了，皱纹很多，气息似有若无，若不仔细看，会认为那是一具死尸。

这老者正是巨鬼王，也不知是失去了一滴魂血的原因，还是因为他本身就处于衰变期，此刻的他已经彻底昏迷，那副近乎不灭的身躯也变脆弱了。这时一把普通的利刃都可以穿透他的身躯，致其死亡。

白小纯气息很不稳定。数个时辰前，他与巨鬼王被传送到了此地。巨鬼王昏迷了，白小纯也被重创，实在是他之前的伤势累积到了一定程度，而魂血没有疗伤的作用，虽让他短时间内体会到了半神的境界，但一击之后，他变得更加虚弱了。

好在白小纯肉身强悍，这才没有昏迷。他眼神复杂地看了看巨鬼王，没有继续抓着巨鬼王的脖子，而是将他背在身上，急速前行。

白小纯明白，这一次的事情闹得太大，三大家族绝对会不死不休，还有六大天侯，之前因传送阵太多，他们的速度不如天人，所以白小纯才没有遇到。

但可以想象，接下来，无论是三大家族还是六大天侯，必定会拼尽所有来搜寻自己，而他们的手段极多，白小纯不敢妄想自己不被找到。

"好在不需要太久，再坚持几天，巨鬼王就能恢复……不过他给了我一滴魂血，也不知会不会受影响。"

白小纯叹了口气，愁眉苦脸。若巨鬼王不给他魂血也就罢了，到了万不得已，他可以将其扔了，现在却是做不出这样的事情了。

白小纯有他的原则，面对巨鬼王的这种恩德，白小纯内心也有触动，此刻心中感慨，琢磨着自己原本打算让巨鬼王感动，最终却把自己也套了进去。

"罢了罢了。"

白小纯深吸一口气，背着巨鬼王继续逃遁，一路速度飞快，在这片山脉内疾驰而过。

此刻已是黄昏，夜色很快降临。白小纯内心是想要继续逃遁的，可他的伤势不轻，有些吃不消，且巨鬼王气息更为虚弱了，甚至白小纯都感觉巨鬼王的身体越来越冷了。

这就让白小纯着急了，他在一座山中找了一个山洞后，赶紧生火，将巨鬼王放在火堆附近。

可巨鬼王的面色依旧苍白，全身冰冷，气息更加微弱。

"你可不能死啊！"白小纯急得站起身，一拍储物袋，取出疗伤药物，赶紧给巨鬼王喂了下去，却没用。

"怎么办？怎么办？"

白小纯想要找小乌龟问问，小乌龟却再次没了踪迹，任他怎么威胁也没用。白小纯愁容满面，看着身体冰冷的巨鬼王，忽然一拍大腿。

"有了！"

白小纯眼睛一亮，他想到了一个办法，可以让巨鬼王的身体热起来，可很快就迟疑了一下。

"那个……巨鬼王老哥，我可是为了救你啊，我是好意。"

白小纯赶紧开口，也不管巨鬼王能不能听到，便从储物袋内取出一粒雄香丹，塞入巨鬼王口中。

白小纯记得，那些犯人吃下雄香丹后，一个个都热得全身冒汗。此刻他只能死马当活马医，觉得一粒或许不够，于是忍着心痛，多取出几粒，给巨鬼王灌了下去。

很快，巨鬼王全身一震，冰冷的身躯竟真的慢慢恢复了一些热气，似乎有了起色。

白小纯松了口气，脸上露出得意之色，觉得自己真是个天才，创造的丹药不但可以用于审问，更可以救人。

"天才都是寂寞的，唉。"

白小纯干咳一声，稍稍放松了一些。他知道，巨鬼王要是死了，自己就真的玩完了，之前的一切都白搭了。

此刻，白小纯平静下来，回想巨鬼城内的一幕幕，心悸不已，绷着脸，暗暗总结道："是我冲动了，不该听小乌龟的……三大天人，我……我竟从他们手中逃了出来。"

白小纯不由得深吸了一口气。之前在巨鬼城，他算是拼了一切，费尽心思，其间只要稍微出一个岔子，他就死无葬身之地了。

"都说了以后不冒险了，怎么又冒险了呢？"白小纯愁眉苦脸，觉得自己的性格似乎变了一些，胆子大了一点。

"这可不是好事啊！"

白小纯忧心忡忡，看了看巨鬼王，又抬头看着外面昏暗的天空上若隐若现的明月，再次长叹一声。

"希望小乌龟说的是真的，巨鬼王几天后就可以恢复。"

白小纯坐在那里，内心忐忑，紧张不已。此刻四周安静，他也就跟着放松下来，不由自主地想到自己达到天人境界，成为半神的一幕幕。

渐渐地，他的双眼露出迷茫，迷茫中还夹杂着渴望。

"天人原来是那种感觉，而半神更是仿佛能破开天地……"

白小纯的呼吸慢慢变得急促起来，脑海里不断浮现自己融入魂血后的那些画面，那些感悟全都留在他的心头。对于让自己变得强大，白小纯多了一些执着。

"我想成为天人，我想成为半神，半神估计能活得更久一些吧。"

白小纯顿时更渴望变强了。

时间流逝，没等一夜过去，稍微休息了一下后，白小纯察觉巨鬼王的身体不再那么冰冷，于是再次将其背在身后，冲出山洞，向着更远处飞奔。

就这样，除了必须休息的时候外，其他时间白小纯都在急速前行，终于过去了三天。这三天里，巨鬼王依旧昏迷着，丝毫没有要苏醒的迹象，而白小纯疗伤时间不多，好在肉身强悍，倒也恢复了小半。

只是白小纯越来越焦急，他知道，如果巨鬼王再不苏醒，那么三大家族怕是就要追上来了。

终于，在第四天的黄昏时分，飞奔中的白小纯忽然面色一变，整个苍穹在这一瞬，云雾翻滚，巨响传遍八方！

"白浩！"

怨毒的声音回荡在天地间，白小纯猛地抬头，立刻就看到了天空上凸显出来的……三张皆有数百丈大小的面孔！

正是三大家族的天人老祖！

说话的正是失去了肉身的蔡家天人老祖，他眼中露出杀机。而蔡家天人老祖身边的白家天人老祖与陈家天人老祖也是神色凝重，看向白小纯时，没有了曾经的轻蔑。

这样的目光，若是被不了解情况的外人看到，必定觉得不可思议，要知道那可是天人，而白小纯只是金丹大圆满而已。这是白小纯用实力争取来的强者的尊重！

尤其是白家天人老祖，目中更有幽异之芒一闪而过。

第 663 章

害怕也不尿

"白浩！你毕竟是我白家族人，交出巨鬼王，立此大功，你将是我白家这一代的族长！"苍穹上，白家天人老祖缓缓开口，声音响彻四方。

蔡家天人老祖目中有不甘，却没有继续开口，显然来之前他们已经达成了共识。陈家天人老祖也是如此，只不过对于白浩，他已经起了杀机。

"此人留不得，有他在，日后的白家必定一家独大，无人能阻！"这是陈家的判断。白浩做出的事情实在太过惊人，足以轰动整个蛮荒。

白小纯眨了眨眼，此刻全身都绷紧了，望着天空上的三大天人老祖，内心紧张不安。白家天人老祖给出的条件可以说是极好了，可他没法相信啊。

沉默中，白小纯内心也在感慨，可就在这时，忽然，他的耳边传来了小乌龟焦急的声音："白小子千万别答应，龟爷我这几天不是不出现，是不敢出现。该死的，我就觉得不对劲，巨鬼王苏醒了，他早就苏醒了。如果龟爷我没看错，这老家伙的修为必定恢复了！他老奸巨猾啊！白小子，我能帮你的就这么多了，这可是半神，我就连这一次给你传音也需要提前布置好久才能不被他发现，你自己看着办吧。"

白小纯内心狂震，神色上却不露丝毫，强忍着回头看巨鬼王的冲动。只见他眼珠一转，心里慢慢升起一股铁血之意，双眼内更是出现了血丝，整个人似成了一匹孤狼。

"不用说了，我白浩从走出白家的那一天起就已经发誓，此生绝不会再回白家！我虽姓白，但绝对不是你家的人！"白小纯袖子一甩，猛地开口，声音也变得有一丝沙哑，似带着决绝，"巨鬼王对我有再造之恩，是我老哥哥，我答应保护他一个月，就一定要做到！你们想要巨鬼王，就从我白浩的尸体上踏过去吧！"

白小纯大吼，这番话说得气冲霄汉、傲骨铮铮，若是换了不认识白小纯的人，必定会被他的一身浩然正气触动。

"我白浩就算是死，也绝不放弃我的老哥哥巨鬼王！巨鬼城内，我不放弃；这里，我更不会放弃！！"白小纯轰然爆发，背着巨鬼王急速后退，心中却在得意，琢磨着自己这些话说得非常漂亮，巨鬼王听到后应该会感动吧。同时他内心也惴惴不安，毕竟自己之前冒犯了巨鬼王。尤其是想到自己拍对方脑袋的那一幕幕，白小纯心中就有些哆嗦了。

天空上，三大家族的天人老祖顿时沉默。突然蔡家天人老祖那巨大的面孔变得模糊了，他的元神直接从面孔的眉心走出，一步踏下，向着白小纯而来，双唇微动，四周顿时布满闪电，轰鸣间，一道道直奔白小纯而去。

那些闪电似连接在了一起，形成了一个巨大的闪电球，气势惊人，所过之处，虚无扭曲，似被焚烧！

与此同时，陈家天人老祖从其面孔内现身，右手抬起，天地变色，方圆百里内瞬间形成了巨大的封印！

白小纯似乎目眦尽裂，知道自己无处可躲，看着闪电球大吼一声：

"我就算是死，也不允许你们伤害我的老哥哥！"

白小纯右脚向着地面一踏，轰鸣中，脚下出现深坑。他将巨鬼王放下，挡在巨鬼王身前，蓦然撑开永夜伞，全力阻挡。

轰鸣之声冲天而起，大地震动，出现了一道道裂缝，无数弧形电光向着四周扩散，仿佛将此地化作了雷池一般。永夜伞扭曲，其后的白小纯喷出大口鲜血，整个人都要崩溃了，骨头也碎裂了一部分，但是依旧咬牙，抓着巨鬼王，急速后退。

白小纯一边逃遁，一边控制不住地喷出鲜血，神色中透出绝望，低头看了一眼巨鬼王，喃喃低语。

"人都有一死，死亡……与老哥哥对我的恩情相比，又算得了什么！"白小纯渐渐变得有些疯狂，"我只是恨，自己修为太弱；只是恨，无法完成对老哥哥的承诺啊！"

白小纯仰天大吼，内心却无比着急，暗想这样就可以了吧，再这么下去，自己的小命就真的玩完了。方才那一击，他可是拼了全力，甚至连体内分身都动用了，这才勉强熬过。他清楚地知道，蔡家天人老祖只剩元神，所以这一击的威力弱了很多，一旦陈家天人老祖与白家天人老祖出手，以自己此刻的状态，根本就承受不住。

"巨鬼王要看戏看到什么时候啊？他再不出手，我死了，他也要死啊……"白小纯都快哭了。

苍穹上，白家天人老祖暗叹一声，心道可惜，但他也是冷酷之人，既然白浩不知好歹，他也不再劝说，此刻一拳隔空轰向大地："那么，你就死吧！"

轰！一个巨大的拳头幻化出来，向着大地隆隆而去，更形成了天地之威，这一拳掌控四方，有灭绝一切的气势。没等拳头落下，大地就开始震动，似乎一旦落下，便可毁灭所有！

白小纯有种强烈的危机感，他明白，这一击……自己阻挡不住，也无法闪躲，自己怕是必死无疑了！

"巨鬼王，难道你真要看着我死啊！"白小纯身体颤抖，内心绝望，可话到嘴边却变了样："老哥哥，不是老弟我不守承诺，是我真的做不到了。此刻我唯一能做的，就是在黄泉路上，与老哥哥你一起走下去！"白小纯悲笑一声，抬头看着那轰鸣而来的巨大拳影。此刻，他心中恐惧惊慌到了极点后反倒平静了，虽然身体还在颤抖，但是心中不再紧张，不再害怕。他明白，即使小乌龟判断错了，巨鬼王没醒，自己也很难抛下他，最终的局面必然也是如此，自己怎么都不可能再次从三个天人手底下逃生了。

"这已经不是赌了，也不是演了，就算是真的要丢了小命，也不能让人看扁……"白小纯心底暗道，身体哆嗦，咬牙将巨鬼王放在自己身后。

轰鸣之声，在这一瞬冲天而起，那巨大的拳头直接将白小纯的身影淹没，大地震动，一个巨大的深坑蓦然出现。

就在这时，天空上的白家天人老祖不但没有松口气，反而面色大变，身体颤抖，双眼睁得老大，失声惊呼："巨鬼王！"

陈家天人老祖、蔡家天人老祖在半空中全身猛地一颤，脑海嗡鸣，如有十万天雷同时炸开，眼睛都直了，他们无法相信，深坑前，站在白小纯身前的人居然是巨鬼王！

第 664 章
游戏结束

"游戏，结束了！"

冰冷的声音，简简单单的一句话，五个字，带着上位者的气势，就连这片天地都无法承受。乌云慢慢出现，而三大家族的天人老祖身体哆嗦，承受着巨鬼王的威压。巨鬼王都不需要动手，仅那不怒自威的目光，就让三人内心崩溃。

这，才是巨鬼王！

这一刻，天地间所有的色彩似乎都被巨鬼王的身影所遮盖，在这身影面前，天地仿佛都要低头，万物众生都要颤抖！

因为他是半神强者！

因为他是蛮荒四大天王之一！

因为他是巨鬼王！

他站在白小纯的身前，右手抬起，仅仅是一只手，却仿佛可以撑天，将白家天人老祖的神通直接阻挡在外。

他的身体此刻正急速改变，白色的头发变为黑色，满脸的皱纹瞬间消失，枯萎的身躯逐渐挺拔，半神的威严已然散出！

他的头顶幻化出了一顶王冠，身上出现了紫色的蟒龙袍，一股贵气，冲天而起！

苍穹上的白家天人老祖身体哆嗦，瞪大眼睛，心中升起的寒气足以将他的世界冰封。

陈家天人老祖同样如此，他呼吸粗重，恐惧如同汪洋大海，将他自身淹没的同时，也将他的家族，甚至他的一切，全部摧毁！

至于蔡家天人老祖也好不到哪里去，他只剩下了元神之体，更加崩溃。他明白，自己再次错误判断了巨鬼王！

不是三个月，不是一个月，甚至不是半个月，而是五天！

从他们叛变开始计算，只需要五天，巨鬼王就可以恢复修为。此刻明白了一切，蔡家天人老祖回头去看这一次叛变，不由得想到当日在王殿外的天空上，巨鬼王的分身，以睥睨天下的气势说出的那句话：

"这只是游戏而已……"

想到这句话的不仅仅是蔡家天人老祖，这一刻，白家天人老祖、陈家天人老祖都不由得想起了这句话，整个天地一片死寂……

他们三人站在天空之上，明明是俯视大地，可他们感觉自己在仰望大地上的身影！

白小纯就站在巨鬼王身后，目瞪口呆，如傻了一般，无法相信自己居然还活着，那样子仿佛比三大家族的天人老祖还震撼。

可他心中依旧忐忑，无比紧张。

"希望巨鬼王只记着我的好，忘了其他事，可千万千万别记仇啊！"

在白小纯心里不安时，苍穹上的白家天人老祖三人神色不断变化。很快，蔡家天人老祖就发出一声无比尖厉的嘶吼，猛地转身，向着远处逃去！

他不能不逃，哪怕家族因此被灭，也一样要逃，只要他还在，家族就可以重新建立，而他若陨落，才是满盘皆输。

这只是他的选择，至于白家天人老祖与陈家天人老祖却没有逃遁，而是全身修为轰然爆发，向着巨鬼王决然冲去。

这一次叛变就是一场豪赌，赢了的话，他们立刻登天，此刻输了，他们也认，这是必须要付出的代价，逃不掉的。

"你们两个还算有点骨气。"

站在白小纯面前的巨鬼王淡淡开口，声音平静，却有无法形容的威压充斥着天地。

他的右手没有放下，而是握成拳头，身体变得越发高大，向着冲来的白、陈二人，隔空轰出一拳！

这一拳看似轻描淡写，没有什么神通，可在打出的瞬间，整个天地都暗淡下来，世界似乎都在旋转，化作一个巨大的旋涡，如同森森大口，直接出现在了陈、白二人身前，好似要吞噬一切般轰鸣而去。

轰轰之声回荡，白家天人老祖口吐鲜血，似要崩溃，惨笑一声，身体似不受控制，瞬间就被旋涡吞噬。

陈家天人老祖一样惨笑起来，笑声中带着不甘，更有苦涩，鲜血止不住地喷出，眨眼间消失在旋涡之中。

一拳解决两大天人，白家天人老祖和陈家天人老祖的身影眨眼消散，被旋涡吸入，生死不知。

这一幕让白小纯额头冒汗，内心哆嗦起来。他从来没看到过半神出手，就算之前自己通过魂血感受到了半神的恐怖，也不如眼下震撼。

这一切让白小纯内心紧张到了极点，脑海里忍不住浮现一幅画面，画面中的自己一脸嚣张，正拍着巨鬼王的脑袋，而且不只是拍一下，一连拍了七八下，直至把巨鬼王的头打肿……

这画面让白小纯内心哀号一声，他觉得自己当时真是吃了豹子胆，不然的话，怎么可能有如此胆量，去拍一个半神强者的脑袋？！

就在白小纯心底忐忑时，巨鬼王的目光看向远处——那已融入虚无的蔡家天人老祖。他冷哼一声，拳头松开，向着蔡家天人老祖逃遁的方向狠狠一抓。

这一抓之下，轰鸣间，整个世界似乎都要逆转。

眨眼间，白小纯就发现，那原本已经逃走的蔡家天人老祖，其元神竟出现在远处，依旧保持着向前的姿态，只不过却在急速倒退，其神色无比恐惧。

"不……不，王爷饶命，王爷……"

蔡家天人老祖颤抖的声音还在回荡，他的元神瞬间从远处直接退了回来，出现在巨鬼王的手中，被巨鬼王一把抓住了脖子！

可还没等他把话说完，巨鬼王便面无表情，右手随意一捏，轰的一声，蔡家天人老祖的惨叫声戛然而止，整个元神轰然崩溃。

可这并不是结束，一丝魂影从元神内飘出，正是……天人魂！

在天人魂出现的瞬间，苍穹上有一个无形的旋涡蓦然变幻，仔细一看，旋涡内似乎有一条河流，河中有无数冤魂，正是……冥河！

在旋涡出现的瞬间，一股吸力散出，似有一股规则之力使然，要将这缕天人魂收走。就在这时，巨鬼王冷哼一声，右手再次一抓，天地变色，那吸力一顿，竟在他的面前散去，旋涡以及冥河仿佛不愿与半神争夺，渐渐隐在天地间，那缕天人魂则完好地保存在巨鬼王的手中！

这魂内散出的正是金属性的气息，其中甚至还夹杂了一丝雷力！

一切就这样结束了，从巨鬼王出手，直至现在，也就是几个呼吸的时间，三大天人，一人死亡，两人不知生死。

这一幕让白小纯头皮都要炸开，身体有些哆嗦，额头的汗水流下，心底忐忑不安，偷偷看向巨鬼王。

忽然，巨鬼王转身，一眼看向白小纯，目光锐利，仿佛利刃，瞬间轰入白小纯的脑海中，似要将其撕裂！

白小纯呼吸急促，这一刻的巨鬼王让他感觉如同一个风暴，而自己就是风暴边缘的飞絮，随时都可能被卷得粉身碎骨，更像一个凡人，正面对一只张开了血盆大口的猛虎！

那是一股难以形容的威压，天穹似乎都要翻覆而下！

"白浩，给本王一个不杀你的理由！"

第 665 章

千穿万穿

巨鬼王的话语如同天雷，响彻九天，传遍四方，这片世界似乎都颤抖起来，更不用说白小纯了。

巨鬼王身上的威压让白小纯颤抖，仿佛置身怒浪中的孤舟，他有种强烈的预感，这一次，稍有不测，自己就会形神俱灭！

而巨鬼王这简简单单的一句话，更是让白小纯魂飞魄散。白小纯实际上有好几个答案，无论是他们的约定，还是他的用心表演，抑或是数日前的救命之恩，任何一条似乎都站得住脚。

可白小纯有种强烈的预感，这些，他都不能说！

因为这一切，巨鬼王都知道，可他明明知道，却还要这么问自己，这里面蕴含的深意让白小纯不寒而栗。

白小纯毫不怀疑，自己接下来的回答将决定自己的命运！

可以说，这种紧张感，在白小纯这一生中都不多。尤其是当他颤抖着抬头，看到了巨鬼王那冷酷无情的双眼，感受到了那目光的奇异之后，白小纯更加相信自己的直觉。

"他手中拿着的，是他当着我的面收取的金属性天人魂……这是故意给我看的。巨鬼王的心思到底是怎样的？可他偏偏又真的对我起了杀意……禁制也不保险啊！"

白小纯内心纠结，有种伴君如伴虎的感觉。眼前的巨鬼王似乎露出了真面目，也不知道为什么，这个样子的巨鬼王让白小纯有股冲动，想再去拍下他的脑袋，但这想法刚起，便被打消了。

"你还想拍本王的脑袋吗？"在白小纯紧张犹豫时，巨鬼王淡淡开口，声音如阴风，带着冰寒之意，目光更是深邃无比，身上散出的威压越发强烈，仿佛风暴就要爆发。

"他内心对我有怨气啊，不低头、对着干的话，我就危险了！"白小纯吓得一哆嗦，内心咆哮，目中露出血丝，他琢磨着能屈能伸才是好汉，于是猛地抬头。在他抬头的瞬间，脸上露出的是狂热的神情。

"王爷！"白小纯神色激动，声音似乎也因激动而发颤。

"王爷，以前白浩不明白，可现在白浩明白了。王爷不愧是王爷，才智无双，五天的时间，乾坤逆转，这真是拨开云雾见青天，柳暗花明又一村啊！"白小纯双眼冒光，仿佛真的激动到了极致，甚至隐隐可以看到，他目中闪烁着喜悦的泪光。

"激动得哭了？"巨鬼王一怔，脸上的古怪之色一闪而过，他依旧威严，淡淡开口。

"王爷，实在是您之前的形象太过伟岸，一指灭天人，一喝惊众生，那英武气概，白浩此生首见！我想到能跟随您这样的大英雄、大人物，实乃万代之幸，所以喜极而泣啊！"白小纯大声道，身体都因这番话语而不停地颤抖，那一脸的狂热和目中的泪花，足以让人瞠目结舌。

巨鬼王听到这里，目光越发古怪，就连他也没想到，白小纯居然还有这种本事。

白小纯看到巨鬼王的目光，心底总算松了一口气。此刻，他一发狠，琢磨着既然这个办法有效，就要加大力度，于是神色更为崇敬，他抱拳深深一拜，抬头时，情绪激昂。

"王爷啊，您英明神武、智力非凡、百战百胜、玉树临风、无所不能，简直无人能及，天下江河尽踏脚底，我白浩从此之后就死心塌地地跟随您了，您一定不会伤害我这个可怜又可爱的小孩子。"白小纯眼巴巴地看着巨鬼王，他说了这么一大堆，实际上，最后一句话才是重点，才是他的心里话。

白小纯说完，此刻心底已经开始求爷爷告奶奶，他也不知道自己的选择是对是错，内心紧张之余，也很发愁。

巨鬼王觉得这番话值得玩味，他看着白小纯，内心哭笑不得。不过，在这之前，他从没听过这些话语，毕竟他身边从来没有像白小纯这样的人，以他一向威严的形象，也无人敢在他面前这么说话。

此刻巨鬼王听到这番话，多多少少还是有些受用的，他那古怪的目光中也不由得多了一丝柔和。

实际上，巨鬼王之前的确动了杀机，毕竟若非白小纯，他也不至于落入险境。不过，就算他是铁石心肠，也多少被这五天来的一幕幕触动。

而白小纯的出现是一个意外，并不在巨鬼王的计划之内。如果将白小纯带回巨鬼城，以他这几日的声势，可以想象，日后在巨鬼城内，白小纯的身份之高，必然是一人之下，万人之上。

这样的事情，若是在计划中也就罢了，但这是一个突如其来的意外，这就让巨鬼王心底很不舒服。

所以，他把选择权交给了白小纯。如果白小纯的回答是二人早有约定，那么白小纯是拿不到天人魂的，而且，巨鬼王会将白小纯封印。巨鬼王解开禁制后，白小纯会被暗中送出巨鬼城，从此与他再也没有关联，生死由命。一切如最初的样子。

而如果白小纯的回答是他这一路无比艰辛，那么巨鬼王会给他天人魂，然后依旧是……生死由命，二人的联系就此斩断。

无论白小纯选择哪一个，巨鬼王都不会让他大摇大摆地跟着自己回巨鬼城。

可如果白小纯不知好歹，胆敢再拍巨鬼王的脑袋，说对他有救命之恩，那么这种行为算是挟恩了，以巨鬼王的性格，他会立刻出手！

巨鬼王给了白小纯这三条路，可白小纯居然选择了第四条路，这就让巨鬼王有些无可奈何，在心底大骂一声滑头。经过这么无赖的一闹，他的杀意也没了，尤其是看到白小纯身上的严重伤势，他也想起了这一路对方并没有放弃自己。

还有之前，对方在最后关头表现出的真诚，老谋深算的巨鬼王看得清清楚楚，明白那是真的。想到这里，他原本的铁石心肠少见地变得柔软了些。

白小纯溜须拍马，绕了一大圈后，说出的最后一句话，更是让巨鬼王啼笑皆非。他的目光在白小纯身上一扫，神色转冷，右手一挥，金属性的天人魂直奔白小纯而去。

白小纯此刻不断观察巨鬼王的神情，心中好似十五个吊桶打水——七上八下的。眼看天人魂飞来，他愣了一下接住后，却见巨鬼王转身向着天空走去，似乎要离开。

　　白小纯摸不清对方的思绪，拿着天人魂踌躇起来，琢磨着对方这是要与自己告别了？之前的事，他不计较了？

　　就在白小纯胡思乱想时，天空上传来巨鬼王的冷哼之声。

　　"站在那里干什么？本王要回巨鬼城，你难道打算自己走回去？"

　　白小纯身体猛地震了一下，面上立刻有了神采，知道自己算是渡过了眼前这一关。巨鬼王话里的意思很明显，这是要带他回去啊……

　　一想到回去后，自己也算是华丽地转身，白小纯顿时精神抖擞，脸上带着兴奋之色，一跃而起……

第 666 章

将叛乱者，拿下

巨鬼王修为恢复，三大天人一人死去两人被擒，此事发生得太快，三大家族毫不知情，更不用说此刻巨鬼城内的六大天侯了。

眼下，巨鬼城内人心惶惶，城内各方势力都在焦急地等待。若当日巨鬼王死了也就罢了，可偏偏被白浩救走，如此一来，那些叛变之人心头仿佛悬着一把利刃，只能期待三大天人最终能将巨鬼王斩杀。

而那些没有叛变之人也心底发虚，实在是巨鬼王积威太重，他们没有去平乱，若因此硬说他们是同谋，他们也很难辩解。

在这紧张的形势下，整个巨鬼城一片压抑，街上几乎看不到行人，所有魂修都在各自的居所，默默等待这一场叛乱结束。

只有六大天侯军团的魂修担惊受怕，在巨鬼城内巡逻，同时，他们没有放弃搜寻，毕竟谁也不敢保证，逃走的巨鬼王不会潜回来躲在城中。虽然可能性不大，但他们也没有放松。

至于那叛变的六位天侯，此刻也阴沉着脸，聚集在内城的一处大殿中。他们彼此之间少有交流，时而看向远处的天空，等待着三位天人的消息。

"巨鬼王虚弱，那白浩虽狡猾多端，手段残忍，但毕竟修为不够，这一次……必定可成！"

"就算巨鬼王有魂血，可他能有几滴！"

六人不断地安慰自己，却抑制不住地心脏狂跳。

巨鬼城外的另一个方向有一座双峰山，此刻，双峰之上各有一位老者，二人正

145

目光炯炯地对视。

这二人，正是幽冥公与无常公，他们忌惮对方，同时心中怀着期待。他们明白，彼此的命运已经不是他们所能决定的了，是生是死，掌握在十万里外的三大天人与巨鬼王手中。

三大家族的天人若成功，无常公只能选择逃走或者归顺他们，反之……则是幽冥公大难临头。所以，此刻二人都已放弃斗法，而是盯着对方，让对方阵营减少一个天人的战力，这就是他们存在的意义。

就这样，时间流逝，黄昏到来，苍穹赤红，如火烧云一样，落在巨鬼城内的魂修眼中，似乎变得沉甸甸的，让所有人心头更为沉重。

就在这时，苍穹中的红云猛然翻滚起来，一眨眼的工夫，整片天空的云层全都开始剧烈地翻滚，更有阵阵天雷般的轰鸣声似乎从九天传来，扩散八方。

轰轰轰！

这声音越来越大，也就是几个呼吸的时间，就撼动了巨鬼城内的所有势力。六大天候面色变化，彼此对望却没有任何话语沟通，便纷纷冲出大殿，看向天空。

远处的无常公与幽冥公也齐齐抬头，看向天空，二人目中带着紧张与期盼。

可就在看去的瞬间，幽冥公面色大变，双眼露出难以置信之色。而无常公则是全身震颤，随即仰天大笑。

二人神色不同，一个惊，一个喜。就在这时，苍穹上，一声比天雷更加轰动的巨响传来！

砰！

那仿佛是天地初开的声音，让巨鬼城内所有人脑海嗡鸣。刺啦一声，一道巨大的裂缝出现，苍穹被人生生斩开！

这裂缝足有千丈长，虚无仿佛先被一把看不见的利刃斩开，继而豁开，散出黑色的风暴。与此同时，从裂缝内走出了……两个身影！

当先之人戴着王冠，穿着紫色蟒袍，走出的一瞬，苍穹颤抖，无数雷霆扩散开来，似乎单凭他一个人就可以压制一方世界。尤其是他的目光，仿佛将天地间一切光线都吸了来，除了他的四周，整个天地都是漆黑一片。

一股比巨鬼城内的气氛更为压抑的气息轰然降临，笼罩全城，城池内所有魂修都身体颤抖，也不知是谁第一个开口，很快，整个城池中惊呼连天。

"巨……巨鬼王！"

"巨鬼王回来了！"

"恭迎巨鬼王！"

巨鬼城内，那六位叛变的天侯全身狂震，脸上瞬间失去了血色，他们呆在那里，目露绝望……

败了……彻彻底底地败了！

以他们六人的修为，他们一眼就看出巨鬼王已经恢复，可以想象，三大家族的天人老祖的下场必定凄惨无比！

粗重的喘息声在全城扩散，那一道道目光此刻落向了站在巨鬼王身边，那耀武扬威，仿佛天下地上，除了巨鬼王外，唯他独尊的白小纯！

白小纯异常激动，精神振奋，他此时一边调整呼吸，一边看着下方城池，那种苦尽甘来的感觉让他兴奋起来。之前，自己在城池内如过街老鼠一样，被人追杀得四处逃遁，而眼下，自己却华丽归来，闪亮登场。他一想到这些就心跳加速，得意极了，忍不住嘚瑟起来。

此刻，白小纯猛地抬头，向前迈出一步，直接走到巨鬼王的前方，向着整个城池大吼一声：

"都听好了，三大家族以下犯上，为首者已被王爷斩了。如今，王爷归来，尔等还不速来拜见，更待何时?!"

白小纯的声音传遍四方，撼动所有人的心神。一道道身影立刻从城池内急速飞出，到了半空后，向着巨鬼王跪拜下来。

"恭迎巨鬼王！"

不断有人飞出，眨眼间，整个城池内，无数魂修聚集，密密麻麻，几乎看不到边际，他们齐齐跪拜，声音汇聚若雷霆，响彻九天。

至于那六位天侯，一个个面如死灰，六人知道无法逃遁，甚至不敢反抗，都低头跪拜下来。

还有那四位在众人叛乱时选择沉默的天侯，也颤抖着恭敬地跪拜，一个个心中惶恐不安。

远处，两道长虹急速而来，瞬间就出现在半空中。

来的正是无常公与幽冥公。无常公十分激动，向着巨鬼王抱拳深深一拜。

"拜见王爷！"

幽冥公神情惶然，心内苦涩，他没有鲁莽地选择逃遁，他知道逃不掉，一旦逃遁，自己必死无疑……不逃的话，自己或许还有一丝生机。此刻，他面色苍白，低头跪拜下来。

巨鬼城内声势喧天，无数恭敬之声撼动苍穹大地。

巨鬼王面无表情，自始至终他都一言不发地站在那里，冷漠地望着众人。他根本就不需要发出任何声音，仅凭他王者归来的气势，就可压制一切叛乱。

白小纯看到这一幕幕，精神愈加振奋，好在他没忘记巨鬼王的威严，此刻偷偷看去，内心一定，于是背着手，傲然望着下方城池的众人，厉声开口。

"将叛乱者，拿下！"白小纯觉得这句话实在太犀利了，不禁内心陶然。

话语一出，那四位没有参与叛乱的天侯立刻身体一晃，直奔那六位叛变的天侯而去，将他们的修为封印，转瞬间便将他们制伏。

那六人根本不敢反抗，眨眼间就被封印了修为，无法动弹。与此同时，无常公抬起右手一指，幽冥公顿时身体一颤，修为被封，他心中苦涩，颓然低头不语。

至于六大天侯麾下之人，同样无法逃出，很快就被其他四大天侯压制了。

巨鬼王依旧冷冷地看着这一切，没有开口，可内心对白小纯的做法还是有些欣赏的。此刻，他一步走出，直接出现在曾经的巨鬼王雕像之处，抬起右手一挥，四方立刻扭曲，似时光逆转，一块块石头从地面升起，眨眼间，那崩溃的雕像竟复原了！

石块飞舞，王宫大殿也瞬间出现，那一道道裂缝快速合起，几个呼吸的工夫，如同奇迹一般，巨鬼王雕像重新屹立而起，王宫大殿恢宏如初！

"本王，回来了！"归来后，巨鬼王首次开口，声音一如既往地带着威严，在天地间回荡。

"巨鬼王！"

"巨鬼王！"

城池内，所有人的声音顿时再次汇聚，其中还有白小纯那充满狂热的独特声音，似在引领众人……

第 667 章

白总管

在众人敬畏的呼喊声中，白小纯心情激荡，巨鬼王的权势让他羡慕，他明白，自己这一次是真的发达了！

此刻，他赶紧一路小跑，到了巨鬼王身边，露出一副尽忠职守的模样，不断打量四周，似乎担心还有作乱者。

这夸张的一幕落在众人眼中，却没人敢讽刺，很多人甚至十分羡慕，恨不能以身替之。他们明白，这白浩此番算是扶摇直上、平步青云了。

就连没有叛乱的四大天侯看向白小纯时，也露出凝重之色。无常公内心感叹，明白这白浩算是入了巨鬼王的眼。

白小纯这番夸张的举动自然被巨鬼王看在眼里，他神色如常，可心底哭笑不得，修为恢复后，他算是看到了一个不一样的白浩……

"白浩，这里由你来处理……无常公，随本王来。"巨鬼王暗中摇头，不再理会白小纯，而是淡淡开口，目光落在了无常公身上，随后转身走入大殿。

"白浩领命！"白小纯立刻大声开口，那种大权在握的感觉让他兴奋。

无常公深吸一口气，右手抬起，一把抓住沉默的幽冥公，立刻迈步走出。他注意到白小纯目光锐利，不断地打量自己，似乎在判断自己有没有可能威胁到巨鬼王的安全。这让他有些别扭，觉得这白浩也太夸张了。

不过，无常公表面上不动声色，甚至还露出友好的笑容，对白小纯微微点头，这才进入王殿。

白小纯满意地收回目光，此时已经无法压抑心中的得意。

"哈哈，我白小纯实在……实在是太优秀了，就连天人也要对我微笑示好。"白小纯气宇轩昂、神采飞扬，背着手站在巨鬼王雕像外的半空，傲然望着下方众人。

没有叛变的四大天侯快速飞出，到了白小纯身前，脸上带着讨好的笑容，恭敬地齐齐行礼。

"之前就听说白浩兄弟英武非凡，天资绝顶，今日一见，传闻有误啊！白浩兄弟何止是英武非凡，简直就是人中龙凤，天下无双！老哥这里有一枚炼灵了十五次的玉佩，我第一眼看到白浩兄弟就觉得这玉佩与你有缘啊，请你一定要收下。"

"是啊，白浩兄弟当日与三大天人一战，可以说是名震蛮荒，我魁皇大地内，哪个俊杰能与白浩兄弟比较？根本就没有！白浩兄弟，你在巨鬼城还没有宅子吧？我早就为白浩兄弟准备得妥妥当当，还请白浩兄弟笑纳。"

"那三大天人叛贼，在白浩兄弟面前两个受到重创，一个失去肉身。白浩兄弟，你就是我蛮荒第一天骄啊！这件法宝，只有白浩兄弟才配拥有……"四大天侯满是讨好之意，赶紧送出宝物。若是换了其他时候，他们也不会如此，可眼下紧张害怕，想让白小纯为他们说些好话，于是都下了本钱。

"哪里哪里，我们都是为王爷效力，四位不必如此。"白小纯哈哈一笑，虽话语客气，手却不慢，将四人送来的宝物毫不犹豫地收走。

四位天侯眼看白小纯收了宝物，心中松了口气，又恭维一番，彼此很快就称兄道弟了，他们甚至还邀请白小纯去他们家中做客，隐隐点出还有厚礼相赠。

白小纯舔了一下嘴唇，更为得意，与四大天侯攀谈一番后，袖子一甩，以巨鬼王的名义颁下王命，将被封印的六位天侯收押入魔牢。

随后，白小纯又进行了一系列安排：关押叛乱势力，修复城池，安抚城中商贩，更安排大军包围三大家族的城池，禁止三大家族进出。

这一切虽不算完美，但也算井然有序。做完这些后，白小纯又恢复了巡逻队的工作，使得巨鬼城正常运转，这才站在了王宫大殿外，摆出一副镇守此地的模样。他站在那里，做出不断打量四周的样子，心中却在琢磨，巨鬼王召见无常公已经很久了，必然是在谈论叛乱之事。而他也得到了消息，明白无常公是唯一一个没有参与叛乱，且维护巨鬼王的天人，于是内心警惕起来。

"无常公是天人，地位比我高啊……通过他的态度，或许能看出巨鬼王的态度。"

白小纯若有所思。很快就到了深夜，无常公从大殿内走出，脸上流露出激动之色。出了大殿后，他立刻就看到了白小纯，目光微动，脸上浮现笑容。白小纯也看到了无常公，赶紧上前抱拳。

"拜见无常公。"

"白总管不必如此。"无常公哈哈一笑，不等白小纯弯腰，立刻托起他的双臂，脸上笑容更多。

"这一次，白总管立下大功，前途不可限量。眼下，巨鬼城刚刚经历叛乱，百废待兴，你我二人可要多多接触、多多商议才好。"无常公笑着说道。

听到"白总管"这个称呼，白小纯一愣，却没有多问，而是客气地与无常公谈笑几句。看着无常公离去的身影，白小纯内心松了口气，脑海飞速转动时，王殿内传来巨鬼王的召唤声。

白小纯赶紧打起精神，深吸一口气，低头恭敬地踏入大殿，看到了坐在大殿上首不怒自威的巨鬼王。

"外面的事情处理得怎么样了？"坐在王椅上的巨鬼王比在外面时更加威严，此刻淡淡开口，目光如闪电一样，落在白小纯眼中，让他更为紧张。他赶忙抱拳，大声回应：

"巨鬼城内的乱势原本不好处理，多亏王爷英明神武，天下无双，一句话、一道目光就可以震慑苍穹，让所有人敬畏。小的想起王爷统治时风调雨顺、万民归心，处理起事情来也就顺利很多。"白小纯开口时，偷偷观察巨鬼王的表情。

听到白小纯这番话语，原本威严的巨鬼王，脸上抽动了一下，目中的威严被无奈取代。他算是看出来了，这白浩拍马屁拍上瘾了。

不过，白小纯的话在他听来还是很受用，但他眼睛一瞪。

"别老把心思放在这些没用的言辞上。白浩，你修为不够，要多多耗费一些心神提升修为，知道吗？"巨鬼王沉声道。想起白小纯在吸收自己一滴魂血后，竟可以施展半神一击，巨鬼王心中不禁对他多了一丝欣赏。

"王爷放心，您老人家修为盖世，天下无敌，这段日子，我每天看着王爷吐纳，内心感悟很多，尤其是方才感受到王爷的气势，我很受震动，好似醍醐灌顶，全身经脉都通了不少。我回去后就立刻闭关，一定尽快突破，绝对不给王爷丢人，只是……那个……我得罪的人太多，担心闭关时别人会来报复啊。"白小纯看到巨鬼王的表情后，内心长舒一口气，说到后来渐渐苦起了脸，偏偏其间还不忘继续溜须拍马，让巨鬼王更加无奈。他听出了白小纯话中之意，这是来要权了啊。

"你啊……罢了罢了，我会交代下去，以后你就领一个总管的职务好了。"巨鬼王一挥手，就要将白小纯打发走。

白小纯听到总管这个职务，有些懵懂，但琢磨着官应该不小，精神振奋之余，整个人也放松了一些，赶紧再次开口：

"王爷，那三大家族居然敢叛乱，当初更是追杀我们，实在可恶啊……"白小纯眨了眨眼，说起了三大家族的坏话。实际上，他倒也不是针对三大家族，而是要以此来凸显之前他保护巨鬼王时所做出的牺牲。

巨鬼王看了看白小纯，冷哼一声，没有多言，目中却有精芒一闪。

白小纯眼看目的达到，没有继续开口，而是赶紧高呼一声，告辞离去。

走出大殿后，风一吹，他后背有些发凉，这才长出一口气。此番大殿谈话看似平常，可白小纯害怕啊，实在是那巨鬼王给他的感觉有些喜怒无常，深不可测。

"不过，我的溜须拍马似乎很管用啊。千穿万穿，唯有我白小纯的马屁不穿！"白小纯眼珠转动，琢磨着以后就主攻这一点了。此刻，他压下内心的思绪，想起如今四大天侯对自己的态度，立刻开心不已。

"只要让巨鬼王高兴了，以后在这蛮荒，谁敢惹我?!我背后可是巨鬼王！"

第 668 章

目标：天道元婴

白小纯想到这里，高兴得抖了起来。此刻，月光落在大地上，白小纯飞离巨鬼王雕像，习惯性地陶醉起来。

"我本不想这么优秀，可是没办法，这是天意啊……注定了我堂堂逆河宗少主、万夫长白小纯，在这蛮荒内也要崛起啊。"白小纯似乎有些无奈，为自己的优秀而烦恼，摇摇头，带着掩饰不住的得意飞入空中。

平日里，他身为狱卒，虽也能飞行，但实际上胆气不足，若是巡逻队非要执法，他也只能被禁止飞行。

可现在，白小纯刚一飞出，四周立刻就有巡逻队的魂修急速而来，恭恭敬敬地向着白小纯抱拳后，居然守护在他的四周。

白小纯一愣，不过很快就适应了，甚至非常享受这种待遇。他轻咳一声，拿出一枚玉简看了看后，背着手，在巡逻队的簇拥下，于空中踱着方步，奔向之前一位天侯送给他的宅子。

宅子在内城，原本是那位天侯的别院，占地不小，里面有假山流水，更有阵法环绕，十分幽静。白小纯到来时，发现连侍从都已安排好了，他们一个个看到白小纯后，立刻恭敬地行礼。

白小纯对这种安排非常满意，心里不由得又感慨一番，便住了进去。

一夜风平浪静。白小纯没有立刻吸收金属性天人魂，这第五个天人魂很关键，他需要闭关，一鼓作气，冲击元婴，而现在显然不是闭关之时。

第二天，任命白小纯为巨鬼城总管的旨意一传出，立刻就扩散至整个巨鬼城，众人听到这个消息，都有些发愣。

"总管……那白浩，居然被任命为总管！"

"这总管一职，在我巨鬼城内，可是从来都没有的啊……"

"总管，总管……往大了说，就是什么都可以管，可往小了说，又是什么都不能管……处于实权与虚职之间，全看王恩了。王恩浩荡啊！"

巨鬼城内，无数势力对总管这个职务各有判断。白小纯也听说任命自己的旨意已经传开，便琢磨着出去炫耀一番，可还没等他出去，就已经有人前来登门拜访。

拜访之人络绎不绝，从四大天侯到他们麾下的魂修，基本上巨鬼城内各大势力都陆续到来。

每个人都送出大礼，白小纯收礼收得胆战心惊，他看着那一份份礼单，心脏不争气地怦怦直跳，眼睛发亮，满面春风。

其中最重的礼物就是这间宅子，送礼的人是那位叫作陈海的天侯，此人身材略胖，脸上时刻堆积着笑容，他甚至不在意自己的修为与身份，对白小纯百般逢迎，十分亲近。

除此之外，随着白小纯地位的猛然提升，受益最大的自然是周一星与李峰二人，尤其是周一星，算是给白小纯立下了大功。此刻，白小纯华丽回归，周一星苦尽甘来，激动中也赶来拜见。

白小纯看到周一星后，知道他这段时间不好过，于是授意他趁着这个机会，在巨鬼城内组建自己的势力。

周一星顿时有些激动，踌躇满志地离去，动用手段，以白小纯作为自己的虎皮，在这大乱之后的重建之时，收揽人心，招兵买马。

数日后，拜访之人慢慢少了，白小纯这才得以抽出时间，外出闲逛，所过之处，看到他的魂修全都恭敬地行礼。白小纯心花怒放，索性将整个巨鬼城走了个遍。

"见过白总管。"

"拜见白总管。"

"是白总管……"

那一声声呼喊，让白小纯不由得高视阔步、耀武扬威起来，内心得意无比。就像当初在灵溪宗时一样，他每走到一个地方总要干咳一声，故意提醒四周的人白师叔来了。

每当这个时候，恭敬之声就此起彼伏，听得白小纯心里美滋滋的，他沉醉于其中，甚至还专门去了一趟魔牢……

李旭尽管无奈，可也只能恭敬地行礼，陪着白小纯，如参观一样，在魔牢内视察工作……白小纯大有一种翻身成了主人的感觉，摆出一副指点山河的样子。

四大区的牢头，还有四大黑鞭簇拥着白小纯，让他感觉有些恍惚。当初白小纯先是狱卒，而后是犯人，如今却成了白总管……

尤其是丁区的孙鹏，更是觉得不可思议。不过白小纯念旧，此番前来视察时对丁区十分赞赏，孙鹏也情不自禁地激动起来。

白小纯对第九小队特别有感情，甚至点名让第九小队的队长亲自陪同，这份荣耀让整个第九小队都精神振奋。

"白某对魔牢是有感情的，这里是我曾经的家啊，我对这里的感情才是最深的……"白小纯喟叹一声。

他身后的众人不自觉地露出感动之色，纷纷响应。

白小纯回到丁区，看着自己以前的居所，露出追忆的神情。

"就是这里，白某真的想放弃一切身份，重新回到这里，继续做一个狱卒啊。"

话语一出，四周众人纷纷动容，赶紧劝说：

"总管大人，万万不能如此啊，您老人家日理万机，身处要职，肩负重任，影响着整个巨鬼城的兴衰啊。"

"是啊，总管大人，巨鬼城可以少一个狱卒，但不能没有总管大人啊。"

……

听到众人的话，白小纯似乎很无奈，长叹一声。

"罢了罢了，既然大家都这么说，我就只能放弃理想，一切都是为了王爷，一切都是为了巨鬼城！"

众人正色，看向白小纯，不少人眼中都有了泪光。

白小纯轻轻咳嗽一声，觉得自己似乎说得有些过了，于是结束了这次视察。准备离开时，他看了看跟在身边始终面色不自然的李旭。

"李旭，本总管要批评你。当日王爷遭遇危险时，只有我一个人在保护，你当时去了哪里？"白小纯有些不悦，他走了这么一大圈，李旭不仅没有丝毫表示，居然还始终板着个脸，这就让他不满了。

"当日……卑职去了无常公那里……"李旭沉默片刻后，咬牙开口。

白小纯目露寒意，盯着李旭，半晌之后淡淡说出一句话：

"王爷遭遇危机，你却去了无常公那里，李旭，你还真是尽忠职守啊。"

李旭面色大变，猛地抬头看向白小纯，察觉到白小纯目中的寒意后，他呼吸急促，知道自己之前的表现不对。这不是白小纯的问题，而是他没有调整好心态，刚才那句话更是得罪了对方。

一想到如今白浩的身份，李旭马上后悔，赶紧恭敬地抱拳，低声解释。

白小纯不是那种斤斤计较之人，而且，他与李旭之间也没有深仇大恨，只不过对方态度冷淡，当着这么多人的面，让自己脸上挂不住。此刻，眼看对方态度转变，姿态放低，他也就点了点头，既往不咎，又随意溜达了一番，这才离开。

之后数日，白小纯没有消停，继续在城内耀武扬威。当然，他忘不了三大家族那日追杀自己之事，也忘不了白家与自己的仇恨。

他的性格虽不说是睚眦必报，但掌握权势之后，他每次想起三大家族就心中来气，可偏偏巨鬼王那里似乎另有安排，除了灭杀蔡家天人老祖外，白家天人老祖与陈家天人老祖只是被其收押，对三大家族暂时也没有处理。

白小纯忍了几天，还是没忍住，暗示来讨好自己的各方势力。于是很快，巨鬼城内，各大势力都在暗中出手，镇压三大家族。

又过了数日，对于白小纯到处显摆的行为，巨鬼王也看不下去了，便将他召来训斥了一番。白小纯委屈地回到宅子里，叹了口气，取出天人魂，开始修炼。

他不是忘了修炼，实在是成为白总管后，他忍不住要去炫耀一番，毕竟之前在巨鬼城，他地位太低。

巨鬼王十分无奈，这些天白小纯狐假虎威的行为，他看得清清楚楚，对白小纯的性格了解得更深了。

"这个小滑头，有时候看起来心机深沉，手段狠辣，可是有的时候就像一个小孩子……"

巨鬼王摇头，可内心深处对白小纯放心了不少。这个样子的白小纯虽让人无奈，但仔细一想，似乎也有其可爱之处。最重要的是，白小纯这么喜欢炫耀，说明此人不可能背叛自己，毕竟他的一切都来自自己的恩宠。

至于白小纯暗中对付三大家族之事，巨鬼王也看在眼里，但他没有在意，觉得这只是小事而已。

"不过，在修行上，这白浩也太懒惰了。不给他压力，他就不会去修炼，明显是喜欢享受之人。"巨鬼王目光扫向白小纯的宅子，口中低语。

这一刻，就连巨鬼王自己也没察觉，自从带着白小纯回到巨鬼城后，他对白小纯的态度就明显与对其他人的态度不一样了……

而此刻，在密室内，白小纯深吸一口气，打起精神，将心中的得意压下，内心慢慢平静下来。看着手中的天人魂，他的双眼内露出期待。

"这是我需要的最后一个天人魂了……将其融入体内后，五行天人魂就全了……我等了那么久，终于可以突破了！"白小纯目露激动之色，拿着天人魂，一把按在自己的胸口上。

轰！

随着金属性天人魂的融入，白小纯的气息变得凝重起来，体内修为在这一瞬骤然运转，熟悉的感觉浮现心头，那种身体要被分裂之感同样扩散至全身。

盘膝的他身体出现了重叠虚影，仔细一看，除了本尊，似乎有五个白小纯重叠在了一起。

随着时间的流逝，第五道分身之影渐渐出现，慢慢清晰，直至……彻底重叠！

轰鸣声在白小纯的脑海中回荡，他蓦地睁开双眼，双手掐诀，向着四周一挥。

"分身，出！"

轰轰轰轰轰！

声响震天，五大分身齐齐从本尊体内走出，环绕在四周，一股惊人的威压从分身与本尊身上同时爆发。

任何一道分身都达到了结丹大圆满，都可以撼动元婴初期的修士！

虽然天道元婴还没出现，但仅仅是这个过程带来的力量，就足以撼天动地。

"接下来，就是……天道元婴！"白小纯目露精芒。

第 669 章

天道元婴

天道元婴……太难了！

难在不仅需要五个天人魂，而且这五个天人魂的属性不能重复，必须是金、木、水、火、土五行俱全。

毕竟在通天大陆，天人魂极为少见，而白小纯也是机缘巧合之下，才走到了如今这一步。灵溪宗给了他一个天人魂，杜凌菲给了他一个天人魂，这两个暂且不说，从第三个天人魂开始，白小纯付出的代价极大。

为了第三个天人魂，他在迷宫内九死一生，更被传送到了蛮荒。而为了第四个天人魂，他得罪了白家，险些死去！

至于这最后一个天人魂，他同样是付出了惨重的代价才得到的。

眼下，融入了天人魂，形成五大分身后，白小纯回想这一幕幕，也心悸不已。他看着四周的五大分身，深吸一口气，脑海中浮现出当日迷宫内石碑上所描述的晋升为天道元婴的方法。

"将五大分身彻底融入体内，与本尊完全合一……就可冲破金丹，踏入元婴！"白小纯闭上双眼。此事对他至关重要，容不得丝毫差错。他不断思索，睁开双眼时，目光坚定。

"金木水火土，先融金身！"白小纯体内修为猛地散开，一股结丹大圆满的波动顿时从他体内爆发，化作阵阵威压，笼罩密室。

白小纯目露奇芒，看向身边的金属性天人魂分身。

金分身此刻同样抬头看向本尊，没有半点迟疑，化作一道金光，直奔本尊的眉心而来。

其间，金光不断分解，变得更加璀璨，眨眼间便没入白小纯的眉心，化作纯粹的五行金力，扩散至白小纯全身。

白小纯顿时脑海轰鸣，身体颤抖，他感受到五行金力在体内游走一圈后，直奔自己的金丹而去，并非轰击，而是穿透了金丹，消失在其中。

这时白小纯的金丹剧烈颤抖，一股玄之又玄的气息从中爆发，带着蓬勃的生机，影响着白小纯的全身，产生不可思议的蜕变。

大量金色符文环绕在金丹的四周，使得白小纯的面容看起来充满不可言明的神圣感！

可没过太久，那些金色符文越来越多，与此同时，一股肃杀之意从金丹内爆发。仿佛在五行只有金的情况下，这五行金力太过强大，要将白小纯的金丹直接震碎！

这一刻，他体内的经脉甚至被这金力充斥，身体也快承受不住，要被这金力直接撑爆！

一旦无法压制，那么白小纯此番必死无疑，甚至形神俱灭！

危急关头，白小纯双眼蓦然睁开，露出如剑芒般锋利之光，看向一旁的火分身。

"精胜坚，故火克金！"白小纯低吼一声。刹那，他的火分身目露奇芒，全身轰然燃烧，成为一片赤色的火海，直奔白小纯本尊而来，同样融入其眉心，一眨眼的工夫，就充斥在白小纯体内。

在火焰的燃烧下，那五行金力如被克制一样。五行火力游走，压制了经脉中的金力后，从四面八方直奔白小纯的金丹而去。

轰鸣间，五行火力化作的火海环绕在金丹外，没有任何停顿，刹那融入金丹，四周的金色符文立刻闪动起来。而金丹中的五行金力被五行火力克制，再也无法对白小纯的金丹造成伤害。

但同样，五行火力的爆发也可以让白小纯的金丹碎裂，危机并未解除。

金丹眨眼间就成了火丹，其温度极高。白小纯汗如雨下，身体内似乎封印着一片火海，一旦爆开，必定焚灭四周的一切。

危机感不但没有减少，反而越来越强烈，可白小纯神色镇定，他知道自己此刻不能有丝毫慌乱，一切都必须严格按照步骤去完成。他低吼一声，看向一旁的水分身。

"众胜寡，故水克火！"

轰的一声，白小纯的水分身化作一道蓝色的光芒，仔细一看，其中似乎有一滴蓝色的水，虽只是一滴，却仿佛蕴含着无尽之水，融入白小纯的眉心。

如同在一块烧红的烙铁上洒下凉水，五行水力刹那扩散至白小纯全身，克制五行火力的同时，直奔他的火丹而去，轰鸣间，直接融了进去，将五行火力彻底压制，但危机依旧存在！

五行水力的爆发，使得白小纯全身如要溶化，似乎体内的一切器官都要在这一瞬变成一摊水。

那种腐蚀，那种刺痛，让白小纯的眼睛立刻就红了起来，他呼吸急促，猛地大吼一声：

"实胜虚，故土克水！"

话语还在回荡，土分身瞬间融入，轰鸣声不断，白小纯身体颤抖，眼睛越发赤红。在体内土属性扩散，身体似要被同化，成为大地的一部分时，他的声音再次传出：

"专胜散，故木克土！"

轰隆之声在他体内震天而起，随着木分身的融合，白小纯体内此刻已存在五行中的五力，而眼下，土力被压制，木力爆发，他的土丹正在急速改变，似要变成一颗木丹。

可白小纯依旧没有半点慌乱，目中的期待之意甚至越发强烈，于是他大吼一声：

"刚胜柔，故金克木！"

这句话传出的刹那，白小纯体内木丹中，之前被压制下去的金属性之力竟再次爆发，使得那占据了优势的木属性之力立刻就被压制下去。但转眼间，崛起的金属性又被火属性压制，随后火被水克，水被土克，土被木克……

这一切，就形成了一个循环，以白小纯的金丹为载体，蓦然运转起来。五行完美地融合，缺一不可！

这就是成就天道元婴需要五行天人魂的原因，缺少一个都会让尝试突破境界之人湮灭消散！

只有五行圆满，才可形成这种完美的循环！

循环运转九个周天后，白小纯抬头发出一声惊天动地的嘶吼，他的修为瞬间攀升，攀升速度恐怖非凡。他的金丹直接碎裂开来，其内竟出现了一个与白小纯一模一样的小人儿！

这小人儿，就是元婴！

此刻，他闭着眼，全身散发五色光芒，五行之力在他体内完美流转，一股似乎可以撼动苍穹的气息从元婴身上散出，不断爆发出来。

此刻，若是有其他元婴修士看到这一幕，必定骇然失声。因为以结婴丹形成的元婴被称为凡婴，不但模糊，而且浑浊，如同凡人一般。

而以天兽魂形成的元婴不模糊，也不浑浊，最重要的是，它会根据自身资质与功法，形成金、木、水、火、土五种属性里的一种，化作神光，环绕全身。

这已经算是趋于极致了。可唯有传说中的天道元婴才是完美无瑕的，不但晶莹剔透，而且天生具备完整的五行神光。

五行神光就是本命神光，不但让修士从此不被五行功法克制，而且惊人的是，一旦散开，就可压制一切元婴，不管是凡婴还是天兽魂元婴，都会被压制！

这使得所有与天道元婴交手的同境修士自身先弱三分，心志不坚之辈，其元婴甚至会颤抖，修为也无法运转。

这，就是天道元婴！

轰鸣中，元婴蓦然睁开双眼，巨鬼城外的天空中突然出现一道震撼九天的惊雷。

轰隆隆……

在惊雷之下，白小纯体内的元婴顿时涌出一股天道的气息，似与天雷呼应，撼动八方。

第 670 章

天道元婴全境无敌

五行圆满，天道元婴！

白小纯满怀希望，慢慢睁开双眼，立刻就感受到体内的金丹此刻已经成了元婴。元婴小人儿盘膝打坐，全身上下散发出阵阵神圣的气息，更有天道之意蕴含在内。这种元婴，任何人看到都会心惊吸气，叹为观止。

此刻，元婴身上似乎有无穷波动正在散开，融入白小纯的经脉，形成浩瀚修为，充斥白小纯的全身。

白小纯的身体略有些颤抖，他看着四周，一切在他眼中都不一样了，这片世界，似乎色彩更为明亮。与此同时，他感觉自己的身体剔透无比，里里外外仿佛全部被洗涤了一番。而浩瀚的修为，更是让白小纯惊喜不已。

他明显感受到，这一刻的自己与结婴之前相比，简直不可同日而语。他甚至有种自信，就算再遇到白家族长，只要自己随意翻掌，就可将其碾压！

"这就是天道元婴吗？"白小纯此时精神振奋，甚至有些不敢相信，自己明明刚成就元婴，却比寻常元婴强悍不知多少倍。

就连每次呼吸，似乎都可以撼动四方虚无，一道目光就可化作实质，让人心神震动。

而最重要的是，达到元婴境之后，他的灵识已初步成为神识。所谓神识，就是蕴含了自己的灵魂，在神识范围，皆可瞬移！

"我的神识范围有多广呢？"白小纯怀着期待，猛地将神识散开，轰鸣中，他的神识直接覆盖了方圆十里！

方圆十里内，一切踪迹都了然于心。白小纯立刻激动起来，他察觉自己的神识此刻还没有完全散开，于是猛地一散，轰鸣中，这一次直接覆盖了方圆百里！

　　可就算是这样，也依然没有达到极限，这让白小纯自己都震惊了。他有心继续扩散，可转念一想，就放弃了这个念头。毕竟这里是蛮荒，自己有所保留，终究是好的。

　　"太强了……"白小纯收回神识，既激动又振奋。他感受到自己眼下是全方位得到了提高，这让白小纯莫名兴奋，目露狂喜。尤其是他察觉到自己的生机竟如此蓬勃，更加难以抑制心中的激动。

　　"这生机……天啊，我的寿元……估计我可以活好几千岁！"白小纯高兴得全身颤抖，他这一生的梦想就是活得更久，眼下算是迈出了一大步。一想到自己能活好几千年，白小纯就不由得流下眼泪，那是激动、喜悦的泪水。

　　"值了，这一切，值了！"白小纯仰天大笑、手舞足蹈，正要出关去看看自己现在有多强，可面色陡然一变。

　　"没有结束……"白小纯立刻察觉，自己体内的变化竟还没有停止。此刻，随着他的修为突破，他体内另一颗丹也开始爆发了！

　　那是……不死金刚丹！

　　随着白小纯不断修炼不死卷第三层，金刚丹内弥漫着强大的禁制之力。此刻，白小纯体内的不死金刚丹正在碎裂！

　　白小纯呼吸一窒，双眼亮了起来。

　　"借助修为突破的这股力量，去破开第三层桎梏！"白小纯立刻盘膝坐下。之前他的不死禁已经是大圆满，达到了触摸桎梏的程度。眼下，随着修为的突破与不死金刚丹的碎裂，他体内的生机全部爆发出来。

　　轰！

　　白小纯全身一震，更为清晰地感受到自己身上存在三座大山，这三座大山就是如今余下的三道桎梏，它们限制着自己的肉身之力。

　　而眼下，不死金刚丹碎裂，生机爆发，他开始冲击第三座大山，要将其冲垮，冲破这桎梏！

　　轰隆！

　　白小纯体内巨响震天，在生机的一次次轰击下，终于，不死金刚丹完全碎裂，那席卷而来的生机之力化作一股无坚不摧的力量，奔涌而去。

白小纯的身体内顿时传来咔咔之声，仿佛山峰坍塌，第三座大山直接崩溃，桎梏……骤然被冲破！

在身体第三层桎梏被冲破的刹那，白小纯全身猛地轻松下来，肉身之力也突然爆发。他的身体因力量的爆发而颤抖，他的战力在这一刻又一次攀升！

那种前所未有的轻松感让白小纯激动不已，他向前一步走出，破空之音轰鸣，白小纯的身影瞬间消失，出现时已到了数丈外。

"肉身破空！"白小纯大为畅快，仰天大笑。方才他没有用元婴去瞬移，仅仅是肉身发力，效果就堪比瞬移。

如果其他人看到这一幕，必定骇异无比。要知道，元婴交战，瞬移太重要了，所以针对瞬移有很多手段，但大都是封印空间之类的办法。

可这些办法对白小纯而言毫无用处，因为他仅凭肉身就可以瞬移！

这一刻的他，强悍到让人骇然，可以横扫凡道元婴。任凭凡道元婴有何种手段，就算是凡道元婴的巅峰——凡道半步天人，他也可以碾压！

哪怕对方以天兽魂结婴，达到了元婴大圆满，白小纯也可以将其击败。一旦他达到元婴中期，那么，只要对方不是天兽魂半步天人境界，且没有堪比天人的撒手锏，他一样可以碾压！而天兽魂半步天人层次的对手，白小纯没与之交战过，可他有信心，就算无法碾压，击败他们也是没有问题的。

碾压与击败是两种不同的概念：碾压是不需战斗的，一指就可让对方感觉如天塌一般，而击败，则需战斗一番。

要知道，他只是元婴初期修士啊……如果他到了元婴大圆满，又会强大到什么程度？

"我实在是……太强了！"白小纯拍了拍自己的胸膛，感受着自己的修为，心中无比得意。

白小纯大笑起来，摆出一副睥睨天下的样子，小袖一甩，傲然开口：

"从此之后，元婴以下，谁敢大声和我说话？！"白小纯美滋滋地保持着横扫天下的姿态。半晌，他深吸一口气，想到不死卷的第四层，目光热切。

"可惜，我现在没有元婴功法，不过我有肉身功法！不死长生功，不死卷的第四层——不死骨！"白小纯喃喃低语，脑海里浮现出对不死卷第四层的介绍。

不死卷一共五层，分别是皮、肉、筋、骨、血！越往后就越强悍，尤其是不死卷的第四层不死骨，练的就是全身的骨头，大成之后，防护之力与肉身之力都会发生惊天动地的蜕变。白小纯意识到这一点后，兴奋无比。

"不死皮是防护，不死肉是力量，不死筋是速度，而这不死骨，就是防护与力量的一次融合爆发！"白小纯定下心神，回忆起关于不死骨的介绍。他知道，不死骨分为四个层次，每个层次都有九重天。

"淬骨、力骨、天骨、不死骨！"

淬骨，全身蜕变，防护爆发！

力骨，力量攀升，惊天动地！

天骨，力量与防护融合，苍穹难撼！

最终的不死骨，一旦修成，魂可陨，骨不灭！

"魂可陨，骨不灭……这才是我追求的功法，不死长生功……这不死卷，练的就是不死之法！"白小纯越发激动，想到不死卷最后一层不死血，他就更为疯狂。因为不死血的介绍，归结为一句话，就是——一滴血在，就可凝身！

"我一定要修成不死骨，然后去修炼不死血！"白小纯深吸一口气，精神振奋，心中浮现出不死骨的秘法。

要知道，不死卷每一层都有秘法，碎喉锁、撼山撞、不死禁这三大秘法对白小纯的帮助极大，而眼下，第四种秘术也将出现。

"不灭帝拳！"

肉身之力以骨为根基，以肉为强力，以皮为引爆，加持之后，化作不灭帝拳，一拳打出全身之力，威力之大，绝非碎喉锁、撼山撞可比！

随着不死骨境界的提升，不灭帝拳的威力也增强了。在淬骨阶段，修士可在自身基础上打出威力加倍的不灭帝拳，力骨时能打出三倍威力的不灭帝拳，天骨时能打出四倍，至于不死骨阶段，则能打出五倍威力的不灭帝拳！

理论上，不灭帝拳是没有上限的，释放的威力取决于身体承受的程度。

这，就是不灭帝拳，不死卷第四层秘法！

浩浩荡荡，堂堂正正，一力降十会，一拳震九州！

第 671 章
自己炼自己

"不灭帝拳……"白小纯心潮澎湃，双眼放光，满脑子都在幻想自己睥睨天下，施展不灭帝拳时轰动八方的一幕。

好半晌，白小纯才缓缓深吸一口气，让自己平复下来。他明白，这不灭帝拳可以说是撒手锏，一拳就可将全身之力凝聚在一起，通过不断强化，可让天地崩裂。但是，自己轰出这一拳之后，怕是也会脱力，肉身虚弱下来。

所以，不灭帝拳暂时只能作为撒手锏！

而且白小纯也知道，眼下自己还无法施展，毕竟修士施展不灭帝拳的最低要求是达到淬骨境第三重。

"修炼不死卷第四层不死骨，需要的生机之物多到无法想象，绝非前三层可比。如果在通天河区域还好一些，可以炼药修行。"白小纯一想到修炼不死长生功的困难，就不由得皱起眉头，发愁不已。

"如今在这贫瘠的蛮荒内，要找一些东西代替生机之物才可。"白小纯沉吟，想了半天，实在是找不出什么办法。他甚至也考虑过魂药，只是魂药对蛮荒魂修而言，虽如灵石一样可用来修行，但其中的生机十分稀少，毕竟它是用魂炼出来的。

"不过也不是没办法，就算是再寻常的宝物，经过十几次炼灵之后……也可以淬炼到极致，展现出不可思议之力。"白小纯目中精芒一闪，这是他能想到的唯一的办法了。

此刻他深吸一口气，盘膝坐下，慢慢闭上眼，便开始按照不死卷第四层的不死骨修炼之法运转修为。很快，他全身的骨头就传来咔咔之声。一开始这声音还很轻微，可很快就强烈起来，也就是半炷香的时间，白小纯体内就传出雷鸣般的轰隆之声。

仔细一听就可以察觉，这声音是从白小纯的骨头内发出的，仿佛他的骨头正在发生某种玄妙的变化。

此刻，他体内所有血肉似乎都在颤动，一丝丝生机之力浮现而出，直奔骨头而去。

他全身的骨头仿佛成了一个黑洞，散发出惊人的吸力，飞速将这些生机吞噬……而随着吞噬的进行，白小纯全身的骨头似乎都在改变。

只是这一切没有持续太久，在轰鸣声回荡时，白小纯的身体也颤抖起来，额头有汗水流下，肉身甚至出现了枯萎的迹象！

枯萎的征兆刚一显露，白小纯就猛地睁开双眼，结束了修行，目中有精芒一闪，眉头微微皱起，旋即舒展。

"不能继续修炼了，不过半炷香的时间，这功法居然就将我体内这些年残存的药力全部榨干了……这也太恐怖了。若是继续下去，将会损耗我自身生机的根本！"白小纯呼出一口气，震惊地看着自己的双手，呼吸声粗重了一些。

"虽然还没有达到淬骨境第一重，但我明显感觉到，身体的防护似乎比以前强了一些。"这种感觉很明显，仿佛淬炼骨头的同时，将全身都淬炼了一番。

白小纯沉吟片刻，叹了口气。他知道自己着急也没用，只能寻找机缘，等获得了增加生机之物后，再去修炼。

"我能感受到，如果有足够的生机，那么我可以将不死骨一口气修炼到极致。阻碍我修行的不是时间，而是生机！"白小纯轻声低语，双眼亮了起来。半晌，他慢慢恢复平静，感受了一下修为，仔细观察体内的元婴，气息再次微微波动起来。

"我记得以前金丹内有一丝驭力，可如今成为元婴后，怎么感受不到驭力了？"白小纯迟疑了一下，有些搞不明白，莫非是自己没有元婴功法的缘故？

"有些可惜，我的驭人大法啊……又或者是它隐藏起来了，我没感受到？另外，也不知我这天道元婴还有什么奇异之处！"白小纯若有所思，他对天道元婴的了解太少了。实际上，这天地内，了解天道元婴的人，除了他只有天尊。

半晌，白小纯隐隐有种预感，自己这天道元婴玄妙异常，还需多多琢磨。

"那么接下来，我不去考虑驭力和不死长生功。蛮荒缺少丹药，我又没有元婴功法，想要加速修炼，就只有一个办法……"白小纯神采奕奕，嘴角露出一丝期待的笑容。

"这个办法对其他人来说是九死一生，可对我而言……没有半点危险！

"最重要的是，这个办法可以让我的修为在短时间内突飞猛进，这将是我白小纯这一生，迄今为止，修炼速度最为迅猛的一次，堪称一次超级飞跃！

"这个办法……就是炼灵元婴！"白小纯目露坚定之意，没有半点迟疑，右手抬起一指，立刻光芒闪耀，龟纹锅蓦然出现。

白小纯用这段日子收下的那些魂，准备出了一色火至十四色火后，闭上眼，体内修为猛地一收。脑海轰鸣中，他体内的元婴睁开了眼，一晃之下，竟穿透了肉身，出现在肉身前方！

白小纯的元婴刚一出现，立刻就哆嗦了一下。他感受到这天地间似乎存在一股修士肉身察觉不到的寒气，而元婴之身对这寒气极为敏感，仿佛赤身的凡人站在冰天雪地中。

若是在这寒气中待的时间长了，会对自身元婴造成一些无法逆转的后果。这是一种直觉，白小纯相信自己的判断。

实际上的确如此，对元婴来说，这天地间有太多奇异之物可置其于死地，这寒气就是其中之一。

毕竟肉身才是舟船，没有了肉身，元婴就如溺水之婴孩……

但白小纯不知道，如果其他新晋元婴者看到他元婴出窍的这一幕，必定会惊骇得难以相信，因为刚刚踏入元婴境界的修士，根本就不可能让元婴出窍。就算个别强悍的修士能够令元婴出窍，哪怕只是一瞬，其元婴也必定被这寒气重创。

至于元婴中期的强者，虽可以让元婴出窍，但也不敢持续太长时间，最多片刻而已。唯有到了元婴后期乃至大圆满，元婴成长起来，才可长时间抵御这寒气，但也做不到无视寒气……

唯有天人，才敢无视这寒气！

可白小纯刚踏入元婴境界，居然就让元婴出窍，且其抵抗力明显不俗，这正是因为白小纯的元婴是天道元婴！

"冻死我了。"白小纯玲珑剔透的元婴哆嗦着，没忍住，回头看向自己的肉身。这种感觉很奇怪，他不由得多看了几眼，这才收回目光，一闪身飞向龟纹锅，盘膝坐在锅里。

"我这算不算是自己把自己给炼了？"白小纯感觉有些怪怪的，轻声咕哝一句，好奇地伸出有些婴儿肥的元婴小手，摸了摸龟纹锅。

"炼就炼吧……我还得自己添火。"白小纯神色古怪，右手掐诀一指，一旁的一色火蓦然飞来，瞬间融入龟纹锅内。

一刹那，龟纹锅上的纹路闪耀起来，银光刺目。

白小纯忐忑不安，他之前虽信心满满，但眼下亲自操控时还是忍不住心惊肉跳，毕竟这是自己炼自己啊，一旦出现意外，那后果……

白小纯想象自己闭关太久没有出去，多年后，巨鬼王想起了他，打开密室，一眼就看到一口大锅中被煮得香喷喷的……元婴。

这一幕立刻就让白小纯觉得更冷了，他有些后悔，想要飞出龟纹锅，可就在这时，一声轰鸣直接从龟纹锅内爆发。

白小纯尖叫一声，身体瞬间就被扑面而来的银色光芒覆盖，一股天地之力从龟纹锅内浩然而起，冲入白小纯的元婴中，容不得他阻挡，在元婴体内爆发。

轰隆隆！

这声音外人听不到，只回荡在白小纯的脑海里。当一切声音消散时，龟纹锅中的银色光芒散去，白小纯的元婴颤抖着急速飞出，停在半空中。他小脸煞白，目露恐惧。毕竟方才那一瞬，他感觉自己成了怒浪中的孤舟，要被打翻、淹没。

"太可怕了，这哪里是炼灵，根本就是玩命啊。"白小纯紧张起来，心底寒意弥漫，正打算放弃，忽然一愣，猛地低头，立刻就看到自己的元婴身上出现了一道……银纹！

看到银纹的刹那，白小纯猛地察觉，自己的元婴似乎不一样了……

第 672 章

冥皇石榜风云动

如果说炼灵前的元婴只是一个刚刚出生的婴儿，那么现在，经过一次炼灵后，这婴儿仿佛长大了一些。

元婴之力比之前浑厚了不少，四周的寒气虽还是让白小纯觉得寒冷，可明显远远不如之前那么冷。

白小纯心潮起伏，按理说，只有闭关修炼了很长时间，且拥有了顶级功法，不断吐纳，才能有这种元婴成长的感觉。

而现在，自己只是通过一次炼灵，就做到了！

白小纯不由得想到之前天地之力灌入元婴后爆开的一幕幕，他的双眼渐渐明亮，露出激动之色。

"这的确是加速修为提升的秘术啊……"白小纯抿着嘴唇，脑海里浮现出自己初闻冥皇继承人的消息时听说的关于炼灵元婴的介绍。

"若能将自身元婴炼灵十五次，就可以从元婴初期突破到元婴中期；将自身元婴炼灵十八次，就可踏入元婴后期；将自身元婴炼灵二十次，就可达到元婴大圆满。更有传闻，若能炼灵自身元婴二十一次，就可以直接成为天人！"

白小纯顿时激动起来，琢磨着炼灵元婴的次数似乎与地宫试炼时自己所感受的炼灵境界不大一样，但想来应该是元婴特殊的缘故。

此刻，他低头看向一旁的二色火至十四色火，仿佛看到了一条通往元婴初期巅峰的康庄大道。

他又看了看龟纹锅，心中的迟疑立刻就被压下，目露坚定之意。

"一定没事，若不尝试，我不甘心啊。"白小纯的元婴一闪身，立刻回到了龟纹锅中，捏诀一指二色火，再次炼灵。

此刻，沉浸在炼灵修行秘法中的白小纯并不知晓，这次他炼灵元婴，对整个蛮荒来说，都是一次天翻地覆的壮举！

距离巨鬼城十分遥远的蛮荒中心地带，有一座规模远超巨鬼城的庞大城池。

这座城池几乎有数十个巨鬼城那么大，城墙通体金色，带着无法形容的贵气，似乎可以与苍穹沟通，使得此城的天空上祥云一片，隐隐还有几条巨龙在云中游走，时而垂下头颅，让人望之生畏。

此城，正是蛮荒内最重要的魁皇城！

魁皇城东部有一个直径足有万丈的广场，广场中心屹立着一座石碑，石碑足有九百丈高，通体青色，散发出柔和的光芒。

似乎一切神通都无法让此光芒暗淡，仿佛天地灭，此光也不会灭。长久沐浴在这光芒下，对提升修为也有帮助。眼下，这座石碑上有七八十个名字。

这些名字都清晰无比，每一个都代表着天骄豪雄，声名赫赫，在整个蛮荒流传，不说无人不知，那也是家喻户晓。

这石碑正是冥皇碑，上面的名字，就是冥皇传承的候选人！

等冥皇传承的时间到了，这座石碑上排在第一位之人就是冥皇继承人。此事早就轰动蛮荒，所以石碑上的名字自然被无数人关注。

此刻，排在第一位的是公孙易，此人名字后面出现了一个数字——七！

这代表他已经将自身元婴炼灵七次。

炼灵元婴七次而不死，这本身就已经逆天了，足以让许多人震撼。而排在第二位的，名叫周宏，此人炼灵元婴六次！

至于第三位，则是五次，而后越来越少，十名开外的，都是一次……

不出意外，冥皇传承人必定是公孙易，毕竟就算是周宏，怕是也不敢去炼灵第七次，因为不但成功率很低，而且一旦炼灵失败，代价就是死亡。

这冥皇碑上的排名，还有那散发的光芒，吸引许多魂修长期在此打坐，以此来滋养自身，提升修为，他们还不时打量石碑上的排名。

排名并非固定不动，每隔一段时间，石碑上都会多出几个名字，又或者少一些名字。少的那些，不用猜也知道，都是再次尝试炼灵元婴失败而陨落了，而每一个多出的名字，都会引起一些骚动。

可这骚动并不大，毕竟多出来的名字大都是炼灵一次之人，只有前十之人有变化，才会令人震撼，引发轰动。

只是今天情况不同，一个名字的出现引发了轰动！

首先发现这个多出来的名字之人是一个中年魂修，隶属于驻扎在魁皇城的巨鬼军团。数年前，他随着巨鬼军团从星空道极宗负责的那一段边墙处退了回来。

如今，整个巨鬼军团都在魁皇城内休养，等待下一次的命令，再次出发，进攻边墙。

此刻，他正盘膝坐在离石碑较远的地方。随着一次吐纳的结束，他睁开了双眼，如往常一样，习惯性地扫了眼石碑，正要继续修行，忽然一愣，隐隐觉得石碑上多了一个名字。

中年魂修诧异，仔细看了过去，目光直接落在最后一行的名字上。看到名字后，他先是一愣，神色有些茫然，可很快他就睁大了眼，气息变得混乱，脑海中竟控制不住地爆出轰然巨响。

"这……这……"中年魂修觉得自己一定是看错了，这太荒谬了……

他使劲揉了揉眼睛，再次定睛一看，随后不禁失声大叫：

"白……白小纯！"

他的声音不小，立刻就惊动了其他于此地修炼的魂修。魂修们一个个都皱眉睁开眼，听到白小纯这个名字后，他们有的迷茫，有的则觉得耳熟，还有一些则身体震颤。很快，他们顺着中年魂修的目光看去，惊呼之声哗然而起！

"白小纯，这怎么可能?!"

"白小纯……我想起来了，他是星空道极宗边墙上的万夫长，那个发明了炸丹炉的无耻的家伙！"

"是他……我说怎么觉得耳熟，这不是红尘前辈亲自以一份天人魂作为悬赏，在全天下通缉的必杀榜第一人吗！"

那些魂修内心轰鸣，而其他人陆续听到身边人的话，也回想了起来，众人的神色都变得难看起来。

白小纯这个名字，蛮荒原本无人知晓，可随着巨鬼军团进攻星空道极宗镇守的边墙，这个名字如狂风一般传向巨鬼军团，随后开始慢慢传向整个蛮荒。

因为他，巨鬼军团数次大败！

因为他，蛮荒冤魂损失惨重！

因为他，如今不仅是星空道极宗镇守的边墙，就连其他三个源头宗门镇守的边墙上也出现了相似的战争手段，使得整个蛮荒罕见地一次又一次大败！

炸丹炉，凶兽乱，聚魂丹！

这些手段轰动了蛮荒，通缉白小纯的悬赏也随之不断增加。

在蛮荒众人看来，他得到万夫长之位，是踩着他们一步步走上去的！

原本，随着此人的失踪，这个名字也渐渐被人刻意忘记了，但今天，这个名字再次出现，而且是出现在冥皇石碑上，这让众人爆发怒吼！

石碑最后一行，赫然显现着白小纯的名字！不是白浩，而是"白小纯"这三个字。名字后面还有数字一，这代表他炼灵元婴一次！

"白小纯出现了！"

"他在蛮荒，他没死！"

"快，此事重大，我等要赶紧禀告！"

石碑下，众人哗然，立刻有不少人取出骨简，将此事传了出去。

很快，整个魁皇城震动了！

第 673 章

让人抓狂的攀升

随着此事传开，魁皇城内收到消息之人大都一愣，觉得这个名字有些熟悉，可一时没想起来，问询之后才反应过来，都觉得难以置信。

而还是有一些人，听到这名字后，第一时间就想起了白小纯以及他的一系列事件！

"白魔……出现了！"

"他果然没死，他不仅在蛮荒，而且竟然已经到了元婴境！"

"该死的，这是挑衅！我不信这白魔是毫无目的地炼灵元婴，他一定有预谋，要以这个方式告诉我们，他来了！"

魁皇城轰动了，巨鬼军团的驻地更是爆发出了震天之吼，无数身影急速飞出，直奔冥皇石碑而去。

"太嚣张了，白小纯竟然如此飞扬跋扈、目中无人，简直欺人太甚！"

"哼，只不过是传闻而已，我不信这白小纯真有传说中那么重要，一个小人物而已！"

"当初的事情，明显是巨鬼军团为自己的战败找的一个理由，至于其他三宗的边墙上也出现了那些手段，这显然是通天岛的统一安排。"

魁皇城内，并不是所有人都认为白小纯重要。有些人觉得，这种小人物，不值得如此对待，可无论如何，白小纯名字的出现都轰动了魁皇城。

原本这轰动只是暂时的，众人很快就能平复，可就在这时，意外出现了！

在众人的注视下，冥皇石碑上，白小纯的名字突然从最后一行消失，再次出现时，赫然进入了前二十！

他的名字后的数字一，变成了二！

这一幕立刻就让众人睁大了眼，他们还没来得及出声，白小纯的名字再次消失，再次出现时直接到了第十五位，名字后面的数字不再是二，而是……三！

一切并没有结束，白小纯的名字又一次消失，这一次直接攀升到了第八位！他的名字后的数字成了……四！

随后，他的排名再次上升，竟猛地出现在第四名，炼灵元婴……五次！

这一刻，众人的哗然之声竟被无数吸气声压住了，随后仿佛压抑到了一定程度，再也无法控制，惊呼之声顿时震天而起。

"天啊……"

"炼灵……炼灵……五次！"

"白小纯他……他要干什么?!"

众人全部傻眼了，心中掀起大浪，一个个颤抖着将这个消息传了出去。

如果说之前白小纯这个名字的出现，让一部分人震动，让另一部分人觉得夸张的话，那么，这一幕让那些觉得夸张之人全部屏住呼吸，神情凝重起来。

"什么? 他这么快就将元婴炼灵五次了?!"

"这白魔是什么意思? 他是怎么做到的? 短短的时间，居然有如此魄力! 他活够了?!"

魁皇城内一波未平，一波又起，城池内所有势力都听说了这件事，觉得匪夷所思，一道道身影从城内飞出，直奔石碑而去。

大量神识爆发，从四面八方汇聚而来，笼罩石碑。

而此刻，白小纯的元婴正在巨鬼城的密室里，美滋滋地坐在龟纹锅中，一脸得意。

"哈哈，这种修炼，我实在太喜欢了，这就是实力啊……"白小纯眼中似有星星闪烁，气息都带着一丝激动。他对于自己的这种做法欣欣不已。

尤其是看到元婴身上的五道银纹，感受到元婴比之前强大了太多，他就更激动了。

"这堪比我闭关修炼一甲子岁月。"白小纯大笑，舔着嘴唇，一指六色火。

瞬间，六色火飞来，融入龟纹锅，轰鸣中，璀璨银光出现，炼灵再次开始！

第六次、第七次、第八次……

白小纯没有半点停顿，连续炼灵三次，直接在元婴身上印出了八道刺目的银纹。他的元婴之体变得更为清晰，其内流光溢彩，元婴之体甚至已经毫不在乎这天地间的寒气了。

"太……太强了！"白小纯精神振奋，一指九色火，轰鸣间，随着九色火的融入，他的元婴身上出现了第九道银纹！

这一切没有结束，白小纯心跳加速，继续进行第十次炼灵。当十色火激发的璀璨银光从龟纹锅上爆发时，第十道银纹清晰地印了出来！

这一刻，白小纯感受到自己的元婴更加强大了，这让他兴奋得直哆嗦。他这一辈子很多时候都会想，如果人生能够如此彪悍，那该是一件多么美好的事情！可惜，这些年，他始终没有这种感觉，可眼下，这感觉来了……

白小纯这一次次成功炼灵，让魁皇城众人震骇，心神轰鸣不止，如同有一道道天雷持续不断地轰在他们心头。

他们眼睁睁地看着白小纯的名字从第四变成第三，又从第三变成第二……没有丝毫停顿，直接就成了第一！

那一刻，白小纯对元婴的第八次炼灵完成了……

若仅仅如此也就罢了，可紧接着出现了第九次、第十次……这一幕，让蛮荒魂修们无比震撼，心神仿佛都脱离了身体，飘荡在外。

要知道，这是炼灵元婴啊，与炼灵法宝不一样。法宝碎了，可以再拿一件重新炼，可元婴一旦炼灵失败，就会立刻魂飞魄散，直接死亡！

冥皇可以有那种大气魄，视众人炼灵的情况来定继承人，可对修士而言，那是他们的命啊。

一两次还好说，三次以上失败率大增，越向上就越危险。可今天，他们亲眼看到了一个奇迹！

对整个蛮荒而言，这是不可思议的疯狂之举……

"他……他从第一次炼到第十次，居然没死！"

"该死的，这是什么运气！"

"他这是在找死啊！"

没有人能不被震撼，在他们看来，白小纯就是在玩命，从来没有人敢这么去炼自己的元婴……

此刻，九幽城内，王殿旁的侧殿里响起一声怒吼，一个青年冲出，他身材修长，相貌俊美，但此刻神色扭曲，目中带着焚天怒意。

"白小纯，我周宏九死一生，才将元婴炼灵六次，你居然炼了十次！"周宏大吼，心中苦涩。原本他的目标是公孙易，他觉得自己还有把握去搏一把，最起码也可以追平对方。

可随着消息传来，得知白小纯炼灵十次的成绩，他直接就绝望了……

"他一定掌握了什么手段，否则不可能成功！来人，给我在整个蛮荒内搜寻，找到这个白小纯，找到他！"周宏的声音传遍四方，九幽城内的人都行动了起来，遵从周宏的命令，因为他是九幽城的小王爷！

同样的一幕，同时在蛮荒其他区域的各个炼魂家族上演，但凡是榜上有名之人，这一刻都被震撼了。他们都猜测这里面必定有问题，于是搜寻白小纯的行动立刻就扩散至整个蛮荒。

在四大王城中的斗胜城内，一间坐落在孤山上的茅屋里，盘膝坐着一个青年。青年剑眉星目，认识他的人都知道，他向来神色平静，有其孤傲之处，可如今，他已面色苍白，眼中流露出一丝难以置信。

"白小纯……"半晌，青年低头看着手中的骨简，有些不甘心。因为他是最强之王斗胜王的独子——公孙易，是蛮荒这一代中，仅次于红尘女的第二强者！

第 674 章

彻底轰动

不仅是九幽城、斗胜城轰动，灵临城同样如此。只不过灵临王的子嗣太多，仅仅直系子嗣就有上万了，资源相对分散，其中虽也有骄子，但没有如公孙易、周宏般的天资卓绝之辈，只有一个女儿撑门面。

巨鬼城的人也知道了魁皇城内发生的事情，顿时议论纷纷。

可这一切白小纯并不知道，他此刻依旧乐呵呵地盘坐在龟纹锅内，因这场速度近乎达到极致的修炼而得意。这时，他双眼一亮，一指十一色火。

"嘿嘿，继续修炼。"

龟纹锅光芒闪耀，这一次不再是银光，而是金光，轰鸣中，白小纯的元婴上那十道银纹消失，化作一道金纹！

金纹的出现，立刻让白小纯的元婴膨胀。白小纯忽然吸了口气，想起炼灵十次后的变化，有些不安。

"我的元婴不会变成其他样子吧？"白小纯有些紧张。等到金光消散，他赶紧低头查看自己的元婴，发现元婴并没有本质上的变化，这才松了口气。

"元婴更强了……这样下去，炼灵十四次后，我应该会达到元婴初期巅峰。如果按照正常的方式修炼，就算有顶级功法，也需要上百年啊……"白小纯想到这里，觉得这次机会实在难得，便没有迟疑，开始第十二次炼灵！

轰隆声中，第二道金纹出现，随后是第三道、第四道！

当第四道金纹出现后，一股强悍的冲击之力猛然从白小纯的元婴上爆发，似要突破，从元婴初期踏入元婴中期！

这冲击之力不小，可还是差了一些，数次之后，白小纯也不得不放弃，双眼睁开后，露出摄人的光芒。

光芒夺目，与之前他刚踏入元婴时比较，差距极大！

"已经到了极限，不过炼灵第十五次后，必定可以突破，踏入元婴中期。"白小纯默默低语，元婴一晃，回归肉身。

与此同时，魁皇城的石碑上，排在第一位的白小纯，其名字后的数字也成了十四。所有看到这一幕的魂修全都傻眼了，他们无法想象，如果最终白小纯成了蛮荒的冥皇传承人，那将产生一场怎样的风暴，又是多么荒诞！

这一切，似乎已经没有悬念了……

就在这时，魁皇城内，一道天人气息爆发！

这气息让天地剧变，祥云碎裂，云层内的那些巨龙也瞳孔收缩，飞速隐去。一道身影蓦然从巨鬼军团所在之地冲天而起。那是一个女子，相貌绝美，身姿婀娜，可偏偏一脸煞气，凤目带着杀意与疯狂，正是……红尘女！

她早已恢复修为，原本是在闭关，不知道外面的事情，可她麾下的将领知道她与白小纯之间有深仇大恨，所以通过传音禀告了一切。

得知那该死的白小纯的消息后，红尘女直接就发狂了。此刻，她直奔冥皇石碑而去，刹那降临。她死死盯着石碑上第一行的名字，身体哆嗦，身上的煞气尽散。

众人一看到红尘女，顿时面色大变，赶紧低头抱拳行礼。他们都知道红尘女作为新晋天人，天资卓绝，战力不俗。

"白小纯……白小纯……"红尘女猛地抬头，面色阴沉，眼神冰冷。看到石碑的瞬间她就明白，白小纯必然炼成天道元婴了。

想到这里，她怒火中烧，立刻拿起玉简，传令麾下军团。

"不惜代价，找到白小纯！我要活的！"

整个军团顿时行动了起来，一道道身影在军营中穿梭，一道道命令立刻下达，巨鬼军团显然是要遵从红尘女的命令，去找白小纯。

与此同时，魁皇城内还有一个女子也在关注冥皇石碑。与红尘女不一样，这女子目中没有冰寒之意，而是带着焦虑与担忧。

她正是……逆河宗的陈曼瑶！

陈曼瑶是蛮荒之人，其师尊更是来头极大，所以她在魁皇城内地位超然。可她永远也忘不了在逆河宗的一幕幕，忘不了星空道极宗之事，还有在那艘船上发生的事……

她回到蛮荒这些年，脑海里总是会出现一个又一个熟悉的身影，其中白小纯的身影出现的次数最多。

当初，得知白小纯失踪，甚至极有可能死去后，她沉默了，内心的酸楚与悲伤让她消沉了很久，可她毫无办法。

但就在之前，听说石碑上出现了白小纯的名字，她呼吸急促，双目亮了起来。

"小纯……你在哪里？"

同一时间，魁皇城中，皇宫内，当初传出一道法令，便让这一代魁皇去闭关，这位挟天子以令诸侯的大天师缓缓睁开了双眼。

苍穹上巨龙骇然，大地震动，魁皇城内所有强者都开始颤抖，纷纷收回神识，不敢触犯其威严。

大天师从苍穹俯视，目光落在了冥皇石碑上，落在了排在第一的名字上！

许久，大天师收回目光，但很快就有一道法令传遍蛮荒——

"找到白小纯，将他带来见我！"

这法令不是以大天师的名义传出的，而是这一代魁皇的圣旨。如此一来，就算是四大天王，也只能遵旨……

一场席卷整个蛮荒的寻找白小纯的风暴，就此展开。

此刻，白小纯缓缓睁开双眼，密室内如有闪电划过，一股元婴的威压从白小纯身上散开。

白小纯深吸一口气，脸上浮现喜色。他仔细检查了身体，发现的确是元婴初期大圆满的样子，这让他更为激动。尤其是看到元婴上那四道金纹，他就忍不住得意起来，袖子一甩，将密室大门打开，便大摇大摆地走了出去。

他正琢磨着要去招摇一番，让众人知道自己已经不是以前的结丹修士了，于是将神识散开，笼罩四方，可就在这时，白小纯面色大变。

他通过神识听到众人议论纷纷，而众人所谈到的名字，将白小纯吓得一激灵，炫耀之心、喜悦之情在这一刻都烟消云散，只剩下惊慌与恐惧。

"听说了吗？白小纯出现了！你不知道白小纯？我跟你说……"

"元婴炼灵十四次啊，这也太疯狂了，此人身上必有重宝啊！"

"魁皇下旨了，就算翻遍整个蛮荒，也要将此人生擒……就该如此，不然的话，他要是成了冥皇继承人，那就是天大的笑话了。"

这一段段谈话让白小纯脸上血色尽失，整个人吓得险些跳起来，紧接着，他一个踉跄，就明白自己遗忘了一个关键点——炼灵元婴者，名字会出现在冥皇石碑上！

"出大事了……"白小纯欲哭无泪，心底后悔，自己这真是在作死……

他内心惶惶不安，赶紧打消了炫耀的想法，甚至打定主意，死都不把元婴修为显露出来让人察觉。好在他的面具已炼灵多次，隐藏之力惊人，而且他始终没在隐藏之力上放松，所以，此刻他虽成就元婴，但外人看不出究竟。

他快速调整面具的隐藏之力，使得自己看起来不像元婴初期大圆满，而是一副刚踏入元婴的样子。

他刚做完这一切，远处就有几道长虹呼啸而来，正是巡逻队的魂修。魂修刚一靠近，立刻就冲着白小纯抱拳一拜。

"王爷有令，白总管出关后，立刻见驾！"

"啊?!"白小纯身体一哆嗦，内心咯噔一声，吓得再次脸色一变。

第 675 章

这个老家伙

一想到巨鬼王那不怒自威的面容，还有如同能看透心神的深邃目光，白小纯就哆嗦。

"完了完了……"他心中万分后悔，千不该万不该，自己不该嘚瑟地去炼灵元婴，如今闹得天下皆知。他害怕得双腿发软，想到这后果，他更是心脏狂跳……

好在他戴着面具，而且这些年来经历的事情不少，虽然怕死的性格依旧如初，但在演戏上无师自通，极具天赋。

"巨鬼王应该不知道我的真实身份，否则就不会让人来召见我了。而且，我这面具玄妙，戴上后外人根本就看不出我的修为波动……"白小纯深吸一口气，不断安慰自己。他脸上不露丝毫，背着手，微微点头，在巡逻队魂修恭敬的引导下飞向巨鬼王殿。

一路上，白小纯看似如常，可心中浮现无数念头，最终有九成把握，巨鬼王这一次召见自己只是巧合，并非知道了自己的身份。

他内心这才平静了一些，可一想到还有一成的可能会遭遇生死危机，他还是不安。此刻他只能故作镇定，争取让自己看起来如常，随着巡逻队的魂修到了巨鬼王殿外。

那些巡逻队的魂修对白小纯很敬畏，到了此地立刻低头一拜，纷纷离去。白小纯站在王殿门前，深吸一口气后，快步走了进去。

他刚一进去，立刻就听到大殿内传来无常公的声音：

"王爷，鬼王花至今未开……与大天师沟通之后，大天师始终没有同意将炼魂壶只对我等开放……"

"再去找大天师，就说我巨鬼王愿意欠下一个人情！"

"尊王命，我这就去处理。"无常公神色肃然，向着巨鬼王抱拳一拜后，转身便看到了走入大殿的白小纯，脸上露出一丝笑容，微微点头示意，这才离开。

等到无常公走了，白小纯看着坐在王椅上的巨鬼王，忍着内心的忐忑，赶紧上前几步，抱拳深深一拜，大声开口：

"卑职参见王爷！"

巨鬼王面色阴沉，似有心事。此刻目光随意在白小纯身上扫过，只是一眼，他就轻咦一声。

"突破了？"巨鬼王目中流露出一丝赞赏，又看了白小纯一眼后，目中的赞赏却变成了疑惑。

以他的阅历与敏锐的洞察力，他隐隐看出白小纯有些紧张，这让他疑惑。要知道，之前白小纯在面对自己时没有掩饰这份紧张，可如今竟在掩饰……

白小纯立刻就看出了巨鬼王目中的疑惑，他内心猛地一震，忽然意识到自己的错误。他如今修为突破，神色不该是平静的，这不符合他的性格……

此刻，他内心咯噔一下，更加紧张，脑海中的念头飞速转动。没有半点迟疑，他立刻就选择将自己的紧张感再次放大，使得全身颤抖，似乎忐忑不安，甚至不敢去看巨鬼王的眼睛。

巨鬼王目光深邃，盯着白小纯，一言不发，一股压抑感立刻充斥整个大殿。慢慢地，白小纯身体颤抖，额头都流下汗水，整个人似乎都支撑不住了……实际上的确如此。白小纯觉得随着巨鬼王的沉默，四周的空间都在压缩，仿佛要将自己碾压成齑粉。

"王爷，这真不是卑职的错啊……"在压抑的气氛中，白小纯哆嗦着哀号起来。

"卑职也不想这样啊，实在是那三大家族当日对卑职下手太狠，若非卑职命大，怕是早就被他们灭了……尤其是白家。所以，卑职没忍住，明知道王爷另有安排，可还是暗示别人去打压……"白小纯哭丧着脸，似乎害怕得不得了。

巨鬼王一愣，有关白小纯暗示别人去打压三大家族之事，他之前就有耳闻。此刻看着白小纯那紧张的样子，他顿时啼笑皆非，明白白小纯是误以为自己要问询此事，所以紧张。

"胡闹!"巨鬼王瞪了白小纯一眼。

这立刻就让白小纯松了口气,可表面上,他还是眼巴巴地看着巨鬼王。

巨鬼王看着白小纯,知道他委屈,却没有多说,而是随意开口:

"这次召你来,是因魁皇下旨,通缉星空道极宗边城的万夫长白小纯。此事交给你去处理好了,若白小纯出现在我巨鬼王势力范围内,你就将其擒来。"

白小纯神色一凛,没有半点迟疑,立刻抬头挺胸,大声道:"王爷放心,来的时候,卑职已经听到大家谈论这个白小纯。哼,只要白魔敢出现在我巨鬼城范围内,卑职必定将其拿下!"

白小纯这番话语说得斩钉截铁,巨鬼王满意地点了点头。

"也不是什么大事,若遇不到也就罢了,遇到后也要谨慎一些。不过,你如今修为突破,这是好事,就算遇到白小纯,你将其生擒的把握也会大不少。"巨鬼王叮嘱道。

"说起修为突破,这还是多亏了王爷啊……若非王爷让卑职闭关修行,卑职也很难突破。王爷实在是英明神武、绝世无双。当日王爷一番话让卑职精神大振,仿佛吃了灵丹妙药一样,还请王爷以后多多召见卑职,这样一来,卑职的修为也能提升得更快啊!"白小纯脸都不红一下,拍马屁的话不假思索地就说了出来。

听着白小纯的恭维,巨鬼王哼了一声,不过也心头暗爽,毕竟眼前这个家伙可是胆大妄为之辈,当初拍自己脑袋时嚣张无比,而事后的转变,巨鬼王也看在眼里。他是半神,高高在上,有实力掌控一切,曾经的事情已了,作为半神,他有这种胸襟和气度。就连那些法宝,在他恢复修为后,一动念也全部收回了。

实力为尊,在自己面前,白浩再强也得鞍前马后。不时听听对方的马屁之言,巨鬼王还是很享受的。

至于白浩顺利结婴之事,他也没有深究,更没有将他与那从未见过的通缉犯白小纯联系起来。不是他脑袋不灵光了,而是白浩的背景清清白白,他很难将两人联系到一起。

虽然白浩与通缉犯白小纯结婴时间接近,但巨鬼王明白,有了对自己魂血的体悟,白浩顺利结婴也没什么好奇怪的。白浩是自己的属下,权力都是因王恩浩荡而获得的,实力自然越强越好,连那古怪的乌龟他都没去探寻究竟。此刻,他一挥手,让白小纯退下。

白小纯内心彻底放松，后退几步正要离去，却迟疑了一下，琢磨着既然要演戏，那就演得彻底一些。于是，他再次转头，偷偷看了巨鬼王一眼，张开嘴似乎要说些什么，却忍住了。

　　"又怎么了？"巨鬼王也看到了白小纯的表情。

　　"王爷，那三大家族，是不是要去威慑一下？"白小纯眼巴巴地看着巨鬼王，似乎有些不甘心。

　　巨鬼王看了看白小纯，沉吟片刻。对于三大家族，他的确另有安排，毕竟白家天人老祖与陈家天人老祖拥有天人修为，对他来说也有用处。他明白，就算没了这三大家族，以后也会有其他家族，而且，他觉得以自己的身份，不好去找那些小喽啰的麻烦。

　　可白小纯的想法，他也要考虑。沉吟中，他脑海里浮现出当日三大家族追杀自己的一幕幕，于是目光闪动了一下。

　　"你的确受委屈了……这三大家族屹立数千年，底蕴极深，或许这才是他们此番敢于叛乱的底气……"巨鬼王大有深意地看了白小纯一眼。

　　白小纯一怔，仔细琢磨这句话，忽然眼睛一亮，心跳加快，暗道："所谓底蕴极深，这意思莫非是说三大家族财富雄厚？"

　　这难道是暗示自己……可以去抄家？这是对自己之前为巨鬼王出生入死的奖励？

　　白小纯想到这里，精神亢奋，可还是有些不确定，于是试探地说了一句："王爷放心，卑职有一双火眼，三大家族底蕴藏得再深，也逃不过卑职的眼睛，就算掘地三尺，卑职也给它挖出来。"

　　巨鬼王面无表情，装作没听到，闭上了眼，心中却对白小纯能领会自己的意思十分欣赏。

　　巨鬼王的姿态立刻就让白小纯精神抖擞，他明白，对方这是默认了……白小纯一想到三大家族之前对自己的追杀，又想到此番自己华丽转身，心情就激荡起来。

　　"抄家啊，我从来没干过这种事，还是抄仇人的家，真是太刺激了。不过，巨鬼王没有直接下令，显然是让我不要做得太过……"白小纯精神振奋，立刻抱拳，转身兴致勃勃地就要离开大殿。

　　可就在白小纯要走出大殿时，王椅上的巨鬼王似随意地喃喃低语了一句：

　　"陈家着实可恶，尤其是那陈家族长，艳福不浅，竟敢私炼禁幡……哼！"

这句话听似呢喃，却偏偏清晰无比地传入白小纯的耳中。

白小纯一愣，脚步停顿下来，眼珠子转动一圈。他仔细琢磨后，觉得这话里的重点除了禁幡外，更重要的是"艳福不浅"这四个字……

"这个老家伙！"白小纯立时明悟，内心嘀咕一句，表面上却正气凛然，装作没听到，迈步走出。

白小纯离开后，坐在王椅上的巨鬼王抬起头，遥望远方，右手五指飞速掐诀，似在推算什么。

半晌，他皱起眉头，喃喃低语：

"还是算不出来，不过，按照时间推算，这炼魂壶……也应该到了鬼王花开的时候。"

第 676 章

抄家

出了大殿，白小纯抬头看向三大家族所在的方向，脸上露出傲然之意。他与三大家族之间的恩怨看似不多，但三大家族对他的杀意却从来没有减少丝毫。

之前白小纯是狱卒，无法报仇，后来又成了犯人，更是难以做到。可现在不一样了，他是巨鬼城的白总管，更有王命在手。

"召陈海天侯！"白小纯袖子一甩，立刻开口。

随着他的话语传出，四周的巨鬼城侍卫纷心神一震，立刻听令，急速而去。

白小纯就站在巨鬼王大殿外，看着苍穹，背着手，等待陈海的到来。同时，他取出传音玉简，直接向周一星传音。

"给我将三大家族钉好了！"

"主子放心，早就安排完了，尤其是陈家……如今人心惶惶，其族人为了自保，也开口了，这陈家竟把家族财富分散转移了……"

白小纯一听这话，立刻交代一番，这才气定神闲地背着手等待着。

没等多久，一道长虹从远处急速而来，瞬间临近，化作一个身材略胖的中年男子。

这中年男子正是之前没有参与叛乱，保持沉默的四大天侯之一陈海，也正是他，送了白小纯一座宅子，甚至在白小纯耀武扬威的那些天，又送出了大量财物。

此刻，陈海看了看白小纯身后的王殿，立刻神色肃然，向着白小纯抱拳一拜。

"白总管，请吩咐！"

"陈天侯，召集你麾下人马，随本总管走一趟！"

白小纯做过万夫长，此刻淡淡开口，身上竟自然而然地散发出一股威严，立刻就让陈海心神凛然，他又看了看白小纯身后的王殿，连忙称是。

陈海没有半点迟疑，立刻传令，很快就召集了两万魂修。一群人浩浩荡荡，随着白小纯与陈海飞出巨鬼城。

这一幕，立刻就让巨鬼城内各方势力心中忐忑，尤其是发现这两万魂修所去之处居然是三大家族中的蔡家后，所有人都知道——报复，来了！

巨鬼城外，苍穹上，两万魂修气势滔天，一个个杀意弥漫。他们的前方，白小纯背着手，神色倨傲，内心的得意与激动让他有些恍惚，仿佛回到了边城，自己还是万夫长的时候，一声令下，麾下修士齐动如山。

"白老弟，老哥我服你了！"陈海在白小纯身边竖起大拇指，感慨道。

"白老弟乃人中之龙啊，老哥我这些年看到过太多人掌权后根本就驾驭不住，可白老弟你竟有如此气势，这可不简单啊！这说明白老弟你就是我巨鬼城的麒麟天骄！

"在两万魂修的注视下，白老弟岿然不动，如定海神针一样，这种定力，恐怕就连一些皇子也没有。"陈海带着尊敬之色，脸上的肥肉随着话语颤动，话语虽是奉承之言，却给人一种言之凿凿之感。

白小纯内心受用，听到陈海的话后，心中更加舒坦，觉得陈海还是很有眼光的，于是脸上露出笑容。所谓花花轿子人抬人，白小纯也顺势回了几句，一个有心讨好，一个做人圆滑，二人自然相谈甚欢。

不过，白小纯也在思索这一次该如何抄家，巨鬼王没有直接下令，自己也不好强行抄家，那样的话，吃相会有些难看。

"不强行抄家，我也有办法掘地三尺来报仇！"白小纯念头一转，看了看储物袋，想到了小乌龟，于是有了主意。

很快，众人就到了三大家族之一的蔡家。之所以首选蔡家，没有其他原因，只是因为蔡家距离较近。

此刻，整个蔡家都紧张无比，被愁云惨雾笼罩，所有族人都在颤抖。蔡家族长更是面色苍白，带着所有族老走出大门，站在那里，恭恭敬敬地迎接白小纯等人。

当初追杀白小纯的蔡家天骄，此刻不停地哆嗦，目光闪躲，人群内那个与白小纯斗富的纨绔子弟，如今更是已经面如死灰。

这段日子，他们的压力极大，每天担惊受怕。老祖已死，他们随时会面临灭顶之灾，整个家族都快要崩溃了。

此刻接到消息，得知白小纯亲自带人过来，蔡家众人心神悸动起来，可那蔡家族长以及几个族老心中还残存一丝镇定。

毕竟，若巨鬼王真要灭了他们，也不会等到现在了……

白小纯与陈海带着两万魂修，如黑云一般，从远处呼啸而来，刚一靠近，陈海便威严地大吼一声：

"封锁四方，没有白总管的命令，任何人不可进出！"

此言一出，两万魂修立刻散开，直接将蔡家城围住，彻底封锁。这一幕立刻就让蔡家众人心惊屏气，族长等人面色不断变化，却只能忍下，忐忑地向着白小纯抱拳一拜。

"拜见白总管、陈天侯。"蔡家众人纷纷行礼。

白小纯没有理会，而是转头故作不悦地看着陈海。

"陈天侯，白某此次到来，可不是为了灭门，你把蔡族长吓到了。"

"白总管说得是，可卑职有军令在身！"陈海肃然道。

白小纯摇头，走向蔡家族长，摆出一副无奈的样子。

"无妨，陈天侯也是有军令的，我们理解。白总管，有什么事，我们进去说吧。"蔡家族长岂能看不出白小纯与陈海一唱一和？可看出来了也没用，他内心苦涩，表面上还要领白小纯的情。

白小纯没有立刻踏入蔡家，而是干咳一声。听到咳嗽声，陈海顿时神色更为严肃，向着身边低吼一声：

"所有元婴将领，护卫白总管！"

他话语一出，两万魂修中立刻飞出数十道身影，全部站在了白小纯的身后。

白小纯再次不悦，似乎想要说些什么，却叹了口气，向着蔡家族长苦笑一声。

"没办法，不是白某信不过你们蔡家，是王爷将白某的安危看得太重了。"

"是是是，白总管对我巨鬼城极为重要，绝对不能出任何岔子。蔡某理解，理解……"蔡家族长内心苦涩，低头道。

"走吧，我们进去说。"白小纯袖子一甩，心情激昂，享受着位高权重的感觉，率先走进蔡家。

那些元婴魂修立刻跟着踏入蔡家，守在四周，只要蔡家有丝毫不轨之心，他们立刻就会出手，保护白小纯。

这种气势让蔡家众人身体发寒，内心震颤。尤其是那蔡家天骄，赶紧低头，生怕白小纯看到自己。

蔡家族长既憋屈又无奈，快走几步，与一众面色苍白的族老一同跟在白小纯身旁，进了蔡家主殿。

"蔡族长，此番白某到来，与公事无关，实在是听说蔡家拥有千年底蕴，想来参观一下。"到了主殿，白小纯坐在上首，微微一笑。

"我懂，白总管稍等。"蔡家族长深吸一口气，挤出笑容，立刻转头交代下去，很快就有族人颤身端着一个流光溢彩的魂瓶进来。

这魂瓶不大，如普通花瓶一般，可只是目光扫过，所有人都能看出这魂瓶不俗，显然品质极高，尤其是上面的那道金纹，显示这魂瓶被炼灵了十一次！

"白总管，这魂瓶是我蔡家重宝，还请白总管品鉴。"蔡家族长接过魂瓶后，恭敬地放了白小纯的面前。

白小纯神色如常，拿起魂瓶，打量了几眼，神识扫过后，看出这魂瓶不俗，其内更是有上亿冤魂。这显然是一份大礼，他怦然心动，可一想到蔡家家大业大，自己来了，竟只给一亿冤魂，内心就有些不悦了。

他面色一沉，体内修为爆发，右手发力，轰的一声，这炼灵十一次的魂瓶竟直接被他捏碎，里面的上亿冤魂顿时爆发出来，四下逃窜。众人神色大变，好在此地元婴魂修众多，他们立刻出手，很快就将这些冤魂镇压。

"蔡族长，白某虽不算什么炼器大师，但修行这么多年，你真以为我不识货？拿这么一个魂瓶就想来糊弄我！"白小纯抬起头，冷冷地看着蔡家族长。

第 677 章

请白总管鉴赏

"白总管息怒……"蔡家族长内心咬牙，可表面上只能小心翼翼地起身。

他身边的族老都沉默了，内心有不安，也有不忿。看到白小纯直接将魂瓶捏碎，他们就意识到，今天的事恐怕不能善罢甘休。

对方的意思很明显，命可以保，但蔡家的千年底蕴，不能留！

"这只是第一件，白总管稍等，后面还有。"蔡家族长艰难地开口，他明白了白小纯的意思，此刻深吸一口气，立刻就安排下去。

很快，族人再次上前，这一次送来的是整整五十个魂瓶，白小纯看了一眼，心脏咚咚地跳着。

"千年底蕴啊……"白小纯有些口干，强行收回目光，皱起了眉头。

此刻，蔡家族长的心在滴血，可他知道今天若不大出血，家族就危险了，于是狠狠一咬牙，传音出去。很快又有族人上前，这一次放在白小纯面前的，是一百个储物手镯！

这一百个储物手镯内居然都放着魂药……其数量之多，一时间都无法计算，看得白小纯心惊肉跳，同时，他对拥有千年底蕴的炼魂世家终于有了更直观的了解。

可他的眉头依旧皱着，神色透着些不悦。

这一幕，让蔡家族长心里苦似黄连，这些物品可是蔡家积累了千年的重要底蕴。不过，一想到蔡家的危机，他就只能忍着心痛，再次传音。

不多时，陆续有族人从外面心惊胆战地进来，送上一件又一件物品，其中仅仅是法宝就有上千件，炼灵之宝也越来越多。白小纯却面色铁青，猛地站起身。

"蔡族长，白某到此，是来替你们蔡家消灾解难的，看来你真没把我白浩放在眼里，就拿这些垃圾让我欣赏？好好，此事我不管了！"白小纯袖子一甩，冷笑几声，作势就要走出蔡家。

蔡家族长面色变了又变，心中的憋屈在这一刻似乎快无法压住了。他已经拿出不少宝物，可对方居然还不满意，这些物品已经是他能拿出的极限了，至于想拿出其他宝物……那就真的会动摇家族的根本，不是他能决定的。

就在这时，蔡家族长身边的大族老深吸一口气，他知道此刻至关重要，老祖已陨落，他们蔡家与其他两家不一样，若还不舍财富，必将有大祸降临，门灭族亡。此刻，他强行挤出笑容，猛地走出一步。

"白总管请留步，我蔡家还有不少宝物需要白总管帮忙鉴赏——老三，去将内库打开，将里面的物品拿出来……全部！"蔡家大族老转头看向身边另一个族老。

那族老神色一阵变化，最终轻叹一口气，低头离开。

白小纯脚步一顿，心底也很期待。说实话，如今对方拿出的这些宝物就已经让他心惊了，此刻听到还有宝物，他立刻心中一动，表面上则神色缓和了一些，重新坐了下来。

很快就有族人颤颤巍巍地哆嗦着上前，送上一座小塔！

这小塔不是魂塔，而是用木头制成。白小纯神识扫过，心神顿时一阵晃动，这里面竟然存放着多色火……至少是十色火，甚至还有六团十五色火！

很快，族人送上一枚骨简，里面印的是蔡家十五色火、十六色火乃至十七色火的配方。随后，蔡家族人再次出现，拿给白小纯的……竟是一个天人魂！

这天人魂是火属性的，放在一个水晶盒内。看着天人魂，白小纯终于神情和霁地缓缓吸了一口气……

这气息的变化让敏感的蔡家众人内心一松，蔡家族长的心早已痛得无法形容，如今这些宝物，可以说是家族千年底蕴的一半了。

看着摆放在白小纯面前的这些物品，就算是保护白小纯的那数十位元婴魂修也心神震动，目光炽热。

至于陈海，他没跟着进来，而是在外面等待，否则，怕是连他也会吃惊得吸气。

"白总管可还满意？"蔡家大族老缓缓开口。

白小纯舔了舔嘴唇，心脏跳动的咚咚声仿佛天雷，可他没有立刻回答，而是摸了摸储物袋，没有取出物品，像是在等待着什么。

随着白小纯的沉默，蔡家众人刚刚放下来的心又提了起来，一个个紧张地看着白小纯。

时间流逝，等了许久，白小纯也着急了。他之所以有把握，是因为在来的路上他已与小乌龟传音。这找宝贝这种事情上，小乌龟比他擅长。小乌龟一听此事，也很来劲儿。只是眼下，却不见小乌龟传音。

眼看所有人的目光都落在自己身上，白小纯干咳一声，忽然开口：

"蔡族长，当初你们在巨鬼城内追杀我一整天……让我担惊受怕，我都没心情修炼了。"白小纯叹了口气。

蔡家族长眼皮一跳，看了看身边的大族老。

大族老面色阴沉，狠狠咬牙，转头看向四周族人。

"每个人，把自己身上的魂药都拿出来。"

蔡家族人赶紧取出魂药，他们此刻已不在乎这些身外之物了，只要白小纯能离开，比什么都好。

很快，所有族人的魂药都堆积在白小纯面前。大族老之所以这么做，就是因为要用行动来告诉白小纯，他们真的什么都没有了。

白小纯也有些尴尬，可小乌龟还没传音。这不对劲，很有可能蔡家还藏着重宝……于是他又开始咳嗽起来。

"你们太客气了，说来白某也惭愧啊，前些日子，把你们的魂场给烧了……想起来也挺可惜的，心里愧疚啊。"白小纯叹了口气，摇头道。

蔡家族长脸上青筋鼓起，他算是看出来了，这白浩是真狠啊，这是要扒皮啊……可他还能怎么办？只得猛地起身，果断开口：

"区区几处魂场算不得什么，白总管不用愧疚，那些魂场从现在开始就是您的了，您想烧就烧吧。"

眼看蔡家如此果决，连魂场都送给自己了，白小纯也不知道再怎么开口了，琢磨着应该差不多了……可就在这时，小乌龟激动的声音在白小纯的脑海里回荡：

"白小子，龟爷我找到了一个大宝贝啊！天啊，蔡家居然有如此重宝，此物就算是在通天河区域内也很少见，在蛮荒更是无价啊……"小乌龟激动不已，立刻描述一番。

白小纯听到后眼睛一亮，神色却渐渐阴沉下来，转头看向蔡家族长和蔡家大族老。

蔡家众人眼看白小纯的神色再度阴沉，不禁心中咯噔一下。

"蔡族长，听说你蔡家……有一尊灵玉雕像，白某很想欣赏一下。"白小纯缓缓道，目中露出一抹寒意。

这句话一出，其他族人还没什么，可蔡家族长与蔡家大族老瞬间脸色大变，身体都颤抖了起来，眼中流露出难以置信的目光。

灵玉雕像，这是蔡家最大的秘密。整个蔡家，只有他们二人与老祖知道，其他族人毫不知情。他们自信，就算是半神也无法察觉，可没想到，白小纯竟然知道了。

而显然，白小纯不可能是自己察觉的，那么唯一的解释……就是巨鬼王透露给他的。巨鬼王怎么会知道？只有一个可能——他是从老祖那里知道的！

二人内心狂震，苦涩地对视一眼，这灵玉雕像实在太重要了，可以说它才是蔡家真正的底蕴所在，乃镇族之宝。此物可让蔡家族人的修行速度比其他族人快很多！

只是到了如今，他们就算不甘心，也不敢不拿出来……蔡家族长似乎一下子失去了力量，瘫坐下来。大族老长叹一声，身体一步走出，消失无影。很快，他再次出现，袖子一甩，一尊一丈多高、貌似女子的灵玉雕像立刻出现在白小纯面前。

在灵玉雕像出现的刹那，霞光满天，一股浓浓的灵气，在这贫瘠的蛮荒天地内，竟扑面而来！

这一幕，立刻让四周所有人内心狂震，呼吸粗重而急促，一个个贪婪地盯着灵玉雕像！

第 678 章

暗度陈仓也没用

整个天地内的灵气皆来自通天河流域，而在这远离通天河流域的蛮荒里，没有灵气。

所以蛮荒修士不得不改变自身体质，使之可以吸收魂药，从蛮荒那无尽冤魂中吸取灵气供自身修行。

可世事无绝对！

在这天地间还是存在一些宝物，能在小范围内散发出堪比通天河流域的灵气，灵玉雕像就是这样的宝物。

它所在的地方，方圆千丈内，灵气极浓，甚至堪比星空道极宗，这让白小纯也心惊不已。他站在灵玉雕像旁，体内修为好似久旱的大地，沐浴在甘甜雨露之中，那种全身舒爽的感觉，让他心旌摇曳，双眼冒光。

"宝贝啊！"白小纯立刻就意识到，这尊灵玉雕像才是蔡家真正的底蕴。此刻看到蔡家族长与大族老那苍白的面色，白小纯更为激动。

"发达了……"想到这里，白小纯袖子一甩，立刻就将灵玉雕像收进储物袋。

随着灵玉雕像的消失，此地的灵气消散，蔡家所有族人面色急速变化。

他们此刻都很不平静，在这之前他们不知道家族内有如此至宝，眼下却彻底明白，这件至宝已经不属于蔡家了。

可与家族的生死存亡比较，这些外物，他们只能放弃……

"唉，你们蔡家的宝贝太多了，我一时半会儿也鉴赏不完啊。"白小纯转过头来，看着四周堆积的宝物，叹了口气，为难地看了看蔡家族长。

蔡家族长内心早已咒骂起来，知道这白浩分明是既要抢自己家族的宝物，又要让自己主动开口奉上，这根本就是强取豪夺！

可这番话语，他只敢在心底吼，表面上还是要挤出比哭还难看的笑容，控制着情绪赶紧开口：

"无妨，白总管能欣赏我蔡家这些宝物，是我蔡家的荣幸啊。白总管可以把它们搬到您的府上，慢慢鉴赏，我们不急……"

白小纯立刻眉开眼笑，露出赞赏与满意之色，又客套一番后，大袖一甩，声音传出：

"盛情难却，我一定要仔细地慢慢品鉴。来人啊，都给我搬走！"白小纯话语一出，四周那些元婴魂修神色古怪，纷纷上前，将这些物品全部收走。

眼睁睁地看着他们将作为家族底蕴的物品拿走，蔡家族长眼圈发红，勉强压制心中怒火，强颜欢笑。

"既然如此，白某就先行一步，蔡族长留步！"白小纯哈哈一笑，向着蔡家族长一抱拳，转身满面红光、大摇大摆地走了出去。

他虽说不用送，但蔡家族长内心长叹一声，既然自己已经屈服，就索性彻底一些，于是快走几步，恭送陪伴。

那些元婴魂修时刻守护在白小纯左右，一行人直接出了蔡家大门。陈海在外面等候，一副尽忠职守的样子。看到白小纯安全出来，他立刻上前，冷冷地望着蔡家众人，似乎只要白小纯一句话，他就立刻出手灭了蔡家。

他这样子虽夸张，也让白小纯觉得眼熟，但白小纯还是很享受，便转头拍了拍蔡家族长的肩膀，春风得意地笑了起来。

"蔡族长，你太客气了，不用送了，等以后我有时间，再来这里找你们聊天。"白小纯内心得意无比，一闪身，直奔天空而去。

陈海立刻跟随左右，其他修士也齐齐飞出。很快，在蔡家众人惴惴不安的注视下，两万魂修全部离去。

眼看白小纯等人走远，蔡家族长脸上青筋鼓起，再也压制不住猛地大吼一声，目中带着悲愤，更有苦涩，他身边的族老也沉默不语。

"罢了罢了，他们拿走了我蔡家的千年底蕴，也正说明我们避过了这一次的灭门之灾。"蔡家大族老长叹一声，似乎苍老了不少。

很快，各方势力就听说了蔡家之事，一个个神色变化，对白小纯更为忌惮，同时，他们纷纷将目光投向另外两个家族。

显然，这件事还远远没有结束。蔡家被狠狠剜了一刀，接下来……就是陈家与白家了，陈家或许还好一些，可白家……

"白家，怕是要完了！"

巨鬼城各方势力都心中有数。此时，白小纯一行人正气势汹汹地直奔陈家城所在之地。一路上，白小纯的传音玉简多次振动，每次他都拿在手里，似在传音。

一旁的陈海观察了半晌，有心去问，可又觉得不好直接开口，于是试探着问了一句："白总管，蔡家之事怕是早就传开了，陈家估计会有准备，我们要不要加快速度？"

"无妨，此事白某早有计划，咱们慢点更好。"白小纯笑着开口，没有解释，而是拿着玉简再次传音，这才不慌不忙地带着众人向陈家飞去。

陈家的确早有准备，实际上，之前陈家天人老祖已经做了最坏的打算，也早有相应的安排。所以，现在陈家正不遗余力地转移家族资源，不但暗中将部分族人送走，而且将家族大部分财宝分作数份，送去一处处明面上不属于他们家族的部落中藏着。

这些部落，表面上与陈家没有丝毫关联，可实际上多年前就已经被他们掌控。

如今，得知蔡家出事，陈家众人提心吊胆。陈家族长与一众族老聚集在陈家祖殿内，面色阴沉，呼吸极不平稳。

"应该不会出问题的，自从得知老祖被关押后，我们就开始遣散族人、分散财宝了……

"而且，为了不被发现，我们不但将财宝分成数份，更是让族人隐藏行踪，估计现在……那些族人都到那些部落了……

"不过，我们是不是搬起石头砸了自己的脚？巨鬼王似乎没有灭我满门的打算，只是要削弱我们，一旦发现我们将财宝转移……

"哼，老祖只是被关押，我陈家与蔡家不一样，不能坐以待毙！"陈家族长咬牙开口。之前是他坚定地要将家族财宝分散转移，所以，此刻他虽惊疑不定，但也只能咬牙挺住。

陈家众人正紧张地商议对策，忽然，远处传来阵阵破空之声。众人面色一变，走出大殿，立刻看到远处天地间如黑云一般翻滚而来的两万魂修。

这两万魂修似轻车熟路，刹那降临，直接将陈家团团包围，随后让开一条大路，白小纯大摇大摆地迈步走来，身边的陈海杀气腾腾地看着陈家众人。

就在白小纯降临陈家的这一刻，在巨鬼王势力范围内，一处中等规模部落旁的山峰上，周一星、李峰，还有数千魂修正隐藏在那里。

周一星手中拿着玉简，目光冰冷，似随意地看了看身边的李峰。

"李兄，大总管交代了，咱们该动手了，这首功就是你我二人的。陈家暗度陈仓，又有何用？！"

李峰心跳加速，内心充满壮志。白小纯华丽归来，成为大总管后，李峰和周一星就立刻翻了身。二人也沟通过，知道如今眼界不同，偌大的巨鬼城势力众多，他们不能内斗，而是要联合，这样才能走得更远，飞黄腾达指日可待。此刻，李峰闻言哈哈一笑，与周一星一起，带着身后数千人，直奔山下部落。

部落内，随着周一星与李峰一声令下，数千人直接杀入。

藏在部落内的陈家族人立刻面色大变，绝望中挣扎反抗。厮杀中，一处帐篷内突然有人惊呼：

"陈家财宝在这里！"

周一星狂喜，第一个冲进帐篷。李峰没多想，为了抢功，也迅速踏入。可就在踏入帐篷的刹那，他面色大变——帐篷内没有财宝，只有三人，带着杀意，直奔他而来！其中一人，正是周一星！

"周一星你……"李峰大惊，想要后退但晚了。这是周一星布置的必杀局，周一星大吼一声，压过了李峰的声音。

不多时，李峰胸口被周一星击中，喷出鲜血！

他睁大着眼，想要说些什么，却说不出来了。

"杀你，不是为了争功。"周一星蹲下，在李峰耳边用只有他能听到的声音说道。说完，他一掌拍在李峰天灵盖上，轰鸣中，李峰魂飞魄散！

做完这些，周一星起身看了看身边二人，郑重承诺给二人荣华富贵。那二人以为周一星灭李峰是为了争功，知道自己帮了大忙，从此算是周一星的亲信了，又听信了周一星的郑重承诺，顿时安了心。

很快，部落内的陈家族人被镇压，周一星将藏在部落内的陈家财宝全部收走。同一时间，巨鬼城内的其他几处部落也在上演厮杀的一幕，白小纯派去的人将陈家转移的财宝全部截住。

那财富之多，让人瞠目结舌、呼吸急促，但无人敢贪墨这属于白总管的财富，纷纷上缴到周一星那里。周一星看了后不动声色，集合所有人马直奔陈家城而去。

途中，他们碰巧路过迷魂林，周一星目中寒光闪动，找了个理由，将此地一个部落灭了。巧的是，那两个与他一起杀李峰的魂修也死在了此地。

"现在，他没有破绽了！我可不是为了他，我是为了自己！"周一星努力不去想地宫内的一幕幕，喃喃低语。此番种种，不是白小纯安排的，的确如周一星所说，他是为了自己才这么做的。

巨鬼王没怀疑白小纯的身份，可周一星知道太多事情，早就怀疑了，尤其是得知白小纯结婴之后，他心底已确定了八九成。揭穿白小纯的身份，对他虽有好处，却只是暂时的，反倒是像现在这样，将自己与白小纯捆绑在一起赌一把，未来才能不可限量！

第 679 章

你这是抢夺

而此刻，两万魂修包围了陈家城，煞气从众人身上散出，凝聚在一起后，形成了一股让人惊心动魄的威压，直接笼罩陈家城。

陈家所有留在这里的族人面色苍白，全都颤抖起来，就连陈家族长和那些族老也呼吸急促，他们感受到了生死危机。

眼看白小纯一步步走来，陈家族长面色狰狞，猛地大吼一声：

"白浩，你不要欺人太甚！"

白小纯脚步一顿，目露寒芒。对于陈家的强硬态度，他早有预料，毕竟陈家胆敢做出炼制禁幡这等冒天下大不韪之事。

陈家只有两个选择：要么强硬到底，拼死挣扎；要么卑微到极致，事事低头。

可显然，陈家选择了前者……或者说，这是陈家族长的选择，毕竟当日在陈家族长与白小纯的那一战中，因那禁幡，白小纯就差那么一点，便可以将此人斩杀。

"大胆！"陈海闻言，知道自己表现的机会来了。于是他上前一步，声音如雷霆轰鸣，四周那些守护白小纯的元婴魂修瞬间目露精芒。

陈海的低吼、数十元婴魂修目中的杀意立刻就让陈家族长身体一颤，他身边的族老亦皆骇然。

白小纯冷冷地看着陈家族长，忽然笑了，声音慢吞吞地传出：

"这就是你们陈家的态度吗？"

轻飘飘的一句话，带着两万魂修的杀意，重若千钧，直接压在陈家众人的心头。陈家族长呼吸艰难，双眼变得赤红，他没有办法，他知道，对方或许不会灭陈家满门，可自己必死无疑！

他忘不了当日在城内，对方杀自己的决心，若非老祖及时出现护住自己，自己恐怕就不是掉一只胳膊这么简单了，而是直接殒身。更重要的是，他炼制了禁幡，已是人神共愤。

"家族财宝已被转移，一些有潜力的族人也被遣散，我作为族长，已经尽力了。虽然老祖只是被关押，但陈家在与不在已经没区别了，既然这样，不如就让我这个陈家最后一位族长带领整个陈家血战。如此，也能留下一个宁死不屈的名声……"陈家族长猛地抬头，试图激怒白小纯。可就在这时，他身边的陈家大族老一步走出。

"我等拜见白总管！"

大族老一出，其他族老也纷纷开口，齐齐行礼，就连陈家其他族人也都颤抖着行礼。

陈家族长眼看大族老出面，面色立刻变化，青白不定，可激怒白小纯的念头挥之不去，他低头不语。

这一幕，也让白小纯目光闪动了几下，但他脸上笑容依旧。

"本总管来此，你们知道该怎么做吧？"

"白总管的来意，我等明白，陈家有不少宝物，请白总管鉴赏。"大族老深吸一口气，立刻开口。他之前就看出族长不对劲，却没想到对方居然想要激怒白总管，这么做的后果让大族老心悸。

"想拉着所有人与你一起死……"大族老目露寒意，冷冷地扫了一眼沉默不语的陈家族长后，立刻传令下去，很快就有大量宝物被拿了出来。

魂药、冤魂、多色火、炼灵之宝和多色火的配方，这些东西都堆积在广场上，其中还有一些奇珍异宝，一时间，宝光四散，让天空出现了彩霞。

这些宝物看起来不少，可若是与蔡家的比较，明显逊色许多，白小纯的脸色立刻就沉了下来。

"只有这些？"

陈家大族老内心苦涩，却没有办法，家族的财宝大部分都被转移出去了。他正迟疑时，忽然，陈家族长冷笑起来。

"我陈家经历此番浩劫，已经家徒四壁，就这些了。你若不信，大可去搜，看

201

中什么就拿什么！"

　　察觉陈家族长语带讥讽之意，陈海看了看白小纯后，冷哼一声，立刻抬手一挥，顿时就有魂修冲入陈家城，开始搜查。

　　白小纯背着手站在半空，一言不发，任由陈海搜查。很快，一个个魂修结束搜查走了出来，向陈海传音。陈海面色难看，低声对白小纯说道："白总管，看来陈家早有准备……什么也没找到。"

　　白小纯点了点头，没有说话，依旧背着手站在那里。随着时间的流逝，整个陈家城一片寂静，压抑之感越来越强烈。那些陈家族人内心被恐惧占据，在他们眼中，站在那里的白小纯释放着天威，他们的生死似乎就在他一念之间。

　　就算是陈家一众族老，气息也不断波动，更加紧张。唯独陈家族长不同，他已豁出去了，眼底藏着疯狂之色。

　　可就在这时，白小纯脸上露出笑容，抬头看向远处。在他看去的瞬间，陈海和陈家大族老也有所察觉，齐齐看去，发现远处的天空上，一片黑云隐隐可见。

　　此刻，其他人也发现了这一幕。不多时，那片黑云越来越大，呼啸临近，可以看到，有上千魂修正直奔此地而来。

　　当先之人是一个青年，神色倨傲，更有煞气，正是周一星。

　　几个呼吸的时间，周一星就已降临，那上千魂修也纷纷散开，再次将陈家城包围。周一星快走几步，不看身边任何人，直奔白小纯。

　　陈海面色变化，看了看白小纯后，没有阻止。很快，周一星就到了白小纯近前，抱拳深深拜下。

　　"主子，属下幸不辱命，已将陈家转移的财宝全部收回，请您过目！"周一星说完，袖子一甩，大量宝物顿时从他的储物袋内飞出。

　　魂塔、多色火、炼灵之宝，甚至还有十个玉瓶，每个玉瓶里都装着数万斤通天河水……更有两个水晶盒！

　　还有好多白小纯认不出来的宝物，是之前陈家大族老拿出的数倍之多。倘若不算那灵玉雕像，甚至连蔡家的宝物也远远不及陈家。

　　陈家族长面色狂变，他身边的族老也喘息急促，惊心骇神。而那些陈家族人全都睁大了眼，如遭晴天霹雳一般怔在那里。虽不是所有族人都知道家族财宝转移之事，但眼下，谁都能看出究竟！

白小纯目光扫过，哪怕经历了搜刮蔡家之事，看到这些宝物后，白小纯还是激动得心跳加速，脸上却装出一副风轻云淡的样子，袖子一甩，淡淡开口：

"都收起来吧，这些宝贝都是人家不要的，既然他们不要，我们就要了，多谢陈家族长。"白小纯哈哈一笑。陈海此刻倒吸一口凉气，勉强从那些宝物上收回目光。周一星立刻称是，安排人将广场上的所有物品都收走了……

此刻的陈家族长已面如死灰，脑海嗡鸣，身体不受控制地颤抖着。至于其他族老，也纷纷不安，强压下心中的愤怒、躁动，在这生死危机中，不敢抬头。可是，还是有一些脾气暴躁的小辈习惯了家族的强势，此刻眼睁睁看着这一幕，没忍住，怒斥起来。

"你们太过分了！"

"白浩，你这是抢夺！"

随着声音传出，陈家众族老立刻面色大变，想要阻止，却为时已晚。陈海等的就是表现自己的机会，闻言，目中杀机一闪，右手突然抬起，隔空一指。

轰隆之声回荡，之前开口的陈家两个小辈，眉心处各出现一个洞，二人目中还残留着怒意，身体却软软地倒了下来。

"好大的胆子！白总管的名字，岂是你们能随意喊的？"陈海冷哼一声，怒视四方。

第 680 章
好大一口锅

陈家众人内心一颤。大族老胸口起伏，眼看陈家族长似要开口，他猛地一瞪眼。

"族长！"大族老的声音带着怒意。陈家族长面色变化，沉默下来。

"白总管，此事是我陈家这两个小辈无礼，该杀！"大族老深吸一口气，抬头看向白小纯。

"不过，既然白总管已拿了我陈家千年底蕴……现在的陈家，真的没什么了，还请白总管……放我们一条活路。"大族老语气悲壮，抱拳一拜。

白小纯沉吟一番，实际上陈家落到这个下场，也差不多了，虽然陈家当年追杀自己，但如今也得了不少教训。白小纯正琢磨时，忽然目光落在了陈家族长脸上，看到陈家族长目中一闪而过的怨毒。

虽然陈家族长极力隐藏，但白小纯擅长察言观色，还是看了出来，这就让他警惕起来，心也硬了下来。他已有决断，表面上却在迟疑，似乎有些为难，目光扫过陈家族人，在那些稍有姿色的女子身上停留了一下。

此刻，所有人都在注意白小纯，自然看到了白小纯的举动。陈家大族老一愣，他倒是从来没想过，白浩居然还有这种嗜好……

"也对，此人毕竟年轻……"大族老想到这里，立刻转头交代下去。

很快，那些被白小纯打量过的女子都走了出来，齐齐站在白小纯面前。甚至有些族女不在此处，也被族人找到，送到白小纯的面前。

渐渐地，那里站着的陈家族女就超过了数百人，燕瘦环肥，姿态万千。

"白总管年少有为，更是人中之龙，身边要有侍女才好。这些族女都是我陈家

204

娇女，若是被大人看中，那是她们的福气……"陈家大族老见状，赶紧开口，目光微动。若是白小纯真的将陈家族女带走，反倒是一件好事……想到这里，他心头一热，有了期待。

白小纯干咳一声，内心暗骂巨鬼王贪图美色，可他没办法，只能硬着头皮一摆手。

"这些娇女就算了，不过，听说陈家族长艳福不浅，把你夫人请出来让本总管看看……"白小纯内心郁闷，却没办法，巨鬼王亲自开口，他只能听命。

此话一出，陈家众人全部傻眼，目瞪口呆，就连陈家大族老也呆住了，神色古怪地看向白小纯。

陈家族长再也无法忍耐，猛地抬头，发出一声大吼：

"白浩，你欺人太甚！"

白小纯有些心虚，心底不由得再次暗骂巨鬼王，但此刻他不能退步，于是眼睛猛地一瞪。

白小纯身边的陈海此刻也吸了口气，神色古怪地看了看他后，一步走出，右手抬起，向着陈家族长压下来。

"大胆！"

轰鸣中，陈家族长喷出鲜血，身体连连后退，看向白小纯时目露红光，可他内心深处并非如此愤怒，而是快速计算着。他琢磨着白浩既然看中了自己的夫人，那么一旦带走，就绝对不会再对自己出手了。

毕竟抢夺他人妻子，已经是让人指摘了，若再杀了自己，那就是千夫所指。

若能不死，他自然不想殒命，甚至此刻脑海里还在琢磨，如何利用此事让自己在家族内威信大增。

"可那毕竟是我的夫人，我要让人觉得自己受辱了，而且是为了家族忍辱负重，如此一来，就可化解大族老对我的不满，甚至可以赢得所有族人的信任！"想到这里，陈家族长一咬舌尖，喷出一大口鲜血，抬头时死死盯着白小纯，整个人好似受伤的野兽，仿佛要不顾一切地爆发。

那目光中带着疯狂，让人心里一颤，陈家族人更是怒火中烧。

白小纯也被这目光吓了一跳，欲哭无泪，琢磨着自己也委屈啊，这口黑锅，自己是替巨鬼王背的……他转念一想，实在不行就算了，这种事情，确实有些过了……大不了回去让巨鬼王自己来处理……

白小纯正要收回之前的话，可就在这时，陈家族长看出白小纯似在犹疑，立刻急了，不再继续演戏，而是大吼一声：

"罢了罢了，为了家族……来人，去将夫人请出来！"

陈家族长身体颤抖，仿佛一下子苍老了不少。其他陈家族人心中悲愤，似乎忘记了恐惧，看向白小纯时，目中几欲喷火。

这一幕自然被陈家族长察觉，他内心冷笑，身体摇摇晃晃，表情苦涩，深深地低下了头，目中却有得意之色一闪而过。

白小纯张着嘴，半天也没说出一个字，只得叹了口气，心底悲愁，感叹这口黑锅自己背得真冤啊……一想到因为这件事自己以后说不定会被千夫所指，背上个夺人妻子的骂名，怕是会被唾沫星子淹死，他的眼泪都要出来了，心里委屈得不得了，偏偏这事还不能说出去，只能天知地知他知巨鬼王知。

想到这里，白小纯悲壮地仰天长叹一声，很快就有陈家族人带着一个女子来到了广场上。

那女子看起来三十多岁的模样，肌肤胜雪，容颜绝美，更有成熟风韵，只不过此刻非常惊恐，在强装镇定。她一出现，就连陈海也忍不住多看了几眼，目露恍然大悟之意，似乎明白了为何白总管非要此女。

白小纯心底愁苦愤懑，目光一扫。虽然这女子乃绝色，但他丝毫没有在意，眼下实在尴尬，于是重重地咳嗽了一声。

"那个……打扰了……"

白小纯转身就走，在这里停留，他都觉得不好意思，尤其是想到从今以后自己的名声算是彻底毁了，他就更呜呼哀哉了。

陈海脸上带着一丝古怪的笑意，周一星吸了口气，定了定神，二人互相看了看后，走向陈夫人，客气地要带走她。

陈夫人来的时候已经听人说过这件事，此刻面色苍白，猛地看向陈家族长。她看到了夫君的痛苦之色，但她目中反倒露出怨毒之意。她太了解自己的夫君了，外人看不出他在演戏，可她岂能看不出来？陈夫人沉默片刻后，竟仿佛获得了自由般抬头深吸一口气，微微一笑，毫不犹豫地随着陈海与周一星离开陈家。

她的绝情立刻就让陈家不少族人生出强烈的怒意，心底浮现侮辱之言。

很快，四周数万魂修齐齐飞出。陈家族长看到这一幕后，内心更为得意，不过是一个夫人而已，与他的命以及换来的好处比较，简直微不足道。

此刻，半空中的白小纯板着脸，怨气很深，正心烦时，只见陈海带着陈夫人快步追了上来。

"白总管，她……她要见您。"将陈夫人送到白小纯身边后，陈海赶紧后退。

白小纯一听傻眼了，转头看向陈夫人，张口正要说些什么，陈夫人却抬起螓首，目中带着坚定与果断，缓缓道："多谢大人让妾身脱离苦海，可妾身有一个请求，希望大人同意！"

白小纯一怔，虽然对方这样说，但他内心还是有些愧疚，于是点了点头。

"你说吧，只要我能做到，我可以考虑。"

"还请大人帮我……灭了陈世山！"陈夫人咬牙切齿、一字一顿地开口，说完后长舒一口气。

陈世山，正是陈家族长！

"什么?!"白小纯睁大了眼，惊讶地看着陈夫人，这一幕与他所想的不大一样。

"陈世山心胸狭隘，性格残暴，以活物炼宝，人神共愤。为了完全驾驭此宝，他不惜牺牲我们的骨肉，我无力阻挡，悲愤至今，对他已彻底心寒……

"今日大人将我带走，对我来说是梦寐以求的解脱，所以我不恨大人，甚至心中感激更多。大人位高权重，未来更是不可限量，按道理不会对我产生兴趣，败坏名声，想必大人一定有什么苦衷。妾身可以保证，未来不管所处何地，地位如何，会一直尊敬大人，听从大人的安排！"陈夫人轻声低语，言辞中透出的睿智与果断似有一丝莫名的力量，让白小纯动容，他认真地看了陈夫人一眼。

说心里话，若有可能，白小纯也不愿放过那天地不容的陈家族长。他沉默片刻后，抬头向远处的陈海传音。

陈海一愣，深深地看了看白小纯后，转身离去，不多时归来后，手中拿着一件带血的衣衫，正是陈家族长今日所穿，衣衫中仿佛还包着什么东西。

看着陈海手中之物，陈夫人顿时情绪激动，胸口剧烈起伏，却又不停地深呼吸努力平复着，向着白小纯弯腰，深深拜下。

第 681 章

灭

白小纯身为巨鬼城的大总管，一举一动都被无数人关注着，尤其是这一次他带着陈海以及数万魂修杀气腾腾地出了巨鬼城，明显是举起了刀，冲着三大家族去的。

所以，关注他的人就更多了。白小纯离开蔡家不久，消息就传遍巨鬼城，更不用说陈家了……

白小纯从陈家走后没多久，巨鬼城内各方势力就得知他在陈家所做之事，甚至连陈家族长死亡的消息也瞬间被各方知晓。

众人听说陈家之事后，全都面色变化，深感不可思议，渐渐地，议论之声在巨鬼城很多区域传出：

"什么，他抢夺了陈夫人?!"

"白浩居然有这种嗜好，竟看上了陈世山的夫人？我听说那位陈夫人国色天香，更是具备少见的辅修体质啊！"

"这白浩也太大胆了，抢夺别人之妻，还杀了陈世山！"

八卦消息很快传遍巨鬼城，不多时，几乎所有消息灵通之辈都听说了这件事，一个个神色惊异，揶揄起来。

一时间，谣言四起，白小纯除了被认定心狠手辣、六亲不认之外，更是被冠以喜夺他人之妻的名声……

这一谣言自然也传到了巨鬼王耳中。巨鬼王面色阴沉，却内心火热，看向陈家的方向，目中有赞赏之意一闪而过。

而那位陈夫人，早就被白小纯身边的修士送到了巨鬼城内。此刻，白小纯面色阴冷，带着数万魂修，直奔三大家族中的最后一家——白家！

一路上，陈海不时看向白小纯，心底对他更为敬佩，同时暗自琢磨着，以后与白浩接触，有了投其所好的方法。

周一星神色古怪，却不敢开口，不过心里也在琢磨这件事……

看到他们二人的神情，白小纯岂能不知道他们在想什么？可他心里既委屈又无奈，偏偏这件事还没法解释，他只能在心中长叹一声，心烦之下，看着白家所在的方向，眼中渐渐流露出寒意。

与白家的纠葛，在白小纯的脑海里浮现出来。最终，所有画面消失，他的脑海里浮现出一个靠在大树下面色苍白的身影。

"白浩……"白小纯心底喃喃，他要为自己的徒儿讨一个说法。

如今，这个时刻终于到来了！

呼啸之声传遍苍穹，数万身影化作一道道长虹，离白家越来越近，形成的肃然之意如黑云压顶，仿佛要碾碎一切。

而此刻白家人心惶惶，很多族人都仓皇悲切。与陈家和蔡家不一样，白家的嫡系族人明白，他们与白浩之间才是生死大仇！

不过，并非所有白家族人都这样，那些支脉族人只是有些紧张而已。首先，他们不是嫡系，与白浩之间没有仇怨；其次，追杀白浩之事，他们几乎没有参与。

哪怕是最后叛乱时，他们冲入了巨鬼城，可追杀白小纯的族人里也没有他们。

一切都是由嫡系一脉主导，无论是族长还是那些族老，对白浩出手的人，几乎都属于嫡系一脉。所以此刻，在白家内，嫡系与支脉泾渭分明。

可以看出，所有嫡系一脉的人都被围在中间，四周密密麻麻的支脉族人沉默不语，冷冷地看着他们。

这里面有白家族长，有蔡夫人，有刑堂大族老，还有几个族老以及上千嫡系族人，他们一个个都面色苍白，目露绝望。

他们不是没想过逃走，只是天大地大，却没有他们的容身之处。而且，他们与白浩之间的仇怨早已路人皆知。几乎在巨鬼王归来，白小纯崛起的同时，各方势力为了讨好白小纯，就已经盯上了白家。

尤其是白小纯被任命为大总管后，又暗示了一番，使得各方势力更加关注白家，甚至暗中将白家四方封锁，除非白家疯狂突围，否则的话，根本就逃不掉。

至于突围之事，首先并非白家所有人都同意，其次，巨鬼王对三大家族的处理还没有定下，他们一旦逃走，必定会被灭门。

并非铁板一块的白家，暗中已分裂，又岂能统一意见？于是这么一拖，就拖到了如今。而且，最重要的是，白家那些支脉族老和族人都明白，此事必须给白浩一个交代，若是让嫡系一脉逃了，那么白浩愤怒之下，支脉极有可能受到牵连。

所以，为了自身，为了白家，嫡系一脉也必须被推出去，这样才能熄灭白浩的怒火。

此刻，白家一片寂静，压抑感使得嫡系一脉颤抖着。这里面还有不少仆从，其中有一个丫鬟，正是当初讥讽白浩之人，还有一位老者，是训斥过白浩的管事，他们几乎每一个人都欺辱过白浩。

此刻，他们的绝望、无助更为强烈。尤其是白家族长，他面色惨白，内心苦涩。之前，护城河旁，半神魂爆，使得他半身消失，修为几乎丧失，用了白家的秘宝后，这才得以恢复。可眼下随着时间的流逝，他的神色越发狰狞。蔡夫人面无血色地站在他身边，时而抬头，看向远处，目光中是连恐惧也掩盖不了的怨毒之意。

要说众人之中最恨白浩的，就是这位蔡夫人了。同样，此刻最恐惧与绝望的也是她。她怎么也没料到，白家付出了如此大的代价，最终还是败了，而那白浩竟随之时来运转，一步登天。

人群里有一个女子，相貌美丽，神色有一丝不忍，她时而抬头看向远处天空。这女子正是五小姐，就算是她也想不到，白浩居然拥有了如此地位。

人群中还有一位老者，隐隐可见，四周的支脉族老都以此人为首。这老者正是法堂大族老。他眼中满是感慨，当初白浩叛出白家的一幕幕，他闭上眼睛就会浮现在眼前。

"可惜了……我白家真正的麒麟子……"老者叹息。他虽是大族老，但也不敢不遵从老祖的命令，他唯一能做的，是不对白浩出手。

就在这时，法堂与刑堂的大族老面色一变，其他族老和白家族长也呼吸急促。苍穹上，传来轰隆隆的天雷之声，远处黑云覆盖八方，轰鸣而来，气势惊人，杀意充盈天际！

"来了……"不知是谁失声道，这一声顿时让整个白家紧张起来。他们齐齐抬头，立刻就看到那带着无边黑云和惊天气息，在数万魂修的簇拥下一步步从天空中走来的白小纯！

白小纯缓缓迈步，每一步落下，在白家嫡系族人心中都如同天雷一般，使得所有嫡系族人面无血色。

白家族长身躯颤抖，蔡夫人目中的怨毒也尽皆化作恐惧……

"我……不喜欢杀人，可有些时候，明明不喜欢，还是要去做……为了自己也好，为了别人也罢……对也好，错也罢……"白小纯低沉的声音，回荡于天地间。

"灭！"

第 682 章

渐变

白小纯抬起右手，向着下方白家城内，被支脉族人团团包围的嫡系一脉，蓦然一指。

这一指，好似一声天雷炸开，他没有啰唆，一切都化作这一指！

一指落下，白小纯依旧站在半空中，而他身边的陈海眼中却杀意惊天。

"遵大总管之命！"陈海的声音还在回荡，身影已一步走出，直奔白家而去！他身后的数万修士同样在这一瞬爆发出杀意。

那数十个元婴魂修，还有随军的炼魂师，所有强者在这一霎直奔白家！

白家众人虽有预料，却没有准备，大战如同暴雨一样，说来就来！

"白浩！你这个逆子！"白家族长猛地抬头，双眼赤红，发出一声凄厉的嘶吼。他怎么也没想到，对方居然如此干脆，不讲丝毫情面，更不在意亲情。

他原本打算双方交谈一番后，他低头承认错误，承认对方还是白家的族人，不管如何，为了白家也好，为了自己也罢，先缓过去……若是以后有机会，再想办法报仇，可如今，这一切打算全部落空。

白小纯的干脆，如同一把举起的刀，狠狠斩下！

轰鸣中，随着陈海等人杀去，凄厉的惨叫声、求饶声不断传出，落入白小纯耳中。可白小纯依旧站在半空中，抬头看着苍穹，没有人知道他在想什么。如果李青候或郑远东等人在这里，他们一定会吃惊地看出，白小纯与从前不一样了。

虽然他的本性没变，但手段和对待一些事情的方式在逐渐改变。

地面上，支脉族人沉默着，没有去阻止，也没有去帮忙，只是默默看着。五小

212

姐也好，法堂大族老也罢，都是如此。

中间的嫡系一脉族人凄厉地惨叫。曾经羞辱白浩的那个丫鬟倒在一把利刃下……那个管事眼中带着绝望，没有了神采。

一个个曾经羞辱白浩的族人在陈海等人手下根本就无法反抗，全部倒下，嫡系族老绝望地挣扎，大吼中各自冲向天空，想要逃遁。

"放箭！"陈海低喝一声，天空上的魂修顿时全部抬头，每个人都拿出一把长弓。轰鸣间，箭矢似要粉碎苍穹，令四个逃遁的族老魂飞魄散！

白小纯没有去看这一切，他望着苍穹，一动不动。

嫡系一脉陨灭得差不多了，那位刑堂大族老惨笑中被陈海以及两个元婴魂修合力击杀。此刻，嫡系一脉的元婴修士只剩下白家族长一人。

白家族长看着四周的尸体，看着刑堂大族老的惨状，颤抖中整个人发了狂，仰天嘶吼，不顾伤势，竟化作一道长虹，直奔白小纯而去。

"逆子，我就算是死，也要与你同归于尽！"白家族长的吼声透着癫狂。他一飞出，立刻就有大量元婴魂修阻拦，双方在半空中对峙。

奋力之下，白家族长竟一路杀出，眼看距离白小纯只有百丈，他正要继续冲去时，更多的元婴魂修再次杀来。

轰轰轰！

声响回荡在四周，白家族长喷出鲜血，看着距离自己还有五十丈的白小纯。此刻，他身体颤抖，他的生机已经断绝，胸口凹陷下去，元婴碎灭，目光暗淡，已是油尽灯枯。他就算不出手，最多也只能再活几个呼吸的时间……可他依旧疯狂，一步一步，向着白小纯走去。

"让他过来吧。"四周元婴魂修恼怒，正要出手，白小纯平静的声音传来，所有人脚步一顿，立刻停了下来。

白小纯慢慢收回投向苍穹的目光，将脑海里白浩死前的身影藏在了心底，他低下头，看着此刻神色疯狂、一步步走向自己的白家族长。

"后悔吗？白浩……也是你的骨血。"白小纯轻声问道。

"老夫后悔，后悔当年不该让你母亲死得那么干脆，应该让她多受些苦，更后悔当年没有把你掐死！"白家族长已彻底疯了，狂笑起来，双眼慢慢失去神采。到了最后，他的笑声还在回荡，身体却渐渐没了气息，坠向大地……

白家族长，气绝身亡！

白家支脉的族人沉默地看着这一幕，纷纷低下头，内心种种思绪纷杂。

广场上，只有一个人还站在那里，正是蔡夫人。她身体颤抖，眼中带着浓浓的怨毒之色，癫笑起来。

"你母亲是下人，你也不是好东西！来啊，你不是恨我吗？杀我啊！我只恨，当初派去的人，没有将你杀死！"

她原本应该很快就被灭去，可这些出手的元婴魂修都知道，蔡夫人与白总管之间的仇恨极大，所以这些人都留有分寸，只伤不杀，将处决权留给了白小纯。

白小纯没有去看歇斯底里的蔡夫人，而是对着陈海，淡淡开口：

"当初，这位蔡夫人派来的杀手不止一个，我要这份名单。"说完，白小纯迈步一晃，消失在半空中，出现时，已来到白家一处荒废的院子里。院子里杂草丛生，一些孩童的木头玩具散落在草丛内，皆已腐朽，不远处有一口井……

白小纯站在这里，沉默了很久，轻叹一声。

"老夫人，白浩与你的仇，我作为白浩的师父，代他报了。"白小纯右手抬起一挥，四周的杂草纷纷消散，那些玩具也成了飞灰……

尘归尘，土归土……

做完这些，白小纯离去。临走时，他的目光落在五小姐的身上，五小姐也抬头望着白小纯，二人对视一眼，白小纯的声音回荡：

"五姐，你来做白家族长吧。大族老，还请辅助我五姐……"

法堂大族老感慨地看着白小纯，点了点头，向着五小姐抱拳一拜。很快，四周的支脉族人纷纷颤抖着，拜向五小姐。

白小纯走了，白家的千年底蕴同样被他带走了。在回巨鬼城的路上，他心情平静。陈海看了看白小纯，靠近后低声开口：

"名单已经问出来了。蔡夫人……已自尽。"

"麻烦天侯，三天内，我要这些人的性命。"白小纯轻声开口。陈海肃然，点了点头。

很快，一行人就回到了巨鬼城，关于白浩灭了白家嫡系一脉的事情也飞速传遍了整个城池。众人听到后，纷纷倒吸了一口气，却并不感到意外，只是对白浩心狠手辣的印象更深了。

此事使得白小纯在巨鬼城内声威赫赫，一个眼神，可让人瞬间闭口；一声冷哼，便可化作天雷，在众人心中扩散。

各方势力都明白，从这一刻起，白家嫡系那一条条性命塑造出了白总管的格局。

王恩浩荡，一人之下，万万人之上……

这一刻，就连天人无常公也被白小纯压下，毕竟他的功劳，对巨鬼王而言，难以与白小纯的功劳相较，他被压下也很正常。

第 683 章

白浩，你糊涂

回到巨鬼城后，白小纯整理了一下低落的情绪。杀人之事他不喜欢，可他以白浩的身份经历了这一切后，他能感受到白浩内心的憋屈与愤怒。

所以，他要为白浩做主，要让白家嫡系为白浩生前所承受的一切付出代价，所以嫡系一脉被他一指抹去！

此刻，白小纯心情平静下来，回到了宅子，看着面前让人眼花缭乱的宝物，他呼吸急促，双眼渐渐亮了起来。

尽管他不是贪财之人，更认为一切都是身外之物，可面对堆积如山的宝物，他的心脏还是不争气地咚咚直跳。

无数冤魂、无数魂药、一个天人魂，还有数不清的炼灵法宝，这一切让白小纯不断吸气。

而最让他心动的，则是三大家族的秘宝！

蔡家有灵玉雕像。陈家的秘宝是一个赤色的玉瓶，玉瓶内有一滴鲜血，据说可以让冤魂恢复前世记忆，变得灵动，成为鬼修一般的存在！

这种天材地宝般的奇异之物，在整个蛮荒都是凤毛麟角。陈家本来准备在陈家天人老祖半神无望、寿元断绝前，以此物将其转化，使之成为鬼修，庇护陈家。只不过陈家天人老祖因叛乱而被关押，以至于一切准备都化为无用功。

至于白家的秘宝，则是一朵七色莲蓬，其内原本有七颗莲子，如今只剩下两颗。此物更是神奇，只要活着的人还有一口气在，不管伤势多重，哪怕身体残破，一颗莲子就能让其如重生一般，长出新的身体！

当初白家族长和白家天人老祖那么重的伤势都恢复了，正是因为这莲子！

这三样秘宝，任何一样都足以轰动四方，可见三大家族底蕴之深。

"三大家族实在是太富有了……"白小纯舔着嘴唇，拿着一枚玉简，这里面记录了三大家族的炼火配方，从一色火到十七色火全部都有。

只是没有十八色火的配方，三大家族他搜遍了也没找到。侧面打探后，白小纯才知晓，三大家族都没有十八色火的配方。别说三大家族，在整个蛮荒，拥有十八色火配方的炼魂家族也是凤毛麟角。

"罢了，以后再找机会去搜寻，说不定到时候用白浩的方法我就推衍出来了。"白小纯深吸一口气，看着面前无数财宝，他没有因找不到十八色火配方而沮丧，反倒激动无比。

"这一次真的发达了，这些财宝，我怕是这辈子也用不完啊……"白小纯高兴得眉飞色舞、手舞足蹈。他发现，与抄家相比，抢魂场之事根本就不值一提。

"以后要把握机会。"白小纯心下暗道，但很快他就皱起眉头，内心不安。

"不行，这些财宝太多了，我若是独吞的话，怕是有人会眼红啊……估计巨鬼王也会不悦……"白小纯迟疑中，看了看眼前的财宝，衡量一番，立刻有了决断。

"外物虽好，但小命才是根本。"白小纯眼珠转动，思来想去，脑海里忽然浮现出当年自己在边城遇到的那位城主，想起了城主的一些做法。

白小纯双眼一亮，袖子一挥，从眼前这些财宝中取走一些，赶紧外出。

忙碌一番后，在黄昏时，白小纯调整好呼吸，直奔巨鬼王雕像飞去，很快就到了王殿外，他抱拳恭敬一拜，声音传入大殿：

"白浩求见王爷。"

王殿内一片寂静，白小纯在外等待，直至过了半炷香的时间，带着威严的声音才传出：

"进来吧。"

白小纯松了口气，这半炷香的时间让他心中忐忑，心底不由得嘀咕起来，觉得这巨鬼王也太喜欢玩帝王心术了，不由得怀念起自己当初拍巨鬼王脑袋的一幕幕。

可惜……那种刺激，如今只能埋在心底了，眼下就算给他一万个胆子，他也不敢再拍了。

听到巨鬼王的传唤，白小纯立刻收起心思，露出趋奉的笑容，快走几步，进入大殿，一眼就看到坐在王椅上满脸威严的巨鬼王。

"回来了？这一趟你倒是声势不小。"巨鬼王神色上看不出喜怒，淡淡开口。他的话模棱两可，让人听不出是夸奖还是斥责。

白小纯有些惶惑，他发现巨鬼王修为恢复后，实在是太可怕了，总是给他一种感觉，若是自己一句话说错，就会因触怒龙颜而被砍头。

不过，白小纯也琢磨出了对付巨鬼王的办法。此刻他神色激动，似乎对巨鬼王极为崇敬。

"果然如王爷所料，三大家族富得流油，冤魂、魂药、法宝，种种物品数不胜数……不过，这三大家族也不甘心将宝物全部交出，于是先拿出一些来糊弄卑职。

"可他们不知道啊，卑职去他们那里之前拜见过王爷，身上王恩浩荡似海，如有神助，一眼就看出了他们的这点小心思，更是找到了他们的秘宝！"白小纯激昂地开口，摆出一副自己能做到这一切，多亏了巨鬼王的样子。

巨鬼王面无表情，只是目中透出一丝无奈。他看了白小纯一眼，显然对白小纯的马屁之术已经有了一些抵抗力，不过心中还是很受用的。

"陈家和白家就不说了，可蔡家的秘宝实在是太惊人了，那尊灵玉雕像足有一丈多高，神妙无比，它出现的时候，霞光满天，灵气扑面而来，在我蛮荒可算极为罕见。"白小纯偷偷看了看巨鬼王，一边说着，一边露出激动的神情。

"灵玉雕像刚一取出，方圆千丈内灵气很浓。往大了说，这是家族传承之宝；往小了说，这足以让人修行加速！"白小纯神情夸张，双手比画着，在他口中，灵玉雕像已经成了天下独一无二之宝。

"嗯，照你这么说，它的确是一件不错的宝物。"巨鬼王闻言，眉头微微一挑。他虽没见过灵玉雕像，但也听说过类似之物，不过开口时，他依旧面无表情。

白小纯一直在小心打量巨鬼王，看到巨鬼王的神态，白小纯赶紧上前几步，小声开口：

"那尊灵玉雕像，卑职已经放到内城您的别院里了，您回头可以慢慢欣赏。"

听到白小纯的话，巨鬼王愣了一下，目光落在白小纯身上，脸上渐渐露出笑容。这还是他首次在王殿内对白小纯如此温和，实在是白小纯的安排让他很满意，目中不由得露出赞赏之意。

"这小滑头……倒也知道分寸，不但有能力，不吃独食，而且很会揣摩人的心意。"巨鬼王内心暗道。他觉得白小纯更为顺眼，而后似乎又想到了什么，心头一热，干咳一声。

"对了，本王之前听说那陈家族长艳福不浅，其夫人可谓是国色天香，更具备少有的辅修体质……"巨鬼王还没说完，白小纯内心不由得暗骂，脸上却不露丝毫，而是嘿嘿一笑。

"王爷，那陈夫人，也给您送到别院了，您回头可以慢慢了解……"

巨鬼王听到这句话，立刻一拍王椅的扶手，眼睛瞪着，故作恼怒，低喝道：

"放肆！那陈夫人是陈家族长的夫人，本王身为四大天王之一，堂堂半神，岂能做出这种事情？如若传了出去，让天下人如何看待本王?!白浩，你糊涂！立刻把陈夫人送回去！"

第 684 章

实力再涨

巨鬼王似乎真的怒了，面上一副恨铁不成钢的表情。此时，他怒视白小纯，似乎若白小纯不把陈夫人送回去，他就要亲自出手，让白小纯明白，做错了事情就要受到惩罚。

白小纯心底委屈，暗骂巨鬼王无耻。他眼巴巴地站在那里，抬头看着巨鬼王，任凭巨鬼王如何发火，他都一动不动。

"还不去?!"巨鬼王眼看白小纯如此，再次一拍王椅，低吼起来。

白小纯表情悲苦，此刻他也不拍马屁了，而是长叹一声，道:

"王爷放心……此事天知地知你知我知，没有第三个人知道。现在外面都在传是我白浩喜欢陈夫人，将她抢走，更是逼死了陈家族长……所以，没人知道她在您的别院里。"

白小纯又叹了口气，看着巨鬼王，大有一副"你别演戏了，大家谁不知道谁啊"的神情……

巨鬼王眼睛再次瞪起，却有些底气不足。他原本以为白浩会如往常一样拍马屁，然后自己就顺势默认，却没想到对方居然直接挑明……尤其是话中的委屈之意，十分强烈。

巨鬼王尴尬一笑，也明白此事让白浩名声受损，但无论如何，这么一来，就没人知道真相了……

巨鬼王心下舒坦，心花怒放，赏识地看了看白小纯，觉得这小子办事漂亮，可表面上，他还是装出一副恨铁不成钢的样子。

"罢了罢了，下不为例！"巨鬼王叹了口气，似乎有些无奈，摇头开口。

白小纯面皮抽动了一下，眼巴巴地继续望着巨鬼王，表情里还是透出那句话——这里就咱俩，你别演了……

巨鬼王也看着白小纯，二人大眼瞪小眼。片刻后，巨鬼王有些心虚，咳嗽一声。

"总管这个职位只是虚职，这样吧，本王册封你为巨鬼城监察使。城内若有疑似叛贼者，你可以先斩后奏，无人不可查！"巨鬼王袖子一甩，神色肃然起来。

白小纯听到这句话，顿时眼睛一亮，监察使无人不可查，这让他激动起来。

"若有人反抗怎么办？"白小纯不确定，又问了一句。

巨鬼王冷笑一声，经历了这一次的叛乱之事后，巨鬼城内所有人他都不相信，尤其是此事还涉及九幽王，更是让他心中不悦。此刻，他目露寒意，右手抬起一挥，一把黑色长枪瞬间幻化出来，直奔白小纯而去。

刹那，长枪如一道黑色闪电，直接刺在白小纯面前，发出嗡鸣之声，黑色长枪上赫然有六道金纹！

这六道金纹震撼心神。白小纯看到后，嘴巴张着，眼睛都直了，紧接着倒吸一口凉气。

"炼灵十六次之物！"

"这是本王早年佩枪，今日赏赐给你，若有人反抗，以此枪诛之！"巨鬼王缓缓开口，声音带着果断与酷烈。他又看了看白小纯，想起白小纯曾经在面临生死危机时依旧不放弃自己，又想到如今别院内放着的重宝与美人，于是再次开口。

"巨鬼雕像右手上曾经的幽冥公的行宫，就作为你的正式府邸好了。"

白小纯胸膛起伏着，双眼中光芒一闪，激动起来。巨鬼王给自己升官，又送至宝，再送行宫，这一切都表明对方对自己的作为很满意……白小纯顿时神采奕奕，站直了身体，抱拳大吼一声：

"谢王爷！"

巨鬼王脸上露出笑容，目中露出赞赏，勉励几句后，向白小纯使了个眼色，示意他赶紧离去。白小纯知道分寸，于是收起长枪，抱拳离去。

可刚要走出王殿大门，白小纯脚步一顿，迟疑后回头看了看巨鬼王，忍不住问了一句：

"王爷，您这里有没有十八色火的配方啊？"

"十八色火的配方？这种配方，本王没有，只掌握在地品炼魂师手中。整个蛮荒，地品炼魂师只有三人，地位尊高，就算是本王也不好去抢他们的配方。"巨鬼王看向白小纯说道。他知道白浩在炼火上有天赋，可关于十八色火的配方，他没说假话，他的确没有。

此刻巨鬼王不耐烦地一挥手，身体一步走出，消失在大殿内。

"急性子！"白小纯内心腹诽一句，便走出王殿。化作长虹回到了居所后，他将从三大家族搜刮来的财宝取出一部分，送给了陈海与周一星，又让他二人分一些给之前跟随着去三大家族的数万魂修。毕竟这种事情，大家都有功劳，白小纯若连这个都不懂，那就白活这些年了，也就不是白小纯了。

陈海很高兴，周一星也激动不已，数万魂修分到财宝后，对白小纯更为尊敬。

做完这些，白小纯看了看巨鬼王雕像右手上的行宫，迟疑了一下，毕竟他身上秘密太多，实在不想离巨鬼王太近。

"罢了，那里只是我的行宫而已，我身为巨鬼城大总管兼监察使，自然不能只有一个居所。"白小纯抬起下巴，孤傲地低语。随后，他摸了摸储物袋，他的储物袋内有十多团十五色火！

这些十五色火，同样是他从三大家族中搜刮来的。

"我虽然还无法炼出十五色火，但如果有了这些成品，我逆向推衍研究，定可快些炼出来！

"而且，十五色火可以让我的修为突破元婴初期，踏入元婴中期！"白小纯想到这里，立刻兴奋不已，可一想自己一旦再炼元婴，必定会让外界轰动……而眼下整个蛮荒都在寻找自己……

"总不能因为有人找我，我就放弃提升修为的机会吧。怕什么？这巨鬼城内我是大总管，更是监察使，肩负着寻找白小纯的任务，有什么好怕的！我都找不到白小纯，谁能找到？！"白小纯纠结一番，狠狠一咬牙，转身直奔密室而去。

到了密室，他先是布置阵法，随后利用面具之力，确定无碍后，这才取出龟纹锅，深吸一口气，盘膝坐下，元婴瞬间飞出，直奔龟纹锅内。

十五色火随即飘出，刹那，室内金光闪耀！

与此同时，魁皇城内的冥皇石碑上，处于第一位的白小纯，其名字后面的数字十四轰然爆发出刺目的金色光芒。

金光瞬间扩散八方，轰动整个魁皇城，很多人目瞪口呆地发现，白小纯名字后的数字赫然变成了十五！

"十五！那白小纯竟再次炼灵元婴！"

"他这是玩儿命找死啊，不把自己炼死不罢休，狠人啊！"

"我已经可以预料了，白小纯若不死，就是冥皇传承人……"有人神神道道地预言道。

魁皇城再次轰动了。巨鬼军团内盘膝打坐的红尘女发出一声狠厉的尖叫，对白小纯的恨意更深了。

很快，这消息如长了翅膀一样传遍整个蛮荒，寻找白小纯的力度也再次加大。

与此同时，蛮荒内那些天骄咬牙切齿，感觉脸上被打了一巴掌又一巴掌。在他们蛮荒的石碑上，排在榜首的居然是一个通天河的修士，这就让他们抓狂了。

"这白小纯，我一定要杀了他！"

"别让我找到你，否则的话，必定将你挫骨扬灰！"一声声低吼在蛮荒内回荡。

而此刻的白小纯，虽不知外面的情况，但也猜得出来。他睁开眼后，立刻就飞出龟纹锅，赶紧将一切收起，小心翼翼地外出打探一番，这才松了口气。

"哼，想灭我？你们找到我再说。"白小纯内心得意，感受着自己的修为，慢慢又激动起来。

他清晰地感觉到，自己体内元婴中期的修为远远超出之前的元婴初期。此刻他甚至有股冲动，想找个半步天人练练手儿！

第 685 章

鬼王花开

"可惜，不死骨还是没法修炼……"虽然修为的提升让白小纯精神振奋，觉得自己又强大了一些，但一想到不死骨，他就有些郁闷。

三大家族的财宝虽多，却没有那种能补充生机之物，白小纯叹了口气："忽然有些后悔，当初自己左手永夜伞、右手巨鬼王的时候，应该用永夜伞捅巨鬼王几下……这要是吸上几口，一定够自己修炼用了。"

"可惜啊，时不我待……"白小纯长叹一声，赶紧打消这危险的念头。若是让巨鬼王知道了，非得扒了自己的皮……

此刻白小纯摇头，沉吟一番，只能将此事埋在心底。

"不死骨先放一放，眼下最重要的，是十五色火的研究……"白小纯明白，想要快速提高修为，只能在多色火上努力，而那十五色火的配方，白小纯已研究了好久，还是有很多地方没有明悟。

此刻，他深吸一口气，从储物袋内取出一团十五色火，目不转睛地观察，双眼内露出光芒，他准备通过逆向分析去研究如何炼制十五色火。

这种方法，可以让他更快炼出十五色火。毕竟有了参照物，研究过程将顺利不少。

时间流逝，很快三天将过去了，白小纯沉浸在对十五色火的研究中，时而露出激动的目光。虽只有三天，但通过这种方法去推演，白小纯收获极大。

此刻，他目光一闪，手中的十五色火竟猛地扩散开来。白小纯双眼露出奇异的光芒，仔细观察，甚至不惜毁去这团十五色火，也要看清其内部多出的这种颜色是如何与其他十四色共存的，与脑海里的配方一一印证后，白小纯心底明悟不少。

直至第三天黄昏，白小纯坐在那里，缓缓呼出一口气，手中的十五色火已经消散在天地内。他闭上双眼，脑海中不断思索，半个时辰后，双目睁开，露出一抹精芒，他正要再取出一团十五色火，忽然双目一闪，抬头看向密室外。

"三天到了……"白小纯喃喃低语。然后他起身一晃走出密室，站在了院子里，目光落在空中。不多时，一道长虹从远处呼啸而来，正是陈海。

"白老弟。"陈海哈哈一笑，迈步走来，站在白小纯面前，脸上露出笑容，抱拳一拜。

"陈老哥。"白小纯也笑了起来，上前迎接。

"白老弟，幸不辱命啊，你交代的事情，老哥已经做完了，东西都在这里面。"陈海取出一个储物袋，递给白小纯。

白小纯接过后看了一眼，呼吸微微急促了一些，目中寒芒一闪，抬头时，向着陈海抱拳。二人又闲聊几句，陈海告辞离去。

看着陈海的身影远去，白小纯转身走入密室，盘膝坐下。他望着手中的储物袋，这里面有名单上那九人的武器！

这九人，正是从蔡夫人口中问出的当日参与击杀白浩的杀手，他们并非白家族人，其中有一些是蔡夫人找来的帮手，可无论他们身份如何，眼下都已魂飞魄散。

看着这些人的武器，白小纯脑海里浮现出当日自己到了蛮荒后看到的真正的白浩。半晌，白小纯右手抬起一挥，这九人的武器便化作飞灰消散了。

"白浩徒儿，为师为你报仇了，也不枉白用你的身份一场。你若有灵，可以安息了。"白小纯内心喃喃，轻叹一声。白家嫡系灭亡，当初追杀白浩之人也成为飞灰，白小纯心底总算松了口气，如同了断一场因果。

此刻，白小纯整个人也平静下来，沉默许久，再次取出一团十五色火，开始推衍。

时间流逝，很快过去了一个月。这一个月来，白小纯沉浸在十五色火的推衍中，闭关不出，可他的名气在巨鬼城内越来越大，就算是消息再不灵通之人，此刻也已知晓发生在三大家族中的事情，因此，他们对白小纯更加敬畏。

再加上巨鬼王的王旨也已传开，任命白浩为监察使，赐佩枪，赏行宫。这一切使得白浩在巨鬼城中声威更盛，凶名赫赫。

巨鬼城内各方势力安静下来，城内再也没有掀起什么风波，一切都在井然有序地恢复着。

没有人能预料到，正是在巨鬼城恢复平静后的这一天晌午，在距离巨鬼城百万里的地方，出现了惊天动地的一幕。

那片区域范围极广，方圆五万里都被浓雾遮盖，地面都是沼泽，没有任何凶兽能在此地生存，因而这里在很久之前就成了死亡之地。

浓雾时而翻滚，扩散四周，外人的目光无法穿透。因为此地死气极重，雾气内蕴含着至阴的剧毒，就连元婴修士也无法抵挡太久，时间长了，必定魂飞魄散。

故而这里早已被视作禁区，平日里几乎无人到来，就算有魂修路过，也会谨慎地远远绕开。

可若是有大能之辈站在天空上，低头看去，就可以隐隐看到，这片浓浓的雾气中存在一处奇异的建筑，像是一个巨大的茶壶。

茶壶的四周存在不少魂，这些魂与外面的冤魂不同，它们目中闪动红芒，头生独角，似乎更为狂暴，仿佛厉鬼！

不过，这些狂暴的厉鬼只是在茶壶四周飘荡，从不飞出这片雾气，似乎魂修只要不去主动招惹，就不会引来杀身之祸。

此地，正是独属于皇族的八大秘境之一——炼魂壶！

炼魂壶的来历已无从考证，只知道此地一切造化都为皇族所有。此地原本因雾气弥漫，常年被封印，只有在特定之日才会开启。可今天不知为何，整个炼魂壶突然震动起来，大地也开始颤动，一声声轰然巨响从炼魂壶内爆发。

四周的雾气剧烈地翻滚，慢慢升空，最终居然在炼魂壶上方的苍穹中，形成了一朵诡异的黑花！

黑花有五片花瓣，每一片花瓣上都赫然印着一张鬼脸，盛开在天地间。环绕的雾气甚至也化作一张鬼脸，远远一看，摄人心魄。

此地出现变化，第一个察觉到的，正是巨鬼城内的巨鬼王。他原本坐在王殿内，听着无常公汇报关于九幽城的事情，突然目中有寒芒闪动，面色倏地一变，猛地抬头。

"鬼王花！"巨鬼王气息波动，无常公一愣。巨鬼王的身影刹那从王殿内消失，出现时，赫然来到苍穹上。他一步走出，速度超越闪电，几步之下，他就出现在炼魂壶所在之地。

看着雾气升空凝聚成黑色花朵，巨鬼王目露精芒，深深看了一眼炼魂壶后，转身一步走出，消失无影，出现时，已回到王殿中。巨鬼王挥手屏退了无常公，闭目沉思，面色阴晴不定，看向魁皇城的方向。

同一时间，遥远的魁皇城内，皇宫中，有一处大殿。大殿空旷，只供奉着八块古朴破旧的碎骨。就在这时，其中一块碎骨上猛然出现大量黑气，黑气眨眼间凝聚在一起，赫然形成了一朵一模一样的黑雾之花！

大殿外，守护在此地的几位老者原本正盘膝打坐，此时面色变化，转身直接冲入大殿内。当看到那块碎骨上的黑色花朵后，他们不由得心神一震。

"鬼王花开！"

几位老者相互看了看后，立刻取出玉简，将此事告知皇城的大天师。

"炼魂壶动，鬼王花开，八大秘境开启一处……此花对巨鬼王至关重要……"天师殿内，魁皇城的大天师缓缓睁开双眼，遥望远方，他所看的方向正是炼魂壶所在之处。他沉思时，忽然殿外有人禀告：

"大天师，红尘仙子求见。"

"不见了。通知下去吧，鬼王花，有缘者得之。"大天师双目中光芒一闪，缓缓开口。

随着大天师的话音响起，鬼王花开之事传遍整个魁皇城。

与此同时，白小纯也终于在耗费了六份十五色火后，渐渐掌握了炼制十五色火的方法。他激动地取出一座魂塔，一拍之下，大量冤魂瞬间飞出，环绕四周。白小纯深吸一口气，定了定心神，开始炼制十五色火。

第 686 章
又要见我

白小纯虽通过逆向推衍掌握了十五色火的配方，但实际炼制起来还是有些难度，需多加练习。好在手中的冤魂数量足够让他去挥霍，他一次又一次地炼制，每次失败后都立刻总结经验，寻找原因再进行调整。如此一来，随着时间的流逝，他的炼火之法越来越娴熟。

"最多十次，我必定可以完全掌握！"白小纯精神振奋，再次取出冤魂炼制。

此刻，魁皇城内，因鬼王花开之事，已然四方云动。

"鬼王花开！传闻这皇族八大秘境之一的炼魂壶内，有一朵由一代魁皇亲自种下的鬼王花，吞下其果实可修复神魂，让自身圆满，驱除一切隐疾！"

"此物还有一个作用，可以让人完美化去全身修为，重换功法！"

"这还是其次，我听说，这鬼王花的果实能让亡魂再生！"

一时间，整个魁皇城内，各种传言四起，那些权贵纷纷心动。这鬼王花对巨鬼王有大用处，对他们来说，用处也不小。议论之声在一处处奢华的府邸内此起彼伏，但没人轻举妄动，毕竟这炼魂壶属于皇族所有。虽有令说有缘者得之，但具体规则，还需皇宫下达。

就在魁皇城内众人讨论与等待时，一道法旨从皇宫内传出："炼魂壶是我皇族八大秘境之一，此番开启，遵大天师之意，有缘者得之……但元婴以上不得入，元婴以下不可入，唯元婴可入内获造化！上自皇族，下至诸侯，任何一方只可派一人前往，不可多出！"

这道法旨传出后，魁皇城内的权贵们纷纷心念电转，对这个旨意进行详细解读后，一个个都若有所思，但很多人同时看着巨鬼城所在的方向。

他们知道这一定不是魁皇下的旨，而是大天师之意。在如今的魁皇城内，大天师的旨意比魁皇更有威严。

不过诡异的是，这些权贵竟纷纷沉默，似乎在等待着什么。

很快，随着魁皇旨意传下，此事飞速传入九幽王耳中。九幽王盘膝坐在九幽城的王殿内，其身影魁梧高大，身边竖着一柄巨大的战斧。此刻看着手中的玉简，他咧嘴一笑，缓缓抬头。

"巨鬼……你想要这朵鬼王花，可老夫偏偏不让你如愿！"

他与巨鬼王多年不和，若非碍于一些原因，怕是之前巨鬼王衰变虚弱时，他就不是隔空一击，怂恿三大家族叛乱，而是亲自出手了。

"宣世子周宏，来见本王！"九幽王冷冷一笑，目光冷厉，声音回荡于四方。此刻，他更是拿出骨简，向所有与九幽城有关联的权贵家族传音，交代一番。

同一时间，在那斗胜城内，一座山峰顶部，一个穿着青色长衫的中年男子负手而立。他的身体看起来不如九幽王魁梧，可他站在那里，如同这片天地间唯一的身影，身上的威压似乎可以压制苍穹、大地。

这青衫男子，正是斗胜王。

"有意思……鬼王花已开四次。之前几代巨鬼王都未能成功获得，那么这一次，对这一代巨鬼王而言极为重要。一旦他获得，就可形成五行格局，从此其功法的隐患将彻底消失，不会再有衰变期！那么这一次，无论是谁获得，都能以此从巨鬼王那里换取让他肉痛的宝贝……"青衫男子眯起双眼，脑海里浮现出巨鬼王那可炼化万物为大药的丹瓶。

"易儿，来见我！"青衫男子沉吟一阵后，微微一笑，声音传出。

九幽王、斗胜王都起了心思，灵临城内，四大天王中的灵临王一样心动。灵临王身体肥硕，坐在那里如同一座肉山，甚至比当年的张大胖还要夸张。可这蛮荒内，敢嘲讽他的人几乎没有。

此刻，他坐在王殿内，四周环绕着大量侍女，手中拿着酒杯，目中露出精芒。

"巨鬼王这一次惨了，估计所有人都想恶心他，要趁火打劫了……这么个机会，本王岂能浪费？"灵临王哈哈一笑，猛地抬头，向着外面大吼一声，"姗姗，本王的乖女儿，你不是天天找人斗法吗？父王给你一个机会，去炼魂壶，你打了谁都不要紧，只要记得把那鬼王花的果实给爹带回来！"随着话语传出，灵临城内一处别院里传出一声轰然巨响，一道身影骤然飞出，英姿飒爽，战意腾腾。

三大天王的举动如同风向标一般，立刻就引起了魁皇城内的连锁反应。

很快，各个权贵的家族内传出一道道声音：

"一家只能派出一人吗？此事或许会得罪巨鬼王……罢了，四大天王的纷争，我周家还是不参与了！"

"巨鬼王虽是半神，但我李家与九幽王交好，不得不去啊。也罢，我李家麒麟子，正好在这炼魂壶内扬名！"

"好久没有这种涉及大部分家族的争夺了，元婴小辈趁这个机会，皆能崛起！虽会得罪巨鬼王，但有斗胜王在，我们也不怕！"

……

这一幕幕在蛮荒很多区域同时上演，无常公布置在八方的眼线快速将消息传递回来，他面色阴沉，直奔王殿而去。

不多时，当他离开后，王殿内传出巨鬼王的一声怒吼。巨鬼王走下王椅，眼中充满寒意。实际上，不用无常公密报，他也可以猜出，鬼王花的出现必定引动风云。实际上，衰变期结束，他重回巨鬼城后，就始终挂念着炼魂壶，算算时间，他知道那朵鬼王花应该快要第五次开花了。

所以，他让无常公盯着其他几个天王，同时去找大天师沟通，试图让大天师同意，将这一次进入炼魂壶的名额只给巨鬼城。可显然，大天师拒绝了，哪怕巨鬼王以人情去换，也是如此。当然，这里面不无敲打之意。这让巨鬼王内心怒意弥漫，却没什么办法，实在是那手段高超、挟天子以令诸侯的大天师让他极为忌惮。

"都知道这鬼王花对我极为重要，这三个老家伙却要趁火打劫我！更是在明面上压制我的势力，使与我巨鬼城交好的势力退出这一次争夺！哼，三王联手还是其次，大天师的态度才是重点……"

巨鬼王咬牙，可那炼魂壶他去不了。这与大天师的命令无关，是那炼魂壶特殊，天人以及半神根本就进不去。

"不过，你们真的以为，本王没有准备吗？！"巨鬼王冷哼一声，脑中瞬间浮现出一个人……想到此人，巨鬼王忽然笑了。

"这个小滑头，也该让他吃点苦头了，本王的脑袋可不能白白被拍。"想到这里，巨鬼王立刻传下王旨：

"召白浩，让他速来见本王！"

巨鬼王的召见之令传出时，白小纯正在其闭关的密室内炼制十五色火。他已失败了十多次，此刻双目中带着执着，全神贯注，操控手中的火焰，吞噬四周的冤魂。他不敢有丝毫放松，直至火海爆发，那些冤魂都融入其中后，他双眼赤红，右手猛地一握。轰鸣中，扩散四方的火海瞬间凝聚，似被他一掌握住！

激动中，白小纯深吸一口气，慢慢摊开手掌。看着此刻在掌心中燃烧的一团火焰，他露出笑容："终于……成功了！"

那团火焰闪动着十五色火光，正是……十五色火！

炼制出这团火，也就代表着白小纯不再是黄品炼魂师，而是玄品炼魂师！

整个蛮荒，玄品炼魂师不说凤毛麟角，可也不过百人而已。眼下，白小纯凭着自己不断的研究推衍，终于晋升到了这一层次。

他正得意时，忽然，从闭关之地外传来急促的声音："大总管，王爷召见，让您速去！"

白小纯一愣，有些诧异，琢磨着为何王爷每次找自己，都是自己正打算出关的时候……

"不对啊，莫非他能看到我？"白小纯立刻就紧张了，怀疑地看向四周，赶紧将手中的十五色火收起，表情一变，又觉得此事不大可能。

白小纯带着迟疑，慢吞吞地走出闭关之地，立刻就看到外面有两个侍卫，正恭敬地拜见自己。

"王爷找本总管什么事？"白小纯看了看侍卫，看似随意地问了一句。

两个侍卫没有迟疑，知道白小纯权势滔天，不敢得罪，于是低声解释了一下鬼王花的事情，猜测或许与此有关。

白小纯一听，立刻就吸了口气，心里一阵哆嗦："整个蛮荒的元婴天骄豪雄都会去？太危险了啊……"

想到这里，白小纯忽然面色大变，直接就喷出一大口鲜血，后退几步，哀声传出："我修炼出了岔子，你们去回禀王爷，就说容我先闭关半载调理一番……"说着，白小纯赶紧退回闭关之地，砰的一声，大门紧闭。

这一瞬变化太快，那两个侍卫顿时傻眼了……

第 687 章

王爷放心

巨鬼王的神识不可能时刻覆盖整个巨鬼城，尤其是眼下他正思索着自己的计划，在等待白小纯的过程中，他在心中将计划从头到尾又过了一遍。

实在是那鬼王花的果实对他太重要了，前几代巨鬼王都没有等到，到了他这一代，已积累了四枚，只差最后一枚，就可五行俱全，彻底弥补功法上的缺陷。

所以，他容不得丝毫意外，一定要确保自己这一次获得鬼王果。毕竟，若是鬼王果被其他人拿走，自己想要换取，会陷入被动不说，甚至还会出现一些意外。

自己获取，才是最稳妥的。

此刻，那两个侍卫归来，吞吞吐吐地说出白小纯修炼出了岔子，要继续闭关半载的事情……

巨鬼王一瞪眼，立刻就头顶冒火，噌地站起，身体一晃瞬间消失，出现时，赫然来到白小纯的别院内。他无视闭关之地的阵法，直接一步踏入，出现在密室内。

巨鬼王刚一进来，就看到面色苍白的白小纯按着胸口，喷出一大口鲜血，眼神似乎都有些恍惚了……这时，白小纯仿佛才看到密室内多了一个人，愣了一下后，勉强站起身，面无血色，颤抖地一拜。

"卑职拜见王爷。"

巨鬼王也愣了一下。那一口鲜血喷得很多，尤其是此刻的白小纯，看起来明显身体虚弱。他神识一扫，也看出白小纯体内修为紊乱，面色不由得沉了下来。

"怎么弄的？"巨鬼王沉声问道。

"王爷……"白小纯惨笑，苦涩地摇头，深吸几口气后，擦去嘴角的鲜血，低声回答，"卑职想要为王爷赴汤蹈火，无奈修为不够，心急之下想要强行突破到元婴初期，不料出了岔子……"

白小纯面色苍白，声音也虚弱无比，可目光坚定。

"不过王爷放心，只要给我半年时间，我的伤势一定可以痊愈！"

白小纯努力地抬起手，一拍胸口，摆出一副为了王爷可以出生入死的姿态。但他暗中偷偷观察巨鬼王，心底琢磨着，自己无论如何也不去那危险的地方，还是在巨鬼城安全……

这时，巨鬼王神色变得玩味起来。他打量了白小纯几眼，面皮抽动了一下。他才不信事情这么巧，鬼王花开，风起云涌，众天骄即将齐聚争锋的当口，这白浩恰好就修行出了问题。此刻他没时间与白小纯废话，于是右手抬起，手心内立刻出现了一枚丹药。

这丹药呈白色，散出柔和的光芒，其内隐隐有一道龙影，药香惊人，眨眼间弥散八方。白小纯看到后，眼睛都直了，连连吸气，这还是他第一次在蛮荒看到丹药。

身为炼药大师，他眨眼间就分析出，这是疗伤圣药，比神墟丹还要有奇效，可以说是他前所未见之丹。

这种丹药，在通天河区域内都少见，更不用说在没有丹药的蛮荒了，显然是巨鬼王的珍藏之物。

"此丹名为破天造化丹，一生只能吃九粒。本王就是因为吃下了九粒破天造化丹，衰变期才会缩短，而其他人只要还有一口气，吞下后就可瞬间恢复。

"这一次，你去也得去，不去也得去。你可要想好了，你若不吞这丹药，就算此番任务失败，老夫也不会为难你；可你若吞了丹药，就一定要完成任务！"

巨鬼王淡淡开口，声音却蕴含着不容忤逆的威严。他目光炯炯地看向白小纯，右手一弹，这枚丹药直奔白小纯而去。

白小纯吓得全身一哆嗦，立刻一把抓住丹药，哭丧着脸，眼巴巴地看着巨鬼王，内心不断暗骂，却无可奈何。他看出了巨鬼王目中的坚决。他明白，的确如对方所说，这一次自己是去也得去，不去也得去了……

想到这里，白小纯尽管内心委屈，可表面上容光焕发，体内传出咔咔之声，刚才还紊乱的修为，眨眼间就恢复如常。

"王爷放心，卑职一定尽可能完成任务！"白小纯大声道。

"伤势好了？"巨鬼王笑眯眯地说道。

"咦？王爷您不说我还没发现，真的好了啊！上次我修为突破，就是因为拜见了王爷，如今伤势痊愈，也是因为王爷亲自探望啊！王爷您真是神武盖世，龙飞九天，一道目光就让卑职好似吃了疗伤圣药一般。"白小纯脸不红气不喘，目光狂热地拍着马屁。

巨鬼王轻咳一声，对于白小纯的厚脸皮，他心中有数，此刻也不在意白小纯的滑头，而是神色肃然地交代一番。

白小纯打起精神听着，刚开始他还松了口气，觉得自己这么厉害，谁敢惹自己，一出手就能镇压。

可听着听着，白小纯就心跳加速，睁大了眼。一想到这一次所有人联合在一起对付巨鬼王，白小纯就胆寒。

"那可是几个天王派出的世子啊，还有魁皇城内那些权贵之家的天骄！这些人就算不全是天兽魂元婴，里面也必定有一些……这些人要是联合在一起……"

白小纯不停地吸气，脸又白了起来。去的人必定都是天骄豪强，自己虽然厉害，但猛虎架不住群狼，一个不小心，估计小命就危险了……

"该死的，为啥非要让元婴去啊？这要是去的都是结丹修士该多好啊……"

白小纯欲哭无泪，他虽觉得自己很强，但还是没把握，眼看巨鬼王不容违逆的样子，只能硬着头皮用力点头。

"不过，你也不要有太大压力，有本王的配枪以及那破天造化丹，你自保还是可以的。况且本王也有安排，只要你进了炼魂壶，一切就没问题了。"巨鬼王看着白小纯，安慰了一番。

眼看白小纯还是愁眉苦脸，巨鬼王低喝一声："你别忘了，你我之间还有禁制，本王岂能让你去送死？"

这句话总算让白小纯心情好了一些。他已经琢磨好了，自己就去那炼魂壶转一圈，谁也不招惹，想来这样也就没人来理会自己了。而且，听巨鬼王的意思，似乎还有帮手，这让他心底更安稳了一些。

巨鬼王又交代一番，临走前，给了白小纯一个丹瓶，里面居然有八枚破天造化丹！加上之前那一枚，正好九枚！

白小纯看到后，也惊讶于巨鬼王的手面，内心更加安稳了些。

做完这些，巨鬼王这才带着白小纯离去，直接让无常公亲自陪同白小纯乘坐巨鬼舟，当天就离开了巨鬼城，直奔炼魂壶所在之地。

苍穹上，一艘黑色的战舟以惊人的速度破空远去，舟首有一尊巨鬼雕像，散发出黑芒，使得整个战舟气势惊人。

此刻，战舟甲板上，白小纯长吁短叹，无精打采，愁眉苦脸。一旁的无常公饶有兴致地看着白小纯，哈哈一笑。

"白总管，当初被三大天人追杀都不见你皱眉，如今怎么苦着脸？"

"这不废话吗？"白小纯内心嘀咕，被三大天人追杀时，自己底牌很多，而且知道巨鬼王几天就可恢复，所以才拼了命。可眼下的事情与那时没法比。不过表面上，白小纯觉得自己不能示弱，于是一挺胸，傲然拍了几下。

"无常公看错了，我哪里是皱眉，我这是深思；我也没有苦着脸，我这是在蕴蓄杀机！"白小纯义正词严地道。

无常公神色更为怪异，笑了笑便不再言语。

二人接下来一路无话。战舟速度飞快，渐渐地，白小纯察觉到地面上有无数魂影形成了魂潮，竟与他们是一个前进方向。

"每次炼魂壶开启，都会吸引大量冤魂，如本能一般拥入其中……"无常公顺着白小纯的目光，也看到了地面上的魂潮，随口解释了一句。

白小纯内心一惊，越发觉得这炼魂壶不一般，又开始琢磨自己的安危了。一个时辰过去，这艘战舟靠近了炼魂壶所在的地方。

此刻，原本晴朗的苍穹阴沉下来，远处天空上，一朵由黑雾形成的鬼王花惊魂摄魄！

在鬼王花的四周还有无数冤魂缭绕，铺天盖地般，气势惊人。冤魂不断旋转，形成风暴，卷动八方，使人无法太过靠近。

白小纯他们来早了，四周还没有其他人，他们毕竟距离最近，是第一批到来的人。

这就给了白小纯足够的时间去观察此地。很快，他就顺着鬼王花看到了地面上那个大壶！

此壶通体呈黑色，给人一种沧桑之感，阵阵黑雾从壶嘴中散出，不断升空，融入那鬼王花中。

这正是炼魂壶！

白小纯吸了口气，内心震动，他第一眼看到此壶就有种感觉，此物或许是个法宝……

"这炼魂壶内有天地，来历神秘，传闻很多。有人说它是天外之物，也有人说它是一代魁皇遗宝，已不可考，而那鬼王花就在壶内中心区域的盆地里。

"里面虽然很大，但一会儿你进去后，只要向着中心飞去，就可找到那处盆地……不过，根据记载，每次雾花先出，而真正的鬼王花本体还需过一段时间才可成熟。"无常公在白小纯身边解释起来。

"此番你只要获得鬼王果，出来后，老夫会保护你。若有人敢在外面出手抢夺，王爷也会亲自赶来。

"不过在里面，就要靠你自己了。"无常公叮嘱一番。

白小纯闻言有些发愁，他琢磨着自己只要小心一些，应该问题不大……

此时此刻，苍穹上有一道道长虹从远方呼啸而来。这些人有的来自魁皇城，有的则来自其他三大天王的城池，他们通过传送阵到了附近，然后展开全速，疾驰临近。

第 688 章

故人

无常公神色微动，抬头看去，白小纯也赶紧望了过去。就在白小纯目光扫过的瞬间，远处两道长虹从天空中划过，速度极快，掀起阵阵破空之音，尖锐刺耳，传遍八方。眨眼间，那两道身影就到了此地！

其中一人是个老者，满脸皱纹，穿着一套黑色的长衫，目光有些暗淡，一副很没精神的样子。但他站在那里，似乎与这天地融合在了一起，就算旁人用神识去看，也无法看出此人存在的痕迹。

他在白小纯身上扫了一眼后，冲着无常公微微一笑，两人对望，彼此隔空抱拳示意。老者的身边站着一个青年，这青年穿着一身紫色的长袍，神色倨傲，有莫名的威严，尤其是他的眼神，极为锐利。他一身元婴大圆满的修为散向四方，配合他身上的气势，如同一把出鞘的利剑，可以斩断一切看向他的目光。他的目光同样从白小纯身上扫过，他冷笑几声，随后遥望炼魂壶，目中有光芒闪耀。

这两人的出现，立刻就引起了白小纯的重视。无常公瞳孔微微收缩，在白小纯耳边传音：

"这是九幽王世子周宏，此子冷酷，杀戮极多！"

白小纯咽下一口唾沫，也不知怎么的，在看到周宏时，他有种奇异的感应，知道对方是天兽魂元婴。白小纯琢磨着这或许与自己的天道元婴有关。此刻，他若有所思地看去，只见周宏一身气势惊人，且身为世子，必有半神秘法，一看就不好惹，很符合他心目中对天骄的定义。

"单打独斗，我也不怕他，不过这家伙有个好爹啊，还是别惹他了。"白小纯打定主意。正在这时，远处又有两道长虹划过天际，刹那临近，化作两个女子。

这两个女子一老一少，老妪穿着宽大的白袍，神色平静，而她身边的少女却是一脸飞扬跋扈，目中战意盎然。少女那双玉手上戴着紫色的手套，整个人看似秀美，可那骨子里的暴力让人一眼就能看出。

在这少女到来的同时，周宏眼皮一跳，似有些忌惮，竟不敢去看。这一幕立刻就让白小纯吸了口气，暗自心惊。

"灵临王郡主，许珊……此女性格暴烈，一言不合就会暴怒出手……"无常公的声音在白小纯耳边悠悠回荡。

"这蛮荒的天骄，怎么一个个都很暴力的样子？许珊也是天兽魂大圆满，而且似乎肉身极强啊。"白小纯眼皮跳动几下，看着许珊，琢磨着此女脾气不好，就连周宏都忌惮她，自己还是别盯着看了。

白小纯正要收回目光，忽然，许珊凤目一瞪，直勾勾地看着白小纯，似跃跃欲试，目中的战意也强烈起来。好在那老妪咳嗽一声，许珊才有些郁闷地后退几步，可眼神中的战意依旧明显。

白小纯有些发蒙，暗道自己没得罪这暴力女啊，对方怎么一看到自己就要出手？

"这些人太野蛮了，蛮荒果然不适合我啊。"白小纯感慨。

此刻，天边一道道长虹急速而来，足有数十人，都是蛮荒各方势力中的天骄。他们身边都跟随着类似护道的人，尽管不如四大天王安排的天人护道者，可也都是半步天人的强者。

降临后，这些人立刻散开，有的到了周宏身边，有的到了许珊那里，还有一些则聚在一起，不时看向天空，似在等待某人。

"小狼神、李天胜、赵东山、妙琳儿……"随着这些天骄的到来，无常公一一为白小纯介绍起来。每说一个名字，白小纯就顺着无常公的目光看去，越看越心惊。

那小狼神是一个脸上杀机明显的青年，目光极为凶狠。至于李天胜，虽面相好一些，但神色的阴冷，也让白小纯感受到此人不好相处。

还有赵东山，那是一个极为魁梧的大汉，似有部分巨人血脉，站在那里如一座小山，手中甚至还拎着一根巨大的狼牙棒，十分彪悍。

这数十人大都是男子，女子不多。其中有一个女子，让白小纯多注意了几眼，此女正是无常公口中的妙琳儿。妙琳儿身姿婀娜，站在那里似有香风阵阵，引得身边不少天骄都在打量。

而她似乎毫不介意，巧笑嫣然，风姿绝代，尤其是注意到白小纯的目光后，她掩口一笑，莲步轻移交错，让一旁的赵东山呼吸急促起来。

"这蛮荒的女子，比我家宋君婉还是差了不少。"白小纯偷偷看了看，内心评头论足一番，同时心底敲鼓，这些人虽然看起来都是俊男美女，但一个个身上煞气弥漫，显然杀戮都不少，尤其是他们的站位，体现了所属的势力。

"我代表巨鬼王，巨鬼王的势力呢？怎么没人站在我这边啊？"白小纯隐隐觉得有些不对劲了。

"难道还没来？或者是藏在人群里？"白小纯惊疑，目光扫过众人，心底猜测到底哪些人是巨鬼王安排的帮手……可他看了半天也没看出来，心底不由得有些怀疑了。

很快，又有一道道身影从四方呼啸而来，渐渐越来越多，其中一半都是跟随而来的护道者，他们大都沉默不语，只有少数人在彼此交谈。至于另一半人，才是此番要进入炼魂壶的元婴天骄。白小纯打量他们时，他们也在观察着白小纯，有的神色轻蔑，有的神色冰冷，还有的则露出感兴趣之意，显然在来此之前，他们就对白小纯有所了解。

白小纯心底更为紧张，看出这些人的目光中似乎没有多少善意，正忐忑时，忽然四周众人都安静了下来，就连无常公也双目微微一凝，看向远处。只见一道长虹轰鸣而来，速度极快，刹那临近！

来者只是一个人，没有护道者跟随，一身气势惊天，似乎他一出现就压制了此地所有天骄。那是一个穿着青色长衫的青年，神色淡然，似乎这天地间很难有什么事情能让他在意。此刻，他一步步走来，四周天骄纷纷低头行礼，之前那些聚在一起的人更是簇拥上来。

"见过小胜王！"

"拜见小胜王！"

声音传遍四方，但这青年没有理会，而是站在那里，闭上了眼，自始至终，他都没有去看白小纯。

周宏目露不服之意，却忍住了。而那灵临城的许珊，目中战意更盛，似乎她对这小胜王的兴趣，远远超过了对白小纯。

239

"此人是斗胜王之子，被誉为小胜王的……公孙易！"无常公凝重地传音。

白小纯叹了口气，在他看来，这小胜王已经超越了元婴大圆满，怕是距离半步天人只差一点！

白小纯正想问问无常公自己的帮手在哪里，此时远处又有长虹到来。这一次到来的是三个人，最引人注目的是前方那一男一女，男的俊朗非凡，女的绝美无双。

"二皇子……"

"那是……大天师的弟子陈曼瑶！"

众人出声的同时，无常公也在为白小纯介绍着，可白小纯脑海中嗡的一声，似乎什么都没听到。此刻，他的眼中只有那风华绝代、容颜绝美的身影！

陈曼瑶依旧如白小纯记忆里一般美丽，完美的身材、吹弹可破的肌肤，还有那一头长发，使得她整个人如同仙子一般，让人看了后会不由自主地怦然心动。

只是她的目中似乎有一抹化不开的忧愁，这使得她看起来多了一丝柔弱，而这一丝柔弱却让她的美丽更为璀璨！

"陈曼瑶……"白小纯的神色中有外人看不出的复杂情绪，他来到蛮荒这么久，还是第一次看到熟悉的身影！

陈曼瑶，逆河宗弟子……与白小纯一路去了星空道极宗，来到边城后就消失无影。尽管白小纯能猜到她的去处，可如今亲眼看到她后，心中还是有些恍惚，关于逆河宗的记忆慢慢浮现于脑海中……

他依稀记得，当初侯小妹、宋君婉对此女送来的疑似情书颇为不满，还记得许宝财似乎对这陈曼瑶暗中爱慕……

而现在的陈曼瑶，其修为与白小纯记忆里完全不同，一身元婴气息极为深厚，显然回到蛮荒有了不浅的造化。陈曼瑶的出现，敲开了白小纯记忆的大门，让他在这一瞬对逆河宗无比思念，可最终还是要面对现实。他在蛮荒，距离逆河宗太遥远了。

第 689 章

他们要除掉我

"诸位道友，人已齐了，老夫除了护送二皇子来此外，还奉大天师之命，负责此番炼魂壶的开启事宜。"在白小纯内心恍惚时，二皇子与陈曼瑶身后，跟随来的第三人沙哑地开口。

这名男子面无表情，目光冷漠，就连沙哑的声音也带着阵阵冰寒之气，回荡于四方，让白小纯深吸一口气，从恍惚中苏醒。白小纯眼神复杂地看了看陈曼瑶后，平静下来。

"无常道友、云山道友，还有红罗道友，还请助老夫一臂之力。"这名男子淡淡开口，一步走出，直接就到了炼魂壶的上空。

与此同时，无常公以及护送周宏、许珊的那二老也都点头，迈步走出。

四人同时站在炼魂壶上，各自掐诀之下，天人之力轰然降临，形成一道浩荡的波纹，落在了炼魂壶上。

很快，在阵阵震天巨响下，炼魂壶猛地震动，更多的黑雾从壶嘴内翻滚喷出，不断向四周扩散开来。

"你们还有一炷香的时间准备，一炷香后，炼魂壶将会开启，你等立刻踏入炼魂壶。我四人只能将此壶开启半炷香时间，所以半炷香内，你们必须全部进去。在其中你们难以出来，唯有花开后，炼魂壶才会自行开启，你等要在一个时辰内全部出来，迟则危险！"主持此番炼魂壶开启事宜的男子声音冰冷。四周众天骄立刻紧张起来，运转修为，默默等待的同时，也暗中相互打量，似在传音。

白小纯看着那炼魂壶嘴，心底琢磨着一会儿要不要磨蹭一下，可无论怎么磨蹭，也很难拖延半炷香的时间。

"罢了罢了……"白小纯正郁闷时，忽然觉得有些不对劲，就这么一会儿，落在自己身上的目光就已经超过数十道。他狐疑地看向四周，这一看之下，白小纯顿时警惕。

他看到这四周的天骄都若有所思地打量着自己，明显不怀好意，就连周宏、许珊以及公孙易也是如此，白小纯暗道不妙。

"他们果然联合在一起了。"白小纯呼吸有些不稳，这是他最担心的局面。这群人若是一起出手，自己再强也没用啊，这可是上百人，全部使出撒手锏，天人都要头痛。

"这些人太可恶了，他们好大的胆子，我那么厉害，赫赫边城万夫长，堂堂巨鬼城大总管，面对天人我都敢出手，半神我都敢绑架，又岂能怕他们?!"白小纯觉得自己在气势上不能输，便安慰自己，给自己打起气来。

"不过我也不能欺负人。罢了罢了，我的身份太高，又是天道元婴，不与他们一般见识。这一次我要低调，进去转一圈，意思一下就可以了，不去与这些小家伙争夺。"

白小纯想到这里，顿时觉得自己在心境上已经超越这些天骄，于是露出善意的笑容，向着这些天骄含笑点头。

可这笑容与善意没有半点作用，那些不怀好意的目光根本没有减少，周宏、赵东山等人甚至还露出了鄙夷与讥讽之色。

这立刻就让白小纯生气了，他觉得那么厉害的自己都已经主动表达善意了，可这些人居然不识抬举!

"太过分了……罢了罢了，这点小事，我就不与他们计较了。"白小纯眼看对方人多势众，郁闷地忍下，正要收回目光时，忽然心神再次一凛!

"不对……"

这一次，他从部分人的目光中察觉到了杀机……此地天骄众多，不是所有人都善于隐藏，里面有一些人或许觉得没必要隐藏。

"他们要除掉我?!"白小纯内心震动。这次他代表的是巨鬼王，他虽知道有危险，但始终认为，只要自己不参与抢夺，那么危险就不会降临。

可眼下，这些人的杀机立刻就让白小纯警觉起来。

实际上，白小纯的感受没错。有些天骄的确起了杀意，并非针对白小纯，而是他们知道，白小纯不是什么皇亲国戚，只是巨鬼王的一个手下而已，这样的人，他们自然敢动。

而除掉白小纯是最简单的解决问题的方法，除非巨鬼王还有别的安排，否则，只要白小纯一死，就代表这一次鬼王果的争夺，巨鬼王已经出局了。

至于鬼王果最终被哪一位王爷获得，不重要，因为他们都会以此和巨鬼王交换，每位王爷麾下的势力都可以拿到好处，只不过谁能抢到，立下首功，谁能拿的好处就最多。

此事必然会得罪巨鬼王。若是换了其他时候，那些权贵会有这个顾虑，可这次的事情是由三大天王联合操作，有他们三人在，巨鬼王就算火再大，也发不出来。

而这一切也是一场因果，毕竟所有人都知道，四大天王之间不和由来已久。之前有那么几次，蛮荒出现秘宝，四大天王抢夺，多被霸道的巨鬼王得手。所以如今，在对巨鬼王至关重要的鬼王果上，三大天王难得形成共识，他们要趁这个机会，阻击巨鬼王！

在这种半神层次的斗法中，对这些天骄而言，白小纯只是一个随时可以被捏死的小人物而已。

人群中的二皇子，耳边也有旁人传音。他神色平静，内心更是冷笑。如今的蛮荒，魁皇势弱，大天师挟天子以令诸侯，但四大天王没有去死命维护魁皇，而是各自为利益进行割据，并借此巩固自身势力。

如这本属于皇族的八大秘境，凭大天师一句话，就可从皇族分离，变成众人争夺之地。二皇子他身为皇族，无论是对大天师还是对四大天王都有恨意，眼下看到四大天王内乱，他自然乐意，只是看向身边的陈曼瑶时，目中隐有复杂的情绪。

站在二皇子身边的陈曼瑶神色淡漠，似乎对这一切的算计都没有兴趣。这一次，她只是奉师命来将鬼王果取回而已，谁敢抢夺，谁就是她的敌人。

一炷香的时间很快就要过去，白小纯心惊肉跳，他已经确定，有些人对自己真的有杀机。

"还好不是全部，只是一部分而已……况且，如果我死了，巨鬼王也得死，巨鬼王应该不会让我来送死吧……"

白小纯眉头皱起，就在这时，一声轰鸣回荡，那炼魂壶嘴的雾气，也不再喷出，而是露出一条漆黑的通道……

主持炼魂壶开启事宜的那名男子，声音猛地传出：

"还不进去?!"

这声音传出的瞬间，公孙易以及周宏等人刹那速度爆发，轰鸣间直奔通道而去，其他人也都急速飞出。白小纯长叹一声，也赶紧飞了进去。

"进去后先麻痹他们，不给他们联手的机会，这样安全些。"白小纯一咬牙，速度加快，刹那就顺着炼魂壶嘴进入通道内，向着前方疾驰而去。

这炼魂壶嘴的通道看似很长，可实际上在进入后通道便消失了。眨眼间，众人包括白小纯在内，直接出现在了炼魂壶的天地内。

这是一片独立的世界，天空灰蒙蒙的，大地一片紫色，四周有黑色的雾气弥漫。在那雾气内，似乎藏着无数厉鬼，一个个飞速游走，阴冷的目光透过雾气看向出现在这里的众人。

一股压抑感从四周的雾气中散出，甚至那些雾气内的厉鬼，也让众人有了危机感。

透过雾气，可以隐隐看到地面似存在一条条山脉，而在更远处，所有山脉的会聚之地，那里有一个巨大的盆地！

此刻，在那盆地的上方，无数雾气凝聚着，环绕成了一朵与外面一模一样的鬼王雾花……

那鬼王雾花似乎没有完全绽开，正在慢慢地开放，怕是还需要一些时间，才可盛放结果……

第 690 章

巨鬼王你太黑了

就在众人的目光大都落在远处盆地里的鬼王雾花上时，白小纯快速地看了看四周，又看了看那鬼王雾花，正要小心翼翼地后退，可突然，他的身上无声无息，极为突兀地出现了白色的光芒。

这光芒直接就从白小纯体内散出，穿透了衣服，使得他在这天地内极为显眼。

白小纯一愣，不知道发生了什么情况。四周众人刚刚进来，原本正打算飞向鬼王雾花所在地，至于对白小纯，他们虽有杀机，但不是所有人都打算提前出手杀他。有不少性格孤傲的天骄，只要白小纯不与他们争夺，他们也不会出手。

可还没等众人散开，白小纯身上的白光立刻就引起了所有人的注意。瞬间，来自四周上百人的一道道目光，让白小纯头皮发麻。

这上百人可都是元婴修士，其中最弱的都是元婴中期，他们的目光形成的威压，让白小纯眼皮狂跳，他赶紧开口：

"大家别冲动……那个……我白浩代表巨鬼王，放弃这一次争夺鬼王果的权利，你们放心，我不会抢夺。"白小纯努力让自己的表情看起来真诚一些。

这番话一时间让众人怔住了，一个个神色都慢慢变化起来，看着白小纯，可还没等他们开口，突然，白小纯身上的光芒更为耀眼，甚至将他的身影都遮盖住了。这一幕，再次让众人目光凝聚。

"白浩，你要干什么！"

白小纯欲哭无泪，他也着急啊。此刻查看之下，面色蓦然大变，他已经找到了自己身上发光的元凶，那光源来自他体内……与巨鬼王的禁制！

白小纯内心咯噔一声，暗呼不妙，他身上的白色光芒，只有一丝与他连接，绝大多数都脱离了他的身体，升空而起，化作了一道白虹，直奔远处的盆地！

这一切太过突然，就在众人面色大变时，那白虹便以极致的速度，出现在了盆地的上方。

一声震天轰鸣回荡中，白虹落下，竟将盆地覆盖，将那鬼王雾花笼罩在内！

与此同时，白虹内出现了一个巨大的旋涡，这旋涡传出阵阵吸力，竟使得那鬼王雾花加速绽放！

可以想象，有这光幕，有这吸力，一旦鬼王雾花盛开，结出果实，必定会第一时间被那旋涡吸走……

这一切让众人都呆住了。白小纯更是傻眼，他身体颤抖，此刻内心呜呼，他终于明白为何巨鬼王让自己来的时候那么自信了……

"巨鬼王你太黑了！根本就没有帮手，你你你……"白小纯面色变得惨白，此刻全都明白了，他是被巨鬼王坑了。巨鬼王之所以说白小纯只要到了这里就没问题了，正是因为他体内与巨鬼王的禁制。

这禁制，才是巨鬼王的撒手锏，他可以凭着此禁制，在这里，获得鬼王果！

白小纯内心哀号，更是发现随着白光的散出，自己的修为竟飞速地泄出去，片刻的时间就泄了小半，这就让他内心更惊，身体瞬间就要后退。他此刻头皮都要炸开了，一股强烈的生死危机感让他明白，这一次自己麻烦大了！

"该死的巨鬼王！"白小纯气急败坏，都快哭了。此刻他正要逃遁，众人全部都吸了口气，一个个眼中瞬间爆出怒意！

尤其是人群内有人失声惊呼后，众人更是怒意冲天而起。

"这是虚空元神禁……只要禁主不死，除非半神，否则无人能轰开此禁！"

就连公孙易以及周宏等人也都面色难看，他们虽没有认出这禁制，但也能看出，此禁绝非元婴能打开，想要打开的办法只有一个，那就是杀了禁主，而这禁主……显然就是白浩！

尤其是白小纯身上此刻还有一丝白光，似与那禁制呼应着，见此情景，众人的杀意彻底爆发出来了。

"白浩你找死！"

"该死，你方才还说放弃，转眼又这样，受死！"

"杀了他，只有杀了他，这禁制才能消散，否则的话我们这一次就要全部失败了！"

喧天的愤怒咒骂中，白小纯成了众矢之的，此地众人全部爆发出修为，向着白小纯轰击而来。

"我冤枉啊，你们听我解释……"白小纯吓得面无血色，内心悲愤，话还没等说完，他前方立刻就有四道身影怒吼而来，其中有一个魁梧的大汉，正是赵东山。

"道友听我解释……"白小纯赶紧高呼一声，可那赵东山面色狰狞，向着白小纯猛地大吼：

"杀！"

声音传出的瞬间，赵东山及其身后三人直奔白小纯，刹那出手，术法波动弥漫开来。

"巨鬼王你个王八蛋！"白小纯悲吼一声。正要后退时，他身后也有七八道身影同样带着杀机冲来。这一幕让白小纯内心狂震，呼吸猛地一滞。他知道自己不能停顿，一旦停下来，会有更多的人围杀，于是毫不迟疑，向前猛地一步冲出，直接发动撼山撞。

其速度极快，直奔赵东山而去。赵东山狰狞地咧嘴一笑，手中狼牙棒猛地挥舞，眨眼间就与白小纯碰到了一起。

轰鸣之声瞬间震天而起，轰动四方，使得白小纯四周的蛮荒天骄一个个都面色大变。距离较近的更是双目瞳孔收缩，难以置信。

只见赵东山竟喷出鲜血，身体如断了线的风筝，倒退不止。而那原本应该被他阻挡的白小纯，此刻在狂暴中轰然冲出，没有半点停顿，直奔前方通道，加速疾驰。

"这怎么可能！"

"赵东山的肉身之力，在我们中算是数一数二的了，仅次于那暴女许珊，可他竟然被撞飞！"

"这白浩……他的肉身之力竟强悍到了如此地步！"

众人大惊之下也立刻追击而去，一道道身影呼啸间直奔白小纯。而此刻的白小纯心惊肉跳，眼泪都在眼眶里打着转了。

"巨鬼王你太过分了，我不就是拍了你几下脑袋嘛，我不就是拿你当盾牌嘛，我可是救了你啊，你居然坑我！我若死了，你也好不了啊！"

白小纯内心委屈，尤其是他发现自己体内的禁制并没有消散，依旧存在后，他就明白，以巨鬼王的手段，必定是早有准备，以这禁制的威力，一旦自己死了，即使不会让巨鬼王死，也必定会让其受到重创。

这很明显，巨鬼王是在逼白小纯，也是在赌——赌他能坚持得住，坚持到开花结果之时。此刻白小纯想到巨鬼王给自己的丹药，又想到了那把长枪，他彻底明白了。

"那丹药，巨鬼王给了我九粒，估计真的是一个人一生最多只能吃九粒……那把长枪，估计是他身上唯一适合我用的最强之宝……"

在白小纯遭遇危机之时，巨鬼城内，王殿上的阁楼中，巨鬼王面色阴晴不定地站在那里，遥望炼魂壶所在的方向，此刻他心中也紧张了起来。

那鬼王果对他太重要了，的确如白小纯所预料的那样，那种程度的丹药一个人一生最多只能吃九粒，而炼灵十六次的长枪，也的确是他能拿出的白小纯可以使用的最好的法宝。这一切都是巨鬼王的计划，从白小纯这个意外出现后，从他修为恢复后，他就开始筹划这件事情了。

他要去赌一把，赌白小纯逃命的本事……这一点，巨鬼王还是有些把握的，尤其是想到白小纯带着他从三大天人以及大量元婴手中逃走的一幕幕，他就心底安稳了一些。

"这白浩的逃命本领是我见过的最强的了，希望他能坚持住。白浩，只要你能帮本王顺利夺得鬼王果，那么从此本王便把你当亲儿子看待，绝不让你受丝毫委屈！"巨鬼王喃喃低语。

第 691 章

不行，我要报仇

此刻，炼魂壶内，轰鸣之声扩散八方，四周翻滚的雾气中，一道道厉鬼之影也都目露贪婪。这一众天骄的气血，对于这些厉鬼而言，是最好的补品。

白小纯委屈得不得了，此刻急速突围，想要冲杀出去，怎奈四周天骄众多。很快，他的前方又出现了七八道身影，向着他奔杀而来。

白小纯眼皮一跳，其中一人，正是元婴大圆满的周宏！

那周宏目中带着杀机，以俯视蝼蚁一般的姿态刹那而至，轰鸣之声再次回荡。白小纯气息粗重，双眼赤红，身影如同怒龙，根本就没有犹豫，直接冲撞过去。

气势骤起，轰鸣撼天动地，众人只一碰触，就全部被撞得倒退开来，气血翻涌。眼看白小纯如此生猛，周宏面色微变，其他天骄也心惊，可白小纯速度太快，根本就没法阻挡。

此时，白小纯气势强盛，早已发狂，横冲直撞，肉身之力全面爆发，修为更是散开，天道元婴使得他如同战仙，所过之处，竟无人能阻挡他的脚步。

可他也不敢停顿，他身后众人神通轰鸣，一旦停顿就麻烦了，只能向前不断地冲击，右手抬起时，那把炼灵十六次的长枪被他取出。

冲杀配合长枪，一时间，白小纯竟一往无前、勇猛非凡。

轰轰轰！

眼看白小纯就要冲出众人的包围圈，一声冷哼蓦然间从白小纯的前方传来，正是公孙易！

他站在那里，右手掐诀，向着白小纯一指。这一指之下，立刻就有一股封印之力骤然爆发，化作无数虚幻的符文，直奔白小纯，瞬间环绕四周，似成了一张大网，狠狠一收！

这一收之下，巨响惊天，白小纯无法避开，直接就撞在了上面。因此刻他体内修为被吸走太多，他没能立刻将大网轰碎，只是将大网撞出一道道密密麻麻的裂缝。

哪怕是这样，也让公孙易面色猛地变化，内心大为吃惊，欲将封印加固。白小纯身影被这么一阻挡，他身后立刻就出现了数十道身影，在这数十道身影后方，还有更多天骄也在急速追来。

没有半点迟疑，这些人纷纷出手，一道道撒手锏般的神通术法一刹那直奔白小纯。而周宏神色阴沉，出手就是一道惊天剑光，如要斩开一切般迎头而去！

还有小狼神，此人竟在嘶吼中变身，化作半狼半人，直奔白小纯！

李天胜，此人阴毒，眼看众人出手，他冷笑一声，右手抬起一指，顿时一片五彩毒雾扩散，化作五个骷髅头，在桀桀笑声中瞬移而去。

这些人都是元婴修士，小狼神李天胜等人更是元婴后期，至于周宏则是元婴大圆满。他们本就是天骄，功法强悍，联手一击，就算是天人，也要慎重对待。

此刻，白小纯有了一股危机感，他之前虽有准备，但是没想到形势逆转得如此迅猛。

"欺人太甚！"白小纯内心悲愤，此刻仰天大吼。于是，他取出永夜伞，猛地撑开，全力阻挡。轰鸣之声惊天而来的瞬间，他的身后，一声娇喝传来，许珊急速飞出，刹那就到了白小纯的身边。

许珊右手抬起，一拳轰出。

"给我回去！"许珊的声音带着金铁之意，出手更是雷声震天。这一拳的肉身之力强悍无比，白小纯被那大网阻挡，正心急，此刻怒吼一声，背对着永夜伞，同样轰出一拳。

二人出手隔着大网，拳头直接碰到了一起，与此同时，大量的神通术法也撞击在了永夜伞上。

轰鸣之声在这一刻冲天而起，璀璨光芒中，那大网直接崩溃。此时许珊倒退，就连公孙易也面色变化，立刻避开，实在是那些人一出手气势极强。

白小纯嘴角溢出鲜血，随着永夜伞倒飞，他的身体在身后那无数神通的冲击下直接被轰了出去，直奔远处的黑雾。

这一幕让此地所有人都心神狂震，他们无论如何也没想到，这白浩居然如此扛打，众人一同出手，竟只是让他受伤，没有要他的命！

就在这时，人群中的妙琳儿忽然美目闪动了一下，双唇微动，竟有一片波纹从其口中传出。这波纹瞬间扩散，似能让人心神摇曳，在倒退而去的白小纯身边猛地回荡。

耳边仿佛有让人无法不被吸引的天籁在呼唤。此时，白小纯心神震荡，体内的伤势竟全面爆发，根本就无法压制，他喷出一口鲜血，身体也跟跄了几下。

与此同时，周宏双目内寒芒一闪，右手抬起时，他的手指上竟出现了一道黑芒。这黑芒刚一出现，竟有一股天人之意爆发出来。

在众人心惊时，周宏一指白小纯。

这道黑芒急速而出，速度之快，似可以穿透虚无，直接就出现在白小纯的面前。可还没等它靠近，白小纯体内就有一道黑光蓦然爆发出来。

正是龟纹锅，轰鸣间，黑芒崩溃，龟纹锅倒卷，融入白小纯体内后，白小纯借力急速倒退，取出一枚破天造化丹，毫不迟疑地吞下，速度不减，反倒更快，冲入雾气内。

"不能让他逃走！"

"白浩不死，禁制不碎！"

众人立刻急了，公孙易、周宏、许珊等人瞬间追出，小狼神等人也是咬牙纷纷追去。

很快，众人就全部杀入雾气内。二皇子冷笑地看着这一幕，也在追击。至于陈曼瑶，她此刻呼吸有点急促，看着消失在雾气内的白浩的身影，开始思考。她之前还没注意，此番看到白浩出手，她隐隐觉得，对方的身上似乎有一些自己熟悉的感觉……

白小纯速度飞快，在这雾气内一路疾驰，而体内一片火热，之前的伤势正在飞速地痊愈，也就是几个呼吸的时间就完全恢复了，这让白小纯略感安慰。

可体内的修为还在不断被吸走，又想到自己被巨鬼王坑了，白小纯就再次郁闷了。他越想越生气，越生气越委屈，却不敢停留，向着前方疾驰。

他速度太快，身后的追杀者想要追上，短时间做不到，渐渐就被拉开了距离。再加上这炼魂壶的世界中雾气浓重，里面还有厉鬼，众人进入后，那些厉鬼开始还隐藏身影，可随着众人在雾气内横冲直撞，这些厉鬼慢慢发出嘶吼，很快就开始攻击众人了。一时间，众人乱了阵脚，阵阵惊呼与轰鸣不断传出。

　　偏偏没有任何厉鬼去阻拦白小纯，如看不到他一样，任由他在雾气内急速遁走。此时那些追杀白小纯的人看不到路，白小纯却看得清清楚楚。

　　"哼，有这面具，你们休想追上我！"白小纯冷哼，速度更快，直至过去了一个多时辰，他的身后安静下来，再没有人追上。白小纯这才落在了地面上的一处山中，坐在那里，又吞下一枚破天造化丹。感受着体内的吸力慢慢变弱，直至完全停下，不再吸收自己的修为后，白小纯再次吞下一枚破天造化丹，这才恢复到了巅峰状态，他看着四周，回想这一幕幕，悲愤无比。

　　"这么多人追杀我，我们又没有仇，实在是欺人太甚，太过分了，有本事和我单打独斗！还有巨鬼王，这个老不死的，当初为了救你，我九死一生，现在你却这么对我！不行，我要报仇！"

　　白小纯越想越生气，只觉得胸口发闷，一口气出不来，在这委屈中，他似乎胆子也大了一些，恶向胆边生，狠狠一咬牙。

第 692 章

你坑我也坑

"我要报仇！"白小纯满脸怒意，握紧了拳头，脑海里不断地转动各种念头，琢磨报仇的办法。

杀人是不行的……白小纯不傻，他知道自己的真实身份在这蛮荒非常敏感，今日若是杀了这些天骄，相当于得罪了整个蛮荒，到时候他在蛮荒必定寸步难行，危机重重。

如果只是收拾一两个天骄，白小纯也不甘心。

"况且杀人的话，就与巨鬼王关系不大了。虽然也会让他受牵连，但毕竟人不是他杀的，到时候巨鬼王那老家伙一翻脸，我就相当于自己挖坑把自己埋了……不行，得想个别的法子，最好是既能报仇，又能让巨鬼王有苦难言。"白小纯狠狠抓了一把头发，双眼红通通的，冥思苦想。忽然，他双眼一亮，猛地抬头，呼吸急促。

"有了！"白小纯精神抖擞，脑海里生出的念头越发清晰。

"我不杀人，我将这里所有天骄都绑了，然后送到巨鬼王那里。他本就因炼魂壶内的举动而理亏，到时候所有势力不满，那些天骄还在他手中，这就给了那些权贵找碴的理由。他若是放了那些天骄，对他颜面影响极大；可若是不放，蛮荒所有权贵联合起来去找他的话……嘿嘿……

"这些天骄，就是烫手的山芋啊，到时候巨鬼王有苦难言……况且巨鬼王就算再霸道，也不好用那些天骄去勒索他们的家族。这种先作弊后勒索而引起众怒之事，白爷爷我做起来无所谓，可巨鬼王却做不得，一旦做了，引来的祸患怕是更大！"白小纯想到这里，顿时仰天大笑起来。

他觉得自己实在是太聪明了，这么一个办法都可以想出来，不由得既感慨又得意。为了让这个计划更完美，白小纯深吸一口气，又琢磨了一番。

"不过我也要做好防范，万一巨鬼王那老小子不要颜面，直接将人放了……这也不是没可能。哼哼，就算放人，白爷爷我也要让巨鬼王付出代价！"白小纯满脸兴奋，满脑子都是报仇的事情，他将脑海里的计划捋顺后，目中露出期待之意。

"巨鬼王，这可不怨我，你先坑我，就别怪我坑你了，正好我借此机会修行不死骨！"白小纯缓缓深呼吸几次，内心果断决定。尽管这计划还有些瑕疵，可白小纯顾不得那么多了，只要大的方向不会出现问题就可以了。

"此仇不能隔夜，现在就去！"白小纯身体一晃，瞬间冲入雾气内，利用面具隐藏气息，而那雾气内的厉鬼又看不到他，使得他如同幽灵一般，在这雾气中无声无息，急速远去。

炼魂壶的雾气中厉鬼极多，无数冤魂成群结队，呼啸而过。白小纯一路遁走，看着从身边不断飞过的一个个冤魂，也很心惊。

尤其是他看到这里面有不少厉鬼居然头生独角，甚至身体虚幻，却时而显现真身时就更为吃惊。

"这炼魂壶诡异，里面的冤魂更是诡异！"

这些冤魂厉鬼比外面的凶残不少，还有一些甚至可以施展充满死气的术法神通。它们往往看到活人就嘶吼着扑过去，一旦让它们靠近，生机就会暗淡，若被它们扑到了身上，生命之火会剧烈摇晃起来。

若是换了通天河区域的修士，面对这些冤魂，必定手忙脚乱。就算是蛮荒的这些天骄，虽然他们每个人都有对付魂潮的手段，甚至本身就是炼魂师，但面对这炼魂壶内比外界凶残太多的特殊厉鬼，依旧很忌惮，能不正面对抗就绝不碰触。

他们心知肚明，这炼魂壶特殊，其内的厉鬼冤魂虽能被收走，但是很难收服为己所用，所以他们一旦遇到，要么灭去，要么躲避。

眼下在这些冤魂厉鬼的冲击下，追杀白小纯的众天骄已经分散开来，各自为战。他们一边躲避那些冤魂厉鬼，一边也在以各自的手段寻找白小纯。

一旦找到，他们就会高呼，引来众人合力将其灭杀！

"该死的白浩，他若不死，我们就没机会获得鬼王果了！"

"时间紧迫啊……"

众人逐渐散去，他们一个个都对白小纯充满杀意。此刻，一位穿着蓝色长袍的青年面色阴沉，正在雾气中疾驰，他身后有一群冤魂嘶吼追杀，在速度上却不如这青年，冤魂被渐渐拉开了距离。

此人正是小狼神，一身元婴后期的修为，让他在这雾气中也依旧能够保持高速。只要不遇到大规模的魂潮，或者是个别强悍的厉鬼，他可以在这雾气内肆意纵横。

"那白浩逃得挺快，不过我们这么多人寻找，我就不信他能躲得长久！"小狼神内心冷哼。他此番来到炼魂壶，即便无法亲手获得鬼王果，也要凭借自己的修为辅佐世子，如此一来，就算完成了家族的任务，回去后也会有赏赐。

可这一切都被白浩毁了，那禁制的出现，让包括他在内的所有人都明白此番是被白浩给耍了，此人不死，他们就决然没有获得鬼王果的希望。

"我们虽无仇，但你必须死！"

小狼神冷笑一声，便神识散开，仔细地寻找。时间流逝，半个时辰后，小狼神在前行中突然发现前方的雾气内出现了数百冤魂。这些冤魂察觉到小狼神，纷纷目露幽芒，直奔小狼神而来。

小狼神直接无视，数百冤魂他并不放在眼里，速度不但没有减慢，反而更快，呼啸间，直接从这些冤魂中穿过。可就在他要冲出的刹那，他面色一变，出现了一股强烈的危机感。他的修为莫名其妙被削弱了三分，且修为越发滞涩，甚至运转十分缓慢，直至停滞。

"不对！"

来不及思索太多，小狼神身体猛地停顿，就要后退，可就在他后退的瞬间，一声傲然冷笑陡然在他的身边回荡。

"晚了！"随着声音出现的是一道如闪电般呼啸而来的身影。这身影之前藏在冤魂群中，无论是用肉眼还是神识都看不出，此刻突然显露，速度飞快，刹那就到了小狼神的身前，没有犹豫，右手直接抬起，肉身之力与修为融合，一拳轰出。

危急关头，小狼神猛地咆哮，不惜潜力爆发，似要化作之前半狼半人的样子，可这变身还没完全展开，白小纯的拳头已经落下。

轰的一声，这声响震动四方，掀起的冲击波横扫过来，将四周的冤魂全部推开。这一切太突然，小狼神全身一震，想要躲避却无法做到，想要反击也难以做到，只能任由白小纯的拳头如山一般压在胸口，感受着一股无法形容的大力撞在自己的身上。这一拳让他身体遭受重创，鲜血大口大口喷出，体内修为直接崩溃，肉身更似要爆开，骨头也断了好多根。

"白浩！"小狼神惨叫一声，头皮发麻。这致命的一拳，他这一生从没遇到过，此刻都被打蒙了，内心恐惧，鲜血更是止不住地喷出。

这一刻的白浩似乎与之前不一样了，强悍到让他难以置信。

仅仅一拳，他的身体就几乎要崩溃，伤势之重，让他双眼视线模糊，元婴险些出窍，差点魂飞魄散，甚至那变身的神通都在这一拳之下被打断，身体如断了线的风筝，直接被轰出。

"让你变身，之前你打我打得很愉快是不是？变身，我打的就是变身的你！"白小纯冷哼一声。

"白浩在这里……"小狼神整个人虚弱到了极致，彻底失去了战斗力，眼看白小纯临近，他双眼赤红，不顾伤势赶紧大吼求救。可话还没说完，白小纯右手一挥，瞬间就将重伤的小狼神封印，一把抓住他扔到了储物袋内，转身一晃，急速远去，消失在了雾气中。

第 693 章

老鹰抓小鸡

在白小纯离去后不久，他与小狼神交战的地方，又有七八道身影破空飞至。看着四周残留着的小狼神的术法波动，以及飘浮在四周的大量鲜血，众人都面色变化，一个个传音后，再次散开，四下寻找。

而此刻，白小纯正在雾气内疾驰，速度飞快，时而舔着嘴唇，双眼露出疯狂之色。在小狼神之前，他已经抓了七八个了。

"让你之前变身打我！"白小纯冷哼。小狼神不是他抓的第一个人，前面几个他都是一拳放倒。这几次出手，可以说是白小纯达到天道元婴后，真正意义上的出手。对于天道元婴，他也琢磨出了一些非凡之处。

"我的天道元婴应该是可以压制其他元婴……之前那些人，在我出手时，似乎修为都被削弱了。"白小纯琢磨一番，回忆之前的战斗，那小狼神的确修为不稳。想到这里，白小纯考虑了一下，准备再次验证。

于是他赶紧疾驰。不多时，他神色微动，改变方向，直奔右侧区域，很快就看到那里有两个蛮荒天骄，被大量冤魂追杀。

"就拿他们两个试验一下。"白小纯嘿嘿一笑，速度不减，反而更快，轰鸣间直奔那二人而去。刹那，这两个蛮荒天骄就看到了白小纯，面色一变，正要开口，白小纯袖子一甩，顿时一股风暴轰然而去，直接爆发。这二人刚要阻挡，可凭着他们元婴中期的修为，又岂是白小纯的对手？在白小纯的术法下，他们的修为直接被压制，运转严重停滞，二人神色大变。

还没想到办法解决，轰鸣中，他们就鲜血喷出，身体倒退。这时，白小纯一步走去，双手抬起直接隔空一抓，手到擒来。

随手将二人封印，扔到了储物袋内后，白小纯满心喜悦。他方才重点观察这二人的修为变化，内心笃定自己的天道元婴真的可以压制其他元婴，顿感振奋。

"天啊，原来我这么强！"白小纯带着激动，转身就走。

就这样，四散在这炼魂壶天地内的蛮荒天骄，在白小纯的眼中已经成了猎物。而他如同猎人，身影诡异地出没，像老鹰抓小鸡一样，将一个又一个天骄直接绑走。

若是遇到的人较多，他就退去；若是遇到单独一人，他立刻就风暴般轰杀而去，且每次出手时间都很短，逃走时更是速度飞快，也就使得众人很难再次将他围困。

"该死，这白浩为何可以在这雾气内来去自由！"

"已经有十多人失去消息了……"

"通知所有人，不要单独寻找，至少要五人一组！"

这些在炼魂壶内的蛮荒天骄，大都以公孙易、周宏以及许珊为首，此刻纷纷传音，彼此警惕。

如此一来，白小纯有些发愁，五个人的话，他虽也能绑，但必然要耗费一些时间。此刻，白小纯在那雾气内来回寻找，正琢磨要不要冒险用面具改变样子，蒙混进去绑人时，白小纯忽然乐了。

"有个落单的！"白小纯双眼冒光，看着远处一道魁梧的身影，正迈着大步，从一群冤魂中冲杀而过。这是一个大汉，正是……赵东山。

"距离有点远啊，他要是瞬移逃走，我追上去也要耗费时间……"白小纯一拍储物袋，立刻取出一把大弓。

在白小纯看到赵东山的同时，赵东山也看到了白小纯。

赵东山原本就感到心惊，他之前听说了有不少人失踪的事情，眼下正急速前行，与其他人约好要去距离这里最近的一个聚集点。可就在冲出这片阻挡自己的魂潮后，他内心却生出一股强烈的危机感，这种危机感，不是神识感受到的，而是他功法特殊，肉身示警！

转头时，他一眼就看到了白小纯，面色陡然大变，没有半点迟疑，竟直接就展开瞬移，想要逃走。可就在他展开瞬移的刹那，一支利箭带着惊人的气势直奔他而来，没等靠近，这利箭突然自爆。

轰的一声，自爆之力顿时乱了虚空。

"炼灵箭！"赵东山嘴角溢出鲜血，也只有这种炼灵至少十次的箭自爆才可以乱了虚空，使得他的瞬移被强行打断。

赵东山内心叫苦，正要后退，但紧接着他的目中就露出绝望的眼神——他看到了远处白小纯的身影，其手中拿着一把大弓，连开七次，顿时就有七支箭矢，在嗖嗖声中临近。

"白浩！"赵东山大吼一声。此地因那箭自爆乱了虚空，使得他难以展开瞬移，此刻他只能急速后退。

他以前还瞧不起白小纯，之前众人围杀白小纯的时候，他是第一个出手的，直接就被对方撞飞，眼下胸口还在隐隐作痛。如今他根本就没有对战之心，可就在他退后的瞬间，那七支箭再次自爆。

轰然巨响，震动八方，赵东山喷出鲜血，不顾一切正要逃遁，可与白小纯的速度相比，他还是太慢了。顷刻间，白小纯气势汹汹而来。

"你不是很厉害吗？居然敢第一个对你白爷爷出手，爷爷我打死你！"白小纯一想到赵东山之前第一个对自己出手的事，更加生气，直接一拳轰出。这一拳惊天动地，传出震耳欲聋的声响，掀起无穷的冲击波。赵东山的身影消失，被白小纯直接绑走。白小纯一晃之下，转身远去。

在这雾气中穿梭时，白小纯心脏怦怦加速跳动，他觉得这一次很刺激，这种如捉迷藏的感觉，让他心底满怀期待。

"一群尿货，就知道以多欺少，哼哼，哪个敢和白爷爷我单打独斗！"白小纯背着手，袖子一甩，大有一种天下无敌的感觉。此刻得意中，他脚步一顿，看向右前方的雾气，那里的冤魂不少，传来阵阵尖锐的嘶鸣，似在围攻。

"又要开张了，我这是老鹰抓小鸡啊……"白小纯舔了舔嘴唇，慢慢靠近后，遥遥地感受到，那里有五个蛮荒天骄被冤魂包围住，正在冲杀。这五人中有四个是元婴中期，一个是元婴后期，五人联手很凶残，看起来估计用不了太久，便会冲出包围圈。

"可惜啊，我没法操控这里的冤魂，不然的话，一切就简单了，他们根本逃不掉。"白小纯叹了口气。沉吟片刻后，他忽然取出一团十五色火，目光一闪，嘿嘿笑了起来，一边飞速炼制，一边隐藏术法波动，靠近那里。

不多时，一声轰鸣冲天而起，紧接着，苍穹竟有红云突然出现，随后一片片天火骤然降临下来，正是白小纯自创的天火神通。

白小纯修炼天道元婴后，可能由于天道元婴特殊，原以为会失灵的天火神通依旧能够顺利施展。火海瞬间扩散，那些冤魂纷纷后退，被火海包围的那五个蛮荒天骄面色大变。面对这十五色火的威力，就算是他们也心惊，尤其是这无根天火，无法灭去，五人只能加快速度，打算冲出这里。可就在这时，白小纯趁乱袭来，手持长枪，一身战力蓦然爆发，在那火海内闪烁而去……

轰鸣之声扩散四方，也就是十多个呼吸的时间，白小纯就转身遁走，身后火海消散，那五个天骄也没了踪影。

整个炼魂壶世界都乱了，那些蛮荒的天骄一个个都心惊肉跳。至今为止，他们知道的已经有快三十人失踪了。

白浩的速度太快，往往他们赶过去时，根本就无法形成围杀之势，且众人也都发现了，这雾气内的厉鬼似乎无视白浩。

这就让所有人心底憋屈，怒意横生，也有心惊，实在是白浩的报复来得太快。

此刻剩下的这近百位天骄已经分成了四部分，分别环绕在公孙易、周宏、许珊还有二皇子的四周，避免落单，这才稳定了局面。

可这样不是长久之计，毕竟他们也要找到白浩，否则的话，这么僵持下去，鬼王果就真的不属于他们了。

他们哪怕彼此散开不远，呈网状搜寻，在这炼魂壶内也不适合，毕竟这里的雾气中存在的厉鬼冤魂太多了。他们若这么密集地搜寻，怕是还没找到白小纯，就先引来了让他们承受不住的无穷厉鬼。

左右为难时，四方各有安排。二皇子带着身边数十人，与陈曼瑶一路展开搜寻。至于公孙易、周宏以及许珊，三人虽有自信，但也还是各自带着三五人。他们分成四个方向寻找白小纯。至于其他人，五人一组似乎也不安全了，于是组成了十人一组，这样的话，一旦遇到白小纯，他们有足够的把握拖延下去，从而等到众人赶来合围。

第 694 章

白浩之魂

整个炼魂壶中人心惶惶，白小纯的强悍，众天骄已经彻底明白，可眼下已经没有别的选择。他们出不去，只能按照公孙易等人的方案，彼此结伴搜寻。

他们一个个咬牙切齿，打定主意，只要围住了白浩，他们就全力出手，让白浩死无葬身之地。

而那朵加速盛开的鬼王雾花也让众人明白，时间紧迫，必须尽快解决白浩，否则的话，他们就彻底输了。

在众人按照计划搜寻时，白小纯正在一处山谷中。他站在那里，昂首挺胸。在他的前方，近三十个蛮荒天骄并排坐着，一个个都怒视白小纯。他们被封印了修为与四肢，此刻咬牙切齿，看向白小纯的目光里带着愤怒。

"有本事将我们杀了！"

"哼，白浩，你已闯下弥天大祸，就算是巨鬼王也保不住你！"

赵东山、小狼神也在其中，他们的双目一片赤红。如果眼神能杀人，他们此刻必定用眼神将白小纯挫骨扬灰。

"居然敢恐吓我，你们给我等着！"白小纯同样瞪眼，目光从这近三十人身上扫过后，神色傲然地从储物袋内将永夜伞取了出来，走到一个方才声音最大的青年面前。

这青年立刻心中一惊，怒视白小纯。

"你要干什么！"

"不干什么，咳咳，我修炼需要生机啊，从你这里借点……"白小纯干咳一声，没有迟疑，将手中的永夜伞刺入这青年的胸口。

青年发出一声凄厉的惨叫，众人闻声神色大变，一个个喘息急促，目中带着惊骇，眼睁睁地看着那青年的身体急速枯萎，也就是十几个呼吸的时间，青年居然头发都白了。这一幕顿时让众人内心咯噔一下，看向白小纯的目光里多了恐惧。

在这吸力下，那把永夜伞散发出妖异的光芒，仿佛化作了一张大口，正贪婪地吞噬一切生机。

这生机又涌入白小纯体内，白小纯全身随之一震，眼看差不多了，于是赶紧拔出永夜伞。白小纯面色微微红润，没有理会众人，而是快速盘膝坐下，立刻修炼不死卷的第四层——不死骨！

随着功法运转，涌入他体内的生机急速消散，融入了白小纯全身的骨头中，仿佛是干裂的大地吸入了甘露一样，白小纯的脸上也露出了舒爽的神情。

这一幕让包括小狼神、赵东山在内的众人不住地吸气，面色惨白，更为惊恐。那被吸了生机的青年，此刻一副有气出没气进的样子，虽没有死亡，可也元气大伤，让众人头皮发麻。

"这白浩修炼的是什么魔功！"

"天啊，竟直接抽取生机修炼……"

"我知道他为何要生擒我们了，他这是要拿我们练功！"

就在众人胆战心惊时，白小纯双眼蓦然睁开，精神振奋，目露狂喜。

"哈哈，果然如我预料的一样，只要有足够的生机，我就可以修炼这不死骨。哼哼，我不杀这些人，抽干他们的生机后，再扔给巨鬼王，让巨鬼王头痛去吧！"白小纯嘿嘿一笑。这笑容让众人心脏狂跳，可还没等他们开口，白小纯已站起身，走到了第二个天骄面前。

"你好啊，希望你能配合一点，放心啦，没有痛苦的……"白小纯笑容可掬，在这天骄一脸的惊恐中，将永夜伞戳了进去……

很快，第三个、第四个……半个时辰，白小纯就将此地所有人的生机都吸了一遍，而他的身体此刻也在颤抖，体内的骨头终于在这生机融入之后，传出了两声闷响。

在这闷响中，白小纯全身散发黑芒，闪耀了几下才慢慢隐去。他睁开眼，吐出一口浊气，全身骨头在这一刻比之前坚硬了太多。

"淬骨境，第二重天！"白小纯目露期待。他知道淬骨境只要再多一重天，就能达到不灭帝拳的标准。

"这不死骨需要的生机太恐怖了，这么多人居然只够勉强让我修成了第二重天，这也太夸张了。不过这一次炼魂壶算是来对了，这里面有这么多天骄。"白小纯神采奕奕，看了看身边那近三十个萎靡不振的天骄，将他们再次绑了放入储物袋内，这才兴致勃勃地一晃，飞向雾气中。

在这雾气内，白小纯一路隐藏踪迹，小心前行。可慢慢地，他的眉头皱了起来，发现这些天骄不再是五人一队，而是十人一队。

白小纯琢磨着，若贸然出手，短时间结束不了的话，其他人一旦围上，就要重演之前自己被群轰的一幕了。

"哼，十人一组，我也一样出手，大不了全绑了，我不着急，慢慢来！"白小纯琢磨一番，抬头时冷哼一声，潜入雾气内，寻找下手的目标。不多时，他就看到了一个十人的队伍。这十人修为之力散开，一路前行，四周雾气内虽有冤魂出没，但大都只是环绕，没有轻举妄动。

这队伍中有一个人，让白小纯目光一凝，此人正是……妙琳儿。

白小纯至今还记得，此女的神秘术法使得自己全身的伤势无法恢复，造成了加倍的伤害，这才给了周宏出杀招的机会。

"最毒妇人心啊！我白小纯现在这副样子，虽不如我原本的模样，但也算俊朗啊，我又没得罪你，居然出手这么狠辣。"白小纯眯起双眼，又看了看妙琳儿身边的人，估算了一下后，眼神果断，没有半点迟疑，身体骤然而出，速度全部爆发。

眨眼间，白小纯就化作一道奔雷，如同瞬移般，直奔妙琳儿等人而去，隔空猛然轰出一拳。

这一拳直接化作了一场风暴，降临众人身边。白小纯的出现立刻让妙琳儿等一众天骄面色一变，一些人更是喷出鲜血，刹那散开，有人立刻传音四方。与此同时，妙琳儿身体后退，笑声传出。

"白浩，你上当了，阵起！"

随着妙琳儿声音回荡，这四周的天骄一个个目露奇芒，所有人的身体上竟在这一刻浮现出了大量的符文，这些符文散开，形成了一个阵法。

这阵法轰轰而起，降临下来，如同牢狱一般，将白小纯的四周彻底封锁。

这正是公孙易等人的计划，他们虽带人外出，但其他人组成的队伍早有埋伏，只要白小纯再次出现，就会落入他们的阵法。

　　在白小纯被阵法笼罩的瞬间，公孙易、周宏以及许珊等人立刻就接到了传音，三人没有迟疑，便全速直奔此地。

　　周宏距离最近，他身边跟随着三人，其中一个正是李天胜。二人速度最快，轰鸣间，十个呼吸的时间就能到达困住白小纯的阵法之地。

　　一时间，炼魂壶世界内风起云涌，所有人都在全速奔向此地。

　　妙琳儿的笑声还在回荡，可眨眼间她就面色苍白，双瞳收缩。只见阵法内的白小纯虽被阵法封锁，但是没有惊慌，而是带着不屑，向着妙琳儿一步走出，这一步落下的刹那，不死禁倏然施展。

　　轰的一声，白小纯居然消失在了阵法内，再次出现时，他便到了妙琳儿的面前。

　　"不可能！"妙琳儿花容色变，急速后退。可就在她后退的瞬间，白小纯的身体如一头狂暴的凶兽，没有怜香惜玉，直接撞了过去，巨响撼天动地。此时，妙琳儿口喷鲜血，体内修为瞬间就被压制，全身骨头似要粉碎，元婴都要飞出。遭受重创后，她容颜失色惨白一片。还没等她退后，白小纯的大手一把抓住了她的手臂，猛地一甩，白小纯的修为透入妙琳儿体内，直接封印了她的修为。

　　这一切发生得太快，电光石火间，白小纯就将这妙琳儿生擒。对于这一变故，不单四周众人纷纷吸气骇然，就连正急速赶来的周宏等人也料想不到。

　　四周的雾气内，此刻也有不少冤魂，它们趁乱冲出，看向那些天骄时，目中露出对血肉的贪婪……

　　白小纯目光扫过四周，得意中抓着妙琳儿，身体一晃，正要离开此地，可就在这时，他的目光停在了一个冤魂身上。

　　他的脚步顿住，眼中露出难以置信之色，身体更是剧烈地抖了一下，甚至他的呼吸都骤然停滞，整个人脑海里如有天雷翻滚。

　　尽管这冤魂与生前的模样有些不同，外人或许不大认得出来，可白小纯还是能认出来，因为他对此人太熟悉了！

　　"白浩！"白小纯险些失声……

第 695 章

碾压众强

白小纯不是没有想过，以这个世界的特殊，死亡后的人，他们的魂会进入冥河，然后出现在蛮荒里。他甚至也想过，或许白浩死亡后，其魂也在蛮荒中……只是找到他的希望太过渺茫了，如大海捞针一样，半神都做不到。这个想法只能在白小纯心中一闪而过，化作了叹息。他怎么也没想到，在这炼魂壶内，在没有任何准备的时候，居然看到了……白浩的魂！

尽管模样改变，那冤魂看上去既贪婪又疯狂，全身死气弥漫，可白小纯还是一眼就认出了此魂正是白浩的魂！

关于白浩，可以说在这世界上，除了白浩本人外他是最熟悉的人了。白浩是他的弟子，他更是用了白浩的身份在蛮荒走到了今天。此刻，白小纯心神震动，他明明知道四周必定有人正急速赶来，自己多停留一息，就有可能再次被包围，陷入围杀中。

这一切他都清楚，可他的脚步还是停顿了下来，没有选择离去。因为……他不能错过这个机会，一旦错过，哪怕是在这炼魂壶的世界内，他想要找到白浩，也极为艰难，且一旦在此期间白浩的魂灭亡了，那么将是他一生的遗憾。

他同样明白，白浩的魂出现，对他来说是一场莫大的危机，一旦让别人知道，那么他的身份必定暴露。摆在他眼前的最好的选择就是立刻离去，不去关注，如此一来，虽有隐患，但露出端倪的可能性微乎其微。还有一个选择，就是将白浩的魂轰杀，如此一来，就真的是天衣无缝了，可他做不到，甚至连想都没有去想。

此时，他的脑海里只有一个念头——那是他的弟子，是他这一生，第一个弟

265

子！若找不到也就罢了，一旦遇到，他就决不能退缩！

没有任何迟疑，白小纯脚步停顿之后，立刻就改变方向，刹那出现在白浩魂所在的魂群内。这些魂看不到白小纯，他的到来没有引起魂潮的异动。白浩的魂也是如此，眼下正带着贪婪，随着魂潮，冲向那些蛮荒天骄。

就在白浩魂要冲出的刹那，白小纯右手蓦然抬起，一把就抓住了白浩魂，将其收入魂塔中。做完这一切，白小纯依旧心神不稳，气息起伏，转身要走时，远处有两道长虹，以极快的速度瞬移而来。

正是周宏与李天胜！

"白浩！"周宏怒吼一声，一身元婴大圆满的修为直接爆发，形成一股冲击力，卷动四周，化作层层波纹；同时手中出现一枚玉简，他一把捏碎后，周围万丈立刻出现虚无动乱，直接断绝了一切挪移的可能。

这番行动迅捷异常，如行云流水般，声音更是如同天雷，轰动此地。

声音还在回荡，周宏已经出现在了白小纯的前方，大步走来时，身体内出现丝线般的黑芒，朝着白小纯分割而来。这些丝线的气息很惊人，其中甚至蕴含了天人的气息，显然是他老爹九幽王给予的宝物。

周宏的身后是李天胜。此刻李天胜目中带着阴冷，刻意慢了几步，袖子一甩，一片片五彩毒雾瞬间散开。此毒惊人，那些闪躲不及的冤魂在碰触这毒雾后，立刻发出凄厉的惨叫，烟消云散。

而此地的其他修士，眼看周宏到来，群情振奋，也向着白小纯急速围来。他们明白，这一次白小纯逃不走了，只要时间略久一点，其他天骄都会赶来，到了那个时候，众人围杀，就是白小纯的生死时刻。

就算白小纯再强又如何？他们人多势众，若全部出手，天人都不敢轻撄其锋。这一点，白小纯同样明白。眼看周宏杀来，白小纯的目光落在那些丝线上，这些丝线让他察觉到了一些危险，此刻他一拳轰出，肉身之力爆发，修为之力蕴含在内，形成风暴。

轰鸣震天时，周宏面色一变，双眼猛地收缩，四周那些丝线赶来阻挡，但他还是喷出一口鲜血，感到难以置信。

"怎么会这么强？"周宏双眼赤红，露出疯狂，似不甘心，体内更多黑线带着幽光散出，再次杀向白小纯。白小纯却一晃，全面提速，竟绕开周宏，直奔四周欲围杀而来的元婴中期天骄而去。

与此同时，永夜伞出现，没有迟疑，他直接刺入妙琳儿的肋部。

生机瞬间被白小纯吸去，妙琳儿发出凄厉的尖叫，红颜白发，身体刹那枯萎，白小纯运转不死骨，体内传来闷响，借助这股生机，直接就到了淬骨境第二重天的小圆满。

一个妙琳儿居然将自己的第二重天推到了小圆满的程度，这让白小纯很诧异，实在是这妙琳儿体内的生机远超其他人。

"这女的修炼的什么功法，怎么生机这么多？"白小纯嘀咕一句。

这一切说来话长，实际上是电光石火间发生的。白小纯随手将妙琳儿扔到储物袋内，眼中露出血丝，速度更快，永夜伞被他抢起，划出了一道道幽光。那些元婴中期修士面色变化，纷纷出手，以种种神通轰击。

永夜伞被白小纯蓦然撑开，阻挡轰击之后，伞尖刹那刺入一个元婴天骄的身体，猛地一吸。那天骄惨叫一声，身体刹那枯萎，被白小纯收走，他紧接着掉转方向，急速冲向下一人。这时，周宏怒意冲天，大吼中急速追击，可他在速度上不如白小纯，眼看这白小纯竟当着他的面，以那诡异的伞连续吸收了四个人的生机。周宏猛地一拍额头，他四周的黑线顿时凝聚在一起，形成一道黑芒，直奔白小纯而去。

天人气息从这黑芒中爆发，白小纯深吸一口气，龟纹锅瞬息幻化，直接阻挡。

轰的一声，白小纯倒退数十丈，永夜伞却一抖，再次刺在了一个闪躲不及的元婴中期天骄的身上。这天骄全身枯萎，惨叫声中，白小纯体内的不死骨直接提升到了淬骨境第二重天的大圆满。

这一切太快，四周其他的天骄都来不及吸气，一个个骇然地看着白小纯，不敢上前，急速后退避开，他们已经被白小纯这诡异的战法撼动了心神。

"白浩，你敢不敢与我一战！"周宏愤怒至极，再次追去。

李天胜面色苍白，急速后退，他也感受到了白小纯那伞的诡异，不敢靠近。

"别着急，留着你，是为了一会儿试一下我的最强一拳。"白小纯无视周宏，目光直接看向那正在后退的李天胜，咧嘴一笑，脚步抬起。不死禁虽因周宏的玉简而暂时无法施展，可白小纯的肉身速度之快堪比瞬移，依旧是众人之冠。此刻，白小纯脚步落下，刹那化作一道残影，直奔李天胜！

他的笑容落在李天胜眼中，让李天胜头皮发麻。李天胜在退后时，双手不断挥舞，竟释放出了更多的毒雾，这些毒雾凝聚在一起，化作了一个七彩的骷髅头，向着白小纯，一口吞噬过去。

白小纯看都不看这七彩骷髅，直接穿梭而过，身体传来啪啪之声，全身上下炼灵十四次的宝物爆出金芒，下一刻，他已出现在了李天胜的面前。

"放毒很好玩吗？"白小纯声音传出，永夜伞直接刺向李天胜。李天胜大吼一声，全身上下爆出红色光芒，甩出一件件法宝，要去阻挡。这些法宝出现的刹那，白小纯目中有五色光芒一闪，瞬间李天胜体内修为紊乱，停滞下来。

李天胜脑海嗡鸣，心神恍惚，居然在这危急关头失神……轰的一声，伞尖直接就刺到了李天胜的身上。惨叫传出，李天胜的身体刹那枯萎，而其磅礴的生机此刻全部涌入白小纯体内，融入全身骨头中，使得白小纯全身一颤。闷闷的轰鸣声从体内回荡而出后，他的双眼深处，竟出现了一丝淡金色的光芒。白小纯体内的不死骨此刻终于突破，达到了淬骨境第三重天！

随着第三重天的达成，白小纯明显感觉全身暖洋洋的。他真切地感受到，自己的肉身防护比之前更强了，而最让他激动的是，此刻的他已经达到了施展不灭帝拳的最低修为要求！

此刻，四周呼啸的破空之声骤然传来，远处，公孙易、许珊，还有二皇子、陈曼瑶，以及众多天骄，都正在向这里疾驰。

"周宏，拦住此子！"

"不能让他逃走！"

周宏眼睁睁地看着李天胜被擒住，此刻又听到远处众人传来的声音，恼羞之下，仰天嘶吼，身体内顿时爆发出更多的黑线，这些黑线猛然间扩散四方。

周宏显然是被激怒了，要施展更强的招数。

那些黑线全面爆发，轰动天地，从四面八方向着白小纯而来！

白小纯呼吸一沉，握住拳头，全身气息在这一瞬诡异地收缩起来，仿佛一切生命的征兆都消失了，如压缩到了极致，在他的右拳上，更是出现了一个黑色的旋涡，正急速地转动。

这旋涡散发出一股让所有人面色剧变、难以置信的恐怖波动！

正是不灭帝拳起手式！

第 696 章

不灭帝拳

不死卷第四层不死骨，其秘术不灭帝拳，这是白小纯首次施展。此时，他全身的气息急速压缩，仿佛血肉、灵魂乃至一切生机，都在这一刻压缩到了极限。

他的骨头发出咔嚓咔嚓的声响，似成了这惊天动地的一拳的根基，随后形成一个个在白小纯体内不断爆发的力量之源！

这力量之源似化作了狂烈风暴，在白小纯体内骤然而起，极为狂暴，若骨骼防护不够，必定会被这风暴撕裂身躯，乃至自我毁灭！

而这一切都在体内发生，随着骨骼越发坚挺，随着血肉之力的不断崛起，更是随着全部肉身之力的疯狂压缩，最终，以皮为宣泄口，这力量之源似要从白小纯全身皮肤中扩散出来。

到了这个时候，最关键的变化出现了——这不灭帝拳运转独特，使得那原本应该扩散至全身皮肤的爆发力，在这一瞬生生被遏制，如同被封锁了九成九的功力，只留下了……他此刻握住的右手拳头！

唯独这右手拳头，是他此刻全身力量的唯一爆发点！

这一刻的白小纯，如同体内出现了黑洞，压缩一切，收缩一切。在他的右手拳头外，那出现的黑色旋涡散发出惊天动地的强悍气息，似到了控制不住的程度！

若不将这一拳打出，那么白小纯的身体就会在这不灭帝拳的反噬下，直接灭亡！

在白小纯的身后，竟隐隐出现了一个虚影。这虚影似乎穿着帝袍，戴着帝冠，相貌虽模糊得看不清，但是有一股霸道的帝意释放出来！

白小纯抬头时，四周的虚无似要碎裂，不断地扭曲。这一幕幕让远处的公孙易、许珊以及二皇子、陈曼瑶等人，全部骇然吸气，神色大变。

尤其是周宏，他距离白小纯最近，首当其冲，在感受了白小纯这一刻的诡异变化后，他的心中生出了从未有过的危机感。

没等周宏有什么举动，白小纯咧嘴一笑，向着那些黑线，向着周宏，一拳轰出！

在轰出这一拳的瞬间，他身后的帝影竟融入了这一拳中，随之而起，一路霸气冲天，帝意惊心！

天地色变，风云倒卷，如同一个巨人向着大地，直接使出全身之力，四方传来无尽吸力，一个惊人的黑色旋涡正肉眼可见地不断扩大，眨眼就扩大到了十丈范围，似取代了这里的一切色彩，仿佛在这一瞬，这里只剩下了这一拳以及这个黑色旋涡！

一拳落，苍穹变。周宏发出凄厉的嘶吼，他眼中带着骇然与恐惧，内心颤抖到了极致，脑海中掀起滔天大浪。在这嘶吼声中，他的身体甚至都爆发出了阵阵青色的光芒，光芒化作一把长剑，被他握在手中，向着袭来的这一拳，直接斩下。

"九幽斩！"周宏整个人疯狂起来。这一斩惊天动地，青色的剑光似要分裂虚无，而四周那些黑线更是如同剑雨，直奔白小纯，绽放出璀璨的华彩。

这一幕幕让远处的众人心旌摇曳，这种程度的厮杀，他们在长辈身上看到过，同辈之间却不多见。

可这一切如昙花一现，随着青色剑光与白小纯那一拳形成的黑色旋涡碰触，八方的轰鸣声冲天崛起！

轰轰轰轰！

震耳欲聋的声响传遍八方。周宏的青色剑光瞬间崩溃，那些黑线更是全部扭曲，如狂风中的烟丝，刹那就被抹去。而周宏更是喷出大口鲜血，全身上下，骨头碎裂大半，元婴都被打出身体，整个人昏迷过去，而其身躯更是如断了线的风筝，直接被抛开。

不灭帝拳，首次出现，震撼众人！

而白小纯并没有完全发力，只是用了三成力而已。毕竟这不灭帝拳太强，白小纯很担心自己一不小心将周宏打死。

可仅仅是三成，已然震撼八方。

这一拳的的确确如对其所描述的那样，可轰天，能灭地，威力之大，绝非碎喉锁、撼山撞可比，更有一股霸道之力，撼动心神！

这一切，如同天雷在众人耳边炸开，所有人愣了一会儿后忍不住连连吸气，就算是公孙易与二皇子也心神狂震。他们下意识地衡量了一下，随后发现，就算是他们，面对那充满了霸道帝意的一拳……结果也比周宏强不了多少，很难正面对抗！

这一拳之下，众人根本就难以阻挡！

没有人想到，白小纯居然还有如此惊人的手段，这一拳的力量甚至已经不属于元婴层次了……

随着周宏昏迷，白小纯身体蓦然冲出，速度之快，刹那就追了上去，一把将周宏的元婴以及肉身收走，没有丝毫停顿，如一道奔雷般刹那远去。

众人呼吸急促了些，下意识就要迈步追去，可他们的脚步刚起，远处的白小纯嚣张的声音在这一瞬蓦然传开：

"别来惹我啊，这样的一拳我还可以打出一百次，你们信不信！"

这声音带着霸道，带着嚣张，在众人听来极为刺耳，可他们毫无例外，全都脚步一顿……居然不敢继续追击！

哪怕公孙易此刻也是身体颤抖，面色难看，脚也没有再次抬起。他只能急促地喘息，死死地盯着白小纯远去的方向。

他的骄傲在这一刻，备受打击。

还有那暴女许珊，此刻也神情一凛。看向白小纯的背影时，她眼神变了，其中似有狂热与崇拜……

二皇子目光急速闪动，心中起了无数思绪，没有注意到身边的陈曼瑶盯着白小纯离去的方向，眼中有更深的疑惑与震撼。

"这样的一拳，他绝对打不出几次！"

"没错。否则的话，他又岂能逃走？以此人睚眦必报的性格，怕是方才就趁着我等失神出手了！"

片刻后，众人陆续开口，可公孙易等人始终一言不发。他们身为天骄之首，心智不俗，又岂能看不出白小纯其实是虚张声势？

可就算是再虚张声势，那一拳依旧如同挥散不去的阴影，让他们内心深处起了畏惧之意。

271

短暂的沉默过后，许珊深吸一口气，二话不说，身体刹那追出，随后是二皇子、陈曼瑶，这三人并非欲与白小纯交战，而是有其他原因……这一点，别人看不出来，但公孙易能感受到。

　　他沉默着，缓缓抬头，眼中有血丝浮现，一身战意在这一刻冲天而起。

　　"我不能让自己的头上多出一个人，白浩……从现在开始，你真正走入我的眼中！"公孙易全身修为轰然爆发，竟没有去追白小纯，而是直奔……鬼王雾花所在之地！

　　"你一定会来这里，我在这里……等着与你一战！"公孙易心思果断，带着澎湃的战意。

　　至于其他人，此刻一个个面面相觑，他们内心后悔招惹了这么一个妖孽，可谁也无法预料。他们原本认为可以随意揉捏的家伙，居然摇身一变，成了让他们心惊的洪荒巨兽般的存在。

第 697 章

白浩，你别走

"该死的，白浩既然这么厉害，就应该早点打出这一拳，让我们都知道，这样谁还能惹他啊！"

"是啊，他若早些露出这种战力，我们大可以去结交啊，没必要出手，何至于弄成眼下这个局面。"

众人一个个内心叫苦，却没有办法。他们只能聚集在一起，不敢继续追杀白小纯，尽量远离此地。他们对鬼王果已经不抱希望了，此刻所想只有一个——

不管是谁拿到了鬼王果，只要炼魂壶开启，他们就立刻逃出这里……

炼魂壶的雾气内，白小纯飞驰远去，面色微微发白。打出不灭帝拳，让他也很心惊，肉身之力锐减，全身血、骨、肉、筋都火辣辣地刺痛。

好在那一拳他只用了三分力，且还有修为傍身，这才可以无碍地离开。

"这不灭帝拳太厉害了，方才我若是全力打出，恐怕就算是天人，也要畏惧。"白小纯深吸一口气，回想之后，目中露出激动与振奋。他自从踏上修行路，就始终修炼不死长生功，这么多年来，为了此功，他耗费的资源太多了。

可如今，随着那惊天动地的一拳打出，白小纯觉得这一切都太值得了。另外，随着淬骨境到了第三重天，全身骨头都暖洋洋的，他感到自己的肉身防护，明显比之前又提高了不少，甚至在恢复速度方面也加快了数成。

"我刚才走的时候，那些人明显怕了。哼哼，早知如此，何必当初？怕也没用！"白小纯想到这里，内心骄傲起来，一想到自己现在这么厉害，可以横扫众人，他就再没有了丝毫紧张，反倒饶有兴致地将昏迷的周宏从储物袋内取了出来。

273

他先是好心地将周宏的元婴打入其体内，使得元婴归窍，这才拿着永夜伞，直接戳入其胸口。

刺痛之下，周宏猛地睁开眼。

"白浩，你干什么！"周宏怒吼，可还没等他吼完，全身生机被抽取的强烈痛楚就让他凄厉地惨叫起来，他的身体更是眨眼间枯萎。周宏的生机涌入白小纯体内，使得他的肉身之力大部分恢复了。

周宏本就受了重伤，此刻被这么一折腾，没多久就又昏迷了。

白小纯赶紧将永夜伞抽回，愤愤地看了眼周宏，很不满。

"实在是没用啊，连李天胜都不如，就这么点生机，还世子呢，银样镶枪头！"白小纯嘴里嘟囔了几句，将周宏重新扔到储物袋内，看了看四周的雾气，一晃远去。

时间流逝，很快一天过去。这一天里，白浩的凶名赫赫而起，他的战力太强，天道元婴配合那惊人的肉身之力以及超常的速度，使得他在那些蛮荒天骄之中，如同一头饿狼，进入了羊群中……

这么形容或许有些夸张，可实际上差不了多少。天道元婴的强悍，在之前或许没有完全体现出来，如今却是厚积薄发。元婴中，除了那些半只脚脱离了元婴，处于感悟天地阶段的半步天人的强者，其余人等根本就不是白小纯的对手！

就算是元婴大圆满的周宏也如此，更不用说其他人了，甚至半步天人的强者，白小纯也有信心对抗，施展不灭帝拳，半步天人也要败退。

一天的时间，白小纯在这炼魂壶的雾气内多次出没，因找不到独行之人，更找不到五人左右的小队，所以他的目标已经放在了那些数十人的队伍上。

白小纯好似真的化作了一头饿狼，往往疯狂而去，瞬间出手，直接生擒了几人后就立刻遁走，毫不停留，使得众人心惊，却没有办法阻挡。

就这样，一天之内，白小纯绑走了超过三十人。余下之人全部陷入恐慌，尤其是想到白小纯的那把诡异的伞以及吞噬生机的手段，众人心底更为惶恐不安。

这些人如今分成了两部分：一部分追随二皇子以及陈曼瑶，去了鬼王雾花所在之处，与默默等在那里的公孙易会合；还有一部分则急速逃走，直奔炼魂壶嘴的方向，目的很明确——他们认输了，不想与白小纯为敌了，摆明了态度，等炼魂壶开启，就第一时间逃出。

除此之外，此刻在这炼魂壶的雾气内依旧追寻白小纯的，只剩下一个人，这是一个女子，正是灵临城的郡主许珊。

她的目中带着异样的神采，在这雾气内不断地搜寻，试图找到白小纯。

"白浩，我一定会找到你，你是我的！"许珊心中默念，眼神坚定。

半天前，在白小纯一次得手后，她终于追了上去，二人立刻交手，可打到一半，对方居然一拳将她轰退数百丈，转身就逃，这让许珊非常不满。

而此刻的白小纯在横扫了众天骄后，越战信心越充足，信心暴增之下，战斗越勇。他的储物袋内，如今已经绑了七十多人，每一个都是生机被吸走，只剩下一口气。

如此磅礴的生机，使得白小纯直接从淬骨境的第三重天提升到了第五重天，他的肉身防护更为强悍，甚至元婴初期的神通落在他身上，也造成不了太大的伤害。

"马上就要到淬骨境第六重天了……"白小纯高兴地在这雾气内搜索一番，发现很难再找到那些蛮荒天骄，又寻找了一个多时辰，渐渐发现余下的那些人分成了两部分。

"欺负我白小纯，是要付出代价的！"白小纯得意地一抬头，一部分人既然逃到壶嘴处，明显是认输的姿态。白小纯琢磨着自己还是很大气的。

"也罢，既然你们知道错了，白爷爷我就放你们一马。不过那些守在鬼王雾花附近的家伙，可就别怪白爷爷了！"白小纯舔了舔嘴唇，正要飞向鬼王雾花所在之地，可就在这时，忽然，他身后的雾气内，有一道长虹急速而来。

那长虹内是一个女子，这女子远远地看到了白小纯的身影后，目中立刻露出异样，呼吸急促不说，小脸都红了一些。

"白浩，你别走……"

看到这身影以及听到这句话的刹那，白小纯原本自信的脸上陡然变化，眉头皱了起来，转身全力爆发速度，急速避开。

白小纯心底郁闷，他半天前遇到过许珊，可二人的一战让他无奈至极。不是这许珊有多强悍，她战力与周宏差不多，可她身上居然戴着一枚玉佩。这玉佩是灵临王给她的护身之宝，被开启后，白小纯发现自己居然打不破这防护之光。

要知道，在蛮荒中，九幽王和斗胜王都没有给周宏、公孙易这样的法宝，毕竟在他们看来，蛮荒内虽有人会对他们的子嗣出手，但是绝不敢灭杀，且几个世子日

275

后要继承王位，所以防护之宝，有害无益。

只有在血战中磨砺，才可让身为世子的他们越来越强。

不过灵临王不是这么想的，他给许珊的这枚玉佩，其防护之光，就算是天人也打不破，唯独达到半神才可一拳将其打破。

如此一来……这许珊的安全就万无一失了。而在这炼魂壶中，对白小纯而言她更像是作弊，虽然战斗力有限，但是无人能伤害到她……

白小纯和她打了半天，直接傻眼了。而这许珊不断纠缠，白小纯悲愤郁闷中，索性一拳将其轰飞，转身就逃。

对方却没完没了，不断地追击自己，打又打不败，白小纯心底更为抑郁，琢磨着好在不是所有人都如此，否则的话，这根本就没法玩了。

第 698 章

皇族秘法

此刻白小纯飞速奔驰，很快就又和许珊拉开了距离，消失在雾气内。后方许珊追了半天，眼看白小纯又逃走了，她恨恨地一跺脚。

"白浩，我一定要追上你，你是我的，是我的！"

耳边传来远处许珊的声音，白小纯速度更快了，想到灵临城的郡主纠缠不休的样子，他就有些头大。

"这女子身上有那玉佩，我怎么打啊？"白小纯叹了口气，觉得此女实在是可恶，但没办法，只能避开。担心对方又跟上来，他甚至还绕了一大圈，这才从另一个方向，直奔鬼王雾花所在之处。

此刻的鬼王雾花盆地光幕外，公孙易闭目独自盘膝坐在一处矮峰上，正在吐纳，让自己维持在某种巅峰状态。

他在等，他相信，白浩一定会出现在这里。

距离他不远处，二皇子与陈曼瑶在一起，他们的身边围绕着十多个权贵家族的天骄，一个个都面色难看，对于此番炼魂壶之行，他们心中感觉很糟糕。

没人能想到，会出现白浩这么一个天大的意外，先是虚空元神禁令他们措手不及，后是白浩的强悍让他们心惊不已。此时他们更是远远地看到了在炼魂壶嘴附近，余下的那十多人，明显示弱认输，聚在那里等待炼魂壶开启。

实际上他们也想过认输，却不甘心，哪怕知道白浩很强，他们心中也有一丝侥幸。毕竟……这里有元婴大圆满的二皇子，有这一代数一数二的小胜王公孙易，还有大天师的弟子陈曼瑶，这三人若是联手，说不定可以压制白浩。

这个念头在众人心中不断地变得强烈，他们一个个心情复杂，警惕地看向四周。

二皇子目光闪动，生出了其他的心思。他对这白浩很感兴趣，在他看来，此番炼魂壶之行很明显，这白浩是被巨鬼王当成了弃子……

"或许，我可以将此人拉拢过来……不过此人修为高深，心气必定很高，想要将其拉拢，需先令其折服！"二皇子沉吟时，一旁的陈曼瑶皱着秀眉，脑海里浮现白浩的身影，回想其身上熟悉的地方，试图将那些熟悉之处不断放大，找出线索。

就在众人心思各异时，突然，公孙易猛地抬头，二皇子、陈曼瑶也都立刻看去，其他人纷纷心惊，目光全部落在远处。

他们清晰地看到，远处的天地间，雾气蓦然翻滚，一道身影从那雾气内如离弦之箭，传来阵阵破空的呼啸，直奔这里。

那身影……一头长发飘逸，一身衣袍迎风而动，目中带着精芒，全身上下似有一股霸道之意傲然而起。

"白浩！"

"他来了！"

众人立刻心神震动。

公孙易目中的战意似要爆发，但他强行忍下，依旧盘膝坐在那里，看了眼白小纯后，竟重新闭上了双眼。可是很明显，他的气息在这一刻有些不稳，只不过很快平静下来。

"还没到与他大战之时……"公孙易内心默道。他在等，不仅在等白小纯，还要等自己的战意再次积累后，达到一种河出伏流的程度。

"白浩，你将是我的磨刀石！"

鬼王雾花盆地光幕外，随着白小纯到来，气氛立刻凝滞。这时二皇子眼中精芒一闪，向前走出一步，速度之快，刹那就化作一道残影，直奔白小纯而去。

他这一动，四周其他天骄立刻振奋，瞬间飞出，随着二皇子一起，冲向白小纯。

只有公孙易与陈曼瑶没动。与闭目的公孙易不同，陈曼瑶双眼明亮，盯着白小纯的身影，好似白小纯的一举一动都被她牢牢记在心底。

而此地的一幕，同样被远处炼魂壶嘴附近的那十多人注意到，他们一个个虽已摆出了认输的姿态，但是心中还是有些不甘心的，此刻纷纷看去。

这一瞬，苍穹上，轰鸣之声回荡天际。

二皇子一身元婴大圆满的修为全部爆发，双手捏诀，在他的四周，此刻轰隆隆降临了七道足有百丈高的虚影。

这七道虚影，每一道都穿着帝袍，戴着帝冠，更有沧桑之意不断爆发，如同封印四方，形成了某种特殊的领域，而在这领域中的二皇子，身上竟也散发出了帝王的气势！

在这气势下，二皇子每一次出手，似乎都蕴含了某种力量，不是天人，却隐隐与天人一样，也可引动天地。

轰鸣间，更有一条金龙从二皇子体内飞出，怒吼一声，冲向白小纯。

白小纯面色一变，这二皇子的神通，让他很吃惊。这种神通与自己的不灭帝拳有些类似，可本质上不同，自己的不灭帝拳是取自身之力压制后爆发，而这二皇子明显是借助外力。

尤其是那种气运引动的天地之力，让白小纯在与二皇子碰撞时，好似看到了整个蛮荒内，无数魁皇子民膜拜的身影。

这还是其次，最让他心惊的，是四周那七座雕像。这七座雕像中的任何一座都让白小纯头皮发麻，压力极大。

至于那二皇子，居然凭着此神通，能抵抗自己数拳！

"这是什么神通！"白小纯心惊，众人则全部振奋起来。

"魁皇法，这是皇族秘术！"

"好久没有看到皇族秘法了，二皇子不愧是被誉为在大皇子之后，最有可能接替皇位之人！"

轰鸣之声将众人的激动之音压下，短短的接触，白小纯与二皇子之间就传出了持续不断的震天声响。

"比周宏强了不少！"白小纯目光微凝，右手抬起时，炼灵十六次的黑色长枪瞬间出现。

二皇子面色难看，瞬间倒退，他远不如看起来那么轻松，方才出手时他骇然地发现，自己的修为居然被无形中压制了一些，更让他心惊的是，修为运转时都有些滞涩。好在他修为达到了大圆满，最重要的是有这皇族秘法，否则的话，怕是方才交锋那几下，自己就要被重创。此刻，二皇子体内气血翻滚，他再也无法忍住，喷出一口鲜血，目露震惊之色。白小纯的强悍，就算是在不施展不灭帝拳的情况下，依旧让他极为忌惮。

"这白浩，太强了，在我的皇族秘术下，都可将我压制……"眼看白小纯拿出长枪，二皇子深吸一口气，双手猛地抬起，顿时他四周那七道虚影闪动黄色的光芒，使得这四方直接变得金黄，同时他的身上竟出现了两条金龙，咆哮中，直奔白小纯而去。

众人眼看二皇子与白小纯交战，似是旗鼓相当的样子，纷纷目光闪烁。很快就有几人蓦然飞出，加入战局，直奔白小纯，其他人迟疑后，立刻环绕出手，一时间，神通术法轰击而去。

甚至远方炼魂壶嘴附近的那十多人也开始迟疑，相互看了看后，相继飞出，显然之前认输并非心甘情愿，他们不想放过眼下这个机会。

这一幕，白小纯立刻觉察，眼中有寒芒一闪，知道这二皇子不弱，而有那些虚影在，纠缠下去让人心烦。此刻，白小纯手中长枪忽然一闪，竟被他收起，右手握拳，无视四周神通，向着下方大地，狠狠一拳落下。

大地猛地震动，白小纯这一拳落下的瞬间，面具的隐藏之力全面扩散，他在心底轻喃两个字：

"水泽！"

瞬间，以白小纯为中心，四面八方出现了浓重的水汽，使得四周好似化作了沼泽。可在白小纯的面具隐藏下，这一切在众人眼中早已换了样子，他们感受不到水泽的存在，感受到的是白小纯身上散出的暴虐之意。

这暴虐之意冲天而起的瞬间，白小纯在心中再次轻吐出两个字：

"国度！"

第 699 章

谁是磨石

默念二字后，白小纯猛地抬头，一股惊人的气势从他四周爆发出来，将他的头发吹得飞舞起来。

那片众人看不到的水泽竟覆盖了千里，刹那，白小纯的四周居然出现了一根根利刺，这些利刺快速升起，又快速斜着轰然落下，最终一只足足占了千里范围的兽爪直接从地面上轰然而起！

天地似要崩溃，八方轰动，那两条金龙发出凄厉的惨叫，一头撞在兽爪上，在那兽爪面前，如同蚯蚓一般。那两条金龙全部粉碎的同时，二皇子喷出大口鲜血，身体狂震，被直接轰飞。而四周那些冲来的天骄，神色还来不及变化，就如同山峰撞在了身上，全部喷血，各自倒退。

尤其是远处，那原本认输的十多人，才飞了一半的距离，猛然间看到这一切后，顿时傻眼，停在半空。

他们不能不傻眼，前一息看起来，似乎白小纯与二皇子还势均力敌，可一眨眼，二皇子就受了重伤，口喷鲜血，其他人更是一个个全部倒飞出去。

这让他们全部大张着嘴，眼皮狂跳，内心苦涩，后悔到了极致，此刻前进不行，后退也不行，如被吊在了半空。

这十多人胆战心惊，彼此看了看，很快就一哄而散，没去鬼王花所在之地，也没去炼魂壶嘴。他们实在是怕了，此刻想的是大家赶紧散开，单独躲藏。炼魂壶的世界这么大，白小纯就算要找他们，说不定也无法全部找到。

眼看那飞到了一半的十多人四下逃遁，白小纯没去理会。此刻，他激动得心脏咚咚地加速跳动。他修为突破到了元婴后，还是首次施展水泽国度，那千里的范围，近乎完整的兽爪，让他内心十分震惊。

"太强了，怕是与不灭帝拳都不相上下……"白小纯咽下一口唾沫。他知道，这一定与自己的天道元婴有关，所以才能如此强悍，心中再次感慨，自己为天道元婴所受的那些苦累都值了。

他隐隐有种预感，似乎方才自己认为的完整兽爪，并非真正完整……仿佛这出现的爪子，也仅仅是一部分而已。

"我的本命之兽……"

白小纯双眼冒光，一晃之下，直接就将四周那些因水泽国度出现而受重创的天骄全部一一封印，扔到储物袋内。至于那位二皇子，挣扎中正要开口，可白小纯没心情去听了，直接将他绑走。

做完这些，白小纯看向此地仅剩的两个人。一个是公孙易，他依旧盘膝坐在矮峰上，闭着双眼，自始至终都没有睁开，哪怕方才白小纯使出那一击惊天，他还是闭着眼睛。

此刻这公孙易的体内似有一股气正在不断地上升，似乎当他睁开双眼的那一瞬，就是他这一生至今为止最强的一刻。

白小纯的双瞳微微一缩后，有些不大自然地看向第二个人——陈曼瑶。

陈曼瑶站在那里，皱着秀眉，望着白小纯。白小纯也不知道对方是不是认出了自己，心底有些紧张，神色却不露丝毫异样，于是刻意散出冰冷的气息，淡淡开口："你自始至终都没有对我出手，既如此，我也不为难你，你走吧。"

白小纯似乎很孤傲，话说完，便不再理会陈曼瑶，向公孙易走去，暗中却偷偷打量着陈曼瑶的神情。

公孙易的眼皮颤动起来，似乎在借助白小纯带来的压力，继续磨炼他的战意，要压制到极致一般。

就在白小纯距离公孙易不到百丈的时候，忽然，陈曼瑶双眸内精芒一闪，右手刹那掐诀，她的四周立刻有无数雪花飘飞，直接在她的面前形成了一面冰镜，向着白小纯一照。

这一照之下，白小纯面色微变，立刻后退。在他退后的瞬间，他之前所在之处，虚空瞬间冰封，咔咔声中成了一片寒冰。

这寒冰十分诡异，出现后，四周寒气扩散。白小纯内心一跳，发现在这寒气下，自己的寒界之法竟被引动了，仿佛要从体内散出，好在此刻他修为强悍，强行压下寒界之法。此时他明明心情复杂，却刻意带着愤怒，看向陈曼瑶。

"你要干什么？"白小纯话语刚出口，陈曼瑶毫不理会，掐诀一指，寒冰逆转，竟成了火焰，轰然爆开，化作火海，并非四散八方，而是冲着白小纯直接吞噬而去，目的还是如初，就是要试探白小纯体内是否存在寒界之力！

这火焰更为直接，似乎可以引起修士的本能。修行寒气的修士遇到火属性之力，哪怕身体常年在寒气下，也必定会在火焰中露出破绽。

白小纯额头冒汗，这种试探太明显了。他知道，若是继续下去，说不定自己什么时候就会露出破绽。此刻来不及多想，他转身一晃，出现在陈曼瑶的面前，右手抬起，神色却狰狞。

"找死！"

轰鸣间，白小纯一拳轰出，陈曼瑶的眼中却在这一瞬露出了奇异的光芒，毫不闪躲，站在那里，死死地盯着白小纯，任由白小纯的这一拳轰向自己。

这一幕让白小纯睁大了眼。这一拳一旦落下，陈曼瑶不死也要重伤，白小纯赶紧收拳，可在拳头收回的瞬间，陈曼瑶的美目中就露出了惊喜之意。她咬着下唇，嘴角露出一丝笑容……

白小纯明白，自己上当了，陈曼瑶这是以身试探，她在赌……

"狡猾啊！"白小纯欲哭无泪，只能亡羊补牢。拳头虽收回，但是化作手掌，直接拍在了陈曼瑶的身上，将其封印。没等陈曼瑶开口，白小纯赶紧将其一把抓住，扔到了储物袋内，不敢去看对方的眼神……

"这都是什么事啊……"白小纯心底迟疑。他估计陈曼瑶猜出了自己的身份，他很头痛，自己隐藏得这么好，怎么还会被怀疑呢？

白小纯有心去问，可他此刻真的不敢去看陈曼瑶，担心再次露出什么破绽。

白小纯叹了口气，摇摇头，目光落在了此地最后一人——公孙易的身上。在他看去的瞬间，公孙易的眼皮颤动得更频繁。

"有意思，这是将我带来的压力，作为磨石，来磨炼自己的战意……这种方法有用吗？"白小纯哼了一声，他被陈曼瑶的事情弄得心烦，也不废话，瞬间直奔公孙易。

他还记得，就是公孙易施展的封印大网使得自己身体停顿，从而被那些天骄的神通轰在身上。一想到当时的危机，白小纯就心底有气。

白小纯速度飞快，刹那临近，可就在距离公孙易十丈的瞬间，公孙易的双眼猛地睁开。在双目睁开的刹那，公孙易的目中亮起强烈的光芒。公孙易的战意似乎压制到了极致，从体内轰然爆发，冲天而起。

"白浩！"

公孙易低吼，随着战意爆发，他的身体外浮现出了十万符文。这十万符文一出，就急速盘旋，化作一道道金光，远远一看，如同金色的飓风。

声响震天，光芒刺目，白小纯在飓风面前，就仿佛是飘散的柳絮，似乎随时会被这飓风撕得四分五裂。而那十万急速旋转的金色符文，更好似成了一把把无坚不摧的利刃，带着尖锐的呼啸声，朝着白小纯而去。

（本册完）

更多精彩内容，敬请期待《一念永恒12》